TH. DOSTOÏEVSKY

LES FRÈRES

KARAMAZOV

TRADUIT ET ADAPTÉ PAR

E. HALPÉRINE-KAMINSKY ET CH. MORICE

Avec un portrait de Th. Dostoïevsky

TOME PREMIER

PARIS

LIBRAIRIE PLON

E. PLON, NOURRIT ET Cie, IMPRIMEURS-ÉDITEURS

RUE GARANCIÈRE, 10

—

LES FRÈRES

KARAMAZOV

En vérité, en vérité, je vous le dis : si
le grain de froment ne meurt après qu'il
a été jeté dans la terre, il demeure seul ;
mais s'il meurt, il porte beaucoup de fruit.

(*Saint Jean*, xii, 24.)

PARIS. TYPOGRAPHIE DE E. PLON, NOURRIT ET Cie, RCE GARANCIÈRE, 8.

THÉODORE MIKHAÏLOVITCH DOSTOÏEVSKY

TH. DOSTOÏEVSKY

LES FRÈRES
KARAMAZOV

TRADUIT ET ADAPTÉ PAR

E. HALPÉRINE-KAMINSKY ET Ch. MORICE

Avec un portrait de Th. Dostoïevsky

TOME PREMIER

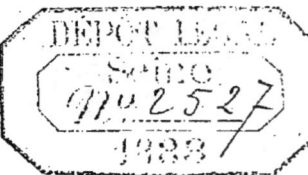

PARIS

LIBRAIRIE PLON

E. PLON, NOURRIT ET Cie, IMPRIMEURS-ÉDITEURS

RUE GARANCIÈRE, 10

—

DÉDIÉ

A

ANNA GREGORIEVNA DOSTOÏEVSKAÏA

LES
FRÈRES KARAMAZOV

PREMIÈRE PARTIE

LIVRE PREMIER
UNE RÉUNION MALENCONTREUSE.

I

C'était vers la fin du mois d'août, par une belle matinée claire et chaude. La réunion de la famille Karamazov chez le starets[1] Zossima devait avoir lieu à onze heures et demie. On avait eu recours, en désespoir de cause, à cette assemblée d'un conseil de famille, sous le patronage du vénérable vieillard, pour trancher les différends survenus entre Fédor Pavlovitch Karamazov et son fils aîné Dmitri Fédo-

---

[1] Littéralement, le vieillard. Les staretsi, dans le clergé régulier russe (appelé aussi le « clergé noir »), sont de vieux moines voués surtout à la confession et qui occupent dans les monastères une situation à peu près indépendante de toute hiérarchie. On trouvera dans le livre II quelques détails sur les staretsi.

rovitch. La situation entre le père et le fils était extrêmement tendue. Dmitri Fédorovitch réclamait l'héritage de
sa mère, et Fédor Pavlovitch prétendait avoir donné à son
fils tout ce qui lui était dû.

Les invités furent amenés par deux voitures. Dans la
première, un équipage attelé de forts chevaux, arrivèrent
Petre Alexandrovitch Mioussov, — parent de Fédor Pavlovitch par alliance, — et Petre Fomitch Kalganov, qui se
préparait à entrer à l'Université, un garçon silencieux et
un peu gauche. Mais dans l'intimité, il s'animait, causait
et plaisantait gaiement. C'était l'ami du plus jeune des trois
fils de Fédor Pavlovitch, Alexey Fédorovitch, alors novice
au couvent du starets Zossima.

L'autre voiture, vieille et cahotante, portait Fédor
Pavlovitch et son fils Ivan Fédorovitch. Dmitri Fédorovitch,
averti pourtant de l'heure du rendez-vous dès la veille,
était en retard. Sauf Fédor Pavlovitch, les invités sem-
blaient n'avoir jamais vu de couvents. Quant à Mioussov, un
vieux libéral qui depuis longtemps vivait à Paris, il y avait
peut-être trente ans qu'il n'était entré dans une église.

— Mais que diable, on ne sait à qui parler, dans cette
cahute ! Le temps passe, dit-il à peine entré, finissons-en !

A ce moment, se montra un petit homme chauve avec
des yeux doux et qui semblait se cacher sous un ample
manteau. Il souleva son chapeau, s'annonça comme un
pomiestchik de Toula, et indiqua aux arrivants la cellule du
starets. Finalement il leur proposa de les accompagner.

En chemin, ils rencontrèrent un moine qui très-poli-
ment leur dit :

— Le Père supérieur vous invite à dîner chez lui après

que vous aurez visité le monastère, à une heure, pas plus tard. Vous aussi, ajouta-t-il en s'adressant au pomiestchik de Toula.

Le pomiestchik se rendit aussitôt chez le supérieur, et le moine se chargea de guider les étrangers.

Ils traversèrent un petit bois.

— Voilà la retraite! s'écria Fédor Pavlovitch, nous y sommes. La porte est fermée...

Il se mit à faire de grands signes de croix devant les saints figurés en peinture au-dessus et sur les côtés de la porte cochère.

— Il y en a vingt-cinq, dit-il, qui se regardent les uns les autres en mangeant de la choucroute. Pas une femme n'a jamais franchi ce seuil! Est-ce étonnant! Et c'est vrai? Pourtant, on dit que le starets reçoit aussi les dames. Comment cela se fait-il? demanda-t-il tout à coup au moine.

— En effet, des paysannes; voyez, il y en a maintenant même qui attendent. Quant aux dames de la haute société, on a construit ici dans la galerie, hors de l'enceinte, deux cellules dont vous voyez les fenêtres : c'est à travers ces fenêtres que le starets leur parle... Tenez, voici une pomiestchitsa de Kharkov qui l'attend avec sa fille malade. Il leur a sans doute promis de les entendre, quoique, depuis quelque temps, il soit très-affaibli et sorte rarement.

— Il y a donc tout de même une porte pour les barinias, dans ce sanctuaire?... N'allez pas croire, saint Père, que je dis cela par malice, non! Mais au couvent d'Athènes, non-seulement les femmes n'entrent pas, mais on n'y tolère rien de féminin, ni poules, ni dindes, ni génisses...

— Fédor Pavlovitch, dit Mioussov, si vous ne cessez

pas, je vous laisse, et je vous préviens qu'on vous sortira
d'ici par la force.

— Bon! Est-ce que je vous gêne?...

— Attendez-moi un peu, messieurs, dit le moine, je
vais prévenir le starets.

— Fédor Pavlovitch, murmura Mioussov, pour la dernière fois, je vous avertis que, si vous vous conduisez mal,
je vous en ferai repentir.

— Je ne comprends guère cette émotion de votre part,
dit Fédor Pavlovitch d'un air narquois. Ce sont peut-être
vos péchés qui vous tourmentent? Vous savez que le starets
lit dans les yeux des gens le motif qui les amène. Mais
tenez-vous donc tant à l'opinion des moines, vous, un
Parisien, un homme avancé? En vérité, vous m'étonnez.

Mioussov n'eut pas le temps de répondre à ces sarcasmes,
le moine vint avertir les visiteurs qu'on les attendait.

II

Ils entrèrent dans une sorte de salon. Le starets vint à leur
rencontre. Il était accompagné d'Aliocha[1] et d'un autre
novice.

Tous saluèrent le vieillard avec une politesse affectée.
Il allait lever les mains pour les bénir, mais il s'en abstint,
et, rendant le salut, les invita à s'asseoir. Le sang monta
aux joues d'Aliocha.

[1] Diminutif d'Alexey.

Le starets prit place sur un petit divan en acajou couvert de cuir, et les étrangers s'assirent aussi.

Deux moines assistaient à cette entrevue, assis l'un auprès de la porte, l'autre auprès de la fenêtre. Alioscha, un autre novice et un séminariste restèrent debout. La cellule était exiguë et l'atmosphère maussade ; des meubles grossiers et pauvres, et juste l'indispensable. Il y avait devant la fenêtre deux pots de fleurs et dans les coins beaucoup d'icones, l'une d'elles représentant la sainte Vierge, assez grande image certainement très-antérieure au temps du Raskol[1], et devant laquelle était suspendue une lampe allumée. Deux autres icones enrichies d'ornements éclatants brillaient à côté de celle de la Vierge, et encore des chérubins, des œufs en faïence, une croix catholique en ivoire avec une *Mater dorolosa* qui l'entourait de ses bras, des gravures de célèbres tableaux italiens des siècles passés, véritables et précieuses œuvres d'art mêlées à de grossières lithographies pieuses des plus communes. Et sur les murs pendaient des portraits lithographiés d'évêques morts ou vivants. Mioussov jeta un coup d'œil distrait sur ces attributs essentiels d'un intérieur ecclésiastique et arrêta fixement son regard sur le starets.

Dès l'abord, le starets lui déplut. Et en effet le visage de ce vieillard laissait voir des caractères qui eussent pu déplaire à d'autres que Mioussov. C'était un homme petit, voûté, aux jambes vacillantes, âgé seulement de soixante-cinq ans, mais que la maladie vieillissait d'au moins dix

---

[1] Littéralement : *séparation*, doctrine dissidente des Raskolniki, secte des Vieux-Croyants qui conservent les Écritures telles qu'elles étaient avant les corrections du patriarche Nikon.

années. Le visage était desséché, tout sillonné de petites rides, surtout autour des yeux, des yeux petits, vifs, étincelants comme deux tisons. Il n'avait de cheveux qu'autour des tempes, des cheveux gris et courts ; sa barbe, qu'il portait en pointe, était rare ; il souriait avec des lèvres minces comme deux ficelles. Son nez était de longueur moyenne, mais plus pointu qu'un bec d'oiseau.

« Tout présage en cet homme une âme fielleuse et vaniteuse », pensait Mioussov.

L'horloge sonna midi. Comme si elle n'eût attendu que ce signal, la conversation s'engagea aussitôt.

— Juste l'heure ! s'écria Fédor Pavlovitch, et mon fils Dmitri n'est pas encore là ! Je vous prie de l'excuser, saint vieillard.

Alioscha tressaillit à ce *saint vieillard*.

— Quant à moi, continua Fédor Pavlovitch, je suis toujours exact. Heure militaire ! L'exactitude est la politesse des rois.

— Mais vous prenez-vous pour un roi ? murmura Mioussov.

— En effet, je ne suis pas un roi, soyez certain que je le savais moi-même, Petre Alexandrovitch. Que voulez-vous ? Je parle toujours hors de propos... Votre sainteté, s'écria-t-il avec une vivacité soudaine, vous voyez devant vous un véritable bouffon. C'est comme tel que je me présente. Une habitude, hélas ! invétérée m'oblige à parler hors de propos, mais c'est avec l'intention de faire rire et d'être agréable. Il faut toujours être agréable, n'est-ce pas ?... Grand starets, à propos, j'allais oublier ! Il y a trois ans que j'ai résolu de venir ici me rensei-

gner pour élucider quelques doutes. Seulement, je vous
prie de ne pas laisser Petre Alexandrovitch m'interrompre. Est-il vrai, vénérable Père, qu'on parle quelque
part dans le Martyrologe d'un saint martyr qui, après
avoir été décapité, ramassa sa tête, la baisa avec amour,
et marcha longtemps en la tenant toujours et sans cesser
de la baiser? Est-ce vrai ou faux, mes bons Pères?

— Ce n'est pas vrai, dit le starets.

— Rien de semblable ne se trouve dans le Martyrologe.
Quel était ce saint? demanda le Père bibliothécaire.

— Je ne sais pas son nom, je ne sais pas du tout. On
m'aura trompé. Et c'est Petre Alexandrovitch Mioussov ici
présent qui m'a fait ce conte.

— Jamais! c'est faux! D'ailleurs, quand vous ai-je
parlé?

— En effet, ce n'est pas à moi que vous parliez. Mais
vous avez conté cette histoire dans une réunion où je me
trouvais, il y a trois ans. Vous avez ébranlé ma foi par ce
récit ridicule, Petre Alexandrovitch. Vous ne vous en
doutiez guère, mais moi, je suis rentré chez moi, un peu
incrédule ce soir-là, et, depuis, ma foi périclite de jour en
jour. Oui, Petre Alexandrovitch, vous êtes la première
cause de mon abaissement moral!

Fédor Pavlovitch était très-pathétique, bien que personne ne pût prendre au sérieux la farce qu'il jouait.
Pourtant Mioussov se fâcha.

— Quelles sottises! murmura-t-il. Autant de mots,
autant de sottises! J'ai pu dire, en effet, cela, jadis... Mais
pas à vous; on m'a raconté à moi-même cette plaisanterie...
un Français... à Paris... un homme très-savant qui étudie

spécialement la statistique de la Russie... Il a vécu longtemps en Russie... Je n'ai pas, quant à moi, vérifié la chose
sur le Martyrologe... Je n'ai même pas l'intention de le
lire... On bavarde à table... car c'était pendant un souper...

— Eh oui! un souper qui m'a coûté la foi! dit Fédor
Pavlovitch.

— Que m'importe votre foi! s'écria Mioussov.

Puis il se reprit et ajouta d'un ton méprisant :

— Vous souillez tout ce que vous touchez.

Le starets se leva vivement.

— Pardonnez-moi, messieurs, je vous laisse pour quelques instants, dit-il, mais il y a des gens qui m'attendent
et qui sont venus avant vous.

Il sortit, Alioscha et le novice s'empressèrent de le soutenir pour l'aider à descendre dans l'escalier. Alioscha
semblait ravi de cette occasion de quitter ses parents
avant qu'ils eussent eu le temps d'offenser le starets.

Le starets se dirigeait vers la galerie pour bénir ceux
qui l'attendaient, mais Fédor Pavlovitch le retint encore à
la porte de la cellule.

— Saint homme, s'écria-t-il d'une voix émue, permettez-
moi de baiser votre main. Oui, je vois qu'on peut vous
parler librement, qu'on peut vivre dans votre ombre.
Vous me prenez sans doute pour un sempiternel bouffon?
Sachez donc que j'ai joué cette comédie jusqu'ici pour
vous éprouver. Je voulais savoir si mon abjection trouve-
rait grâce devant votre sainteté. Eh bien! je vous donne
un diplôme d'honneur : on peut vivre avec vous. Et maintenant, je vais me taire; jusqu'à la fin de notre entrevue,

je ne parlerai plus. Vous avez désormais la parole, Petre
Alexandrovitch. Vous êtes le personnage le plus important... pour dix minutes.

III

En bas, dans la galerie en bois qui dessinait l'enceinte,
il n'y avait que des femmes, une vingtaine de babas. On les
avait prévenues que le starets les recevrait. La pomiestchitsa
Khokhlakov avec sa fille attendaient dans la cellule réservée
aux femmes du monde. La mère, riche, élégante, d'un extérieur avenant, un peu pâle, les yeux vifs et presque noirs,
jeune encore, une femme de trente-trois ans, était dans sa
cinquième année de veuvage. Sa fille, âgée de quatorze
ans, avait les jambes paralysées ; depuis six mois, il lui était
impossible de marcher, et on la roulait dans un fauteuil.
Très-jolie, quoique amaigrie par la souffrance, elle souriait toujours, et l'espièglerie rayonnait dans ses yeux
grands et sombres, frangés de longs cils. La pomiestchitsa
aurait voulu dès le printemps l'emmener à l'étranger,
mais l'administration de son bien l'avait retenue. Arrivées
depuis plus d'une semaine, elles n'avaient vu le starets
pour la première fois que trois jours avant celui où commence ce récit. Elles étaient revenues, bien qu'on les eût
informées que le starets ne recevait presque plus, demander
instamment qu'on leur accordât une fois encore le bonheur
de voir le *grand médecin*.

1.

Le starets se dirigea d'abord vers les babas. Aussitôt elles se pressèrent en foule vers le perron élevé de trois marches qui séparait l'enceinte de la basse galerie.

Le starets s'arrêta sur la plus haute marche, il revêtit une étole et commença à bénir les femmes agenouillées. On amena devant lui à grand'peine une klikouscha [1]. A peine eut-elle aperçu le starets qu'elle se mit à jeter des cris perçants, à hoqueter et à trembler. Le starets lui mit l'étole sur la tête, fit une courte prière, et aussitôt la malade se tut et se calma.

J'ai souvent, dans mon enfance, à la campagne, vu et entendu des klikouschas. On les menait à l'église où elles entraient en hurlant comme des chiens : et, tout à coup, devant l'autel où le Saint Sacrement était exposé, elles se calmaient, la possession cessait pour quelque temps. Cela m'intriguait fort. Mais les pomiestchiks et mes professeurs m'expliquèrent que tous ces manéges n'étaient que super-chéries, et que les prétendües klikouschas simulaient la possession par paresse, afin qu'on les dispensât de travailler, que la sévérité venait toujours à bout de ces fausses mala-dies, et ils citaient à l'appui divers exemples. Par la suite, j'appris avec étonnement de certains médecins spécialistes qu'il n'y a là aucune supercherie, qu'il s'agit d'une ter-rible et trop réelle maladie féminine, particulièrement fréquente en Russie. Cette maladie, une des meilleures preuves de l'insupportable condition de nos paysannes, provient soit de travaux trop pénibles, supportés trop peu de temps après de laborieux accouchements opérés sans

[1] Possédée.

l'intervention d'aucun médecin, soit de chagrins profonds, de mauvais traitements, etc., toutes choses que certains tempéraments de femmes ne peuvent supporter. Quant à l'étrange guérison instantanée de la possédée conduite devant le Saint Sacrement, guérison qu'on traite encore de comédie due peut-être à l'initiative des « cléricaux », c'est probablement la chose la plus naturelle du monde; en effet, ces babas qui conduisent la malade, et la malade elle-même, croient comme à une incontestable vérité que l'esprit malin qui la tourmente s'enfuira dès qu'on sera parvenu à introduire la possédée dans une église et à l'agenouiller devant le Saint Sacrement : l'attente du miracle, — et d'un miracle certain, — doit nécessairement déterminer une révolution dans un organisme en proie à une maladie nerveuse, et, au moment où est accompli le rite prescrit, c'est cette révolution même qui produit le miracle.

La plupart des femmes qui se trouvaient là pleuraient d'enthousiasme et d'attendrissement. Les autres se pressaient pour baiser au moins le vêtement du saint. D'autres encore murmuraient des prières. Il les bénit toutes et échangea quelques paroles avec plusieurs d'entre elles.

— Celle-là vient de loin, dit-il en montrant une femme extrêmement maigre, une alcoolique dont le visage était non pas bronzé, mais noirci par le soleil.

Elle se tenait à genoux et regardait fixement le starets. Il y avait de l'extase dans ce regard.

— Oui, de loin, mon petit Père, oui, de loin; trois cents verstes. Oui, de loin, Père; oui, de loin, fit la femme, en traînant sur les mots.

Elle parlait comme on prie.

Le chagrin du peuple est ordinairement taciturne et patient. Mais quelquefois il éclate en pleurs, en lamentations qui ne cessent plus, surtout chez les femmes. Ce chagrin-là n'est pas plus facile à supporter que le chagrin silencieux. L'espèce de soulagement que procurent ces lamentations est factice et ne fait qu'agrandir la blessure du cœur, comme on irrite une plaie en la touchant. C'est une douleur qui ne veut pas de consolations; elle se nourrit d'elle-même.

— Vous êtes probablement une mestchanka[1], continua le starets, sans la quitter de son regard curieux.

— Nous sommes de la ville, mon Père, nous sommes de la ville, quoique paysans. Je suis venue pour te voir, mon Père. Nous avons entendu parler de toi! J'ai enterré mon fils, mon bébé, et je suis allée prier Dieu. Je suis allée dans trois monastères, mais on m'a dit : « Va donc, Nastassiouchka[3], là-bas! » Là-bas, c'est chez vous, mon doux petit Père, ici. Et voilà, je suis venue, hier à l'église et aujourd'hui chez vous.

— Qui pleures-tu?

— C'est mon fils que je pleure, mon petit Père. Il n'avait que trois ans moins trois mois. C'est à cause de lui que je me désole, Père; c'est à cause de mon fils! C'était le dernier. Nous en avions quatre, Nikitouschka[2] et moi. Mais chez nous, ils ne restent pas longtemps debout, les enfants; ils ne restent pas longtemps debout! Les trois premiers, je les ai moins regrettés; mais le dernier, je ne

---

[1] Femme de mestchanine.
[2] Diminutif de Nastasia.
[3] Diminutif de Nikita.

puis l'oublier. Il me semble toujours le voir auprès de moi, il ne veut pas me quitter!... Je regarde ses petits linges, ses chemises, ses petits souliers, et je fonds en larmes. J'étale devant moi tout ce qui me reste de lui, tout ce qui l'a touché, je regarde longtemps et je me désespère. J'ai dit à Nikitouschka, mon mari : « Patron, laisse-moi partir en pèlerinage... » Il est izvostchik [1]. Nous ne sommes pas pauvres, mon Père, pas pauvres. Nous avons des charrettes, des chevaux et une voiture à nous. Mais à quoi cela nous servira-t-il maintenant! Il commence à boire sans moi, mon Nikitouschka. Il buvait déjà auparavant quand je n'y prenais pas garde. Mais aujourd'hui, dès que je ne suis pas là, il s'enivre. D'ailleurs je ne m'occupe plus de lui. Voilà trois mois que j'ai quitté ma maison. J'ai oublié, j'ai tout oublié, et je ne veux même plus penser à rien. Qu'y ferais-je? tout est fini pour moi, tout, tout!...

— Écoute, mère, dit le starets. Un jour, un grand Saint d'autrefois rencontra dans un temple une mère qui pleurait comme toi son enfant mort, un enfant unique que Dieu avait rappelé à lui. « Ne sais-tu donc pas, lui dit le Saint, comment les enfants savent se faire écouter de Dieu? Maître, lui disent-ils, à quoi bon nous donner la vie, puisque c'est pour nous la retirer aussitôt? Et ils prient et supplient avec tant d'insistance que Dieu finit par leur donner une place parmi les anges. Ne te désole donc plus, femme : ton enfant est maintenant un ange devant Dieu. » Ainsi parla le Saint, un grand Saint qui ne pouvait mentir. Sache donc, toi aussi, mère, que ton fils est devant l'autel

---

[1] Charretier.

du Seigneur, plein de joie et priant pour toi. Pleure si tu veux, mais que ce soit des larmes de joie.

La femme l'écoutait sans relever sa tête courbée dans sa main. Elle soupira profondément.

— C'est ce que Nikitouschka me dit aussi pour me consoler. « Sotte que tu es, qu'il me dit, pourquoi pleurer ? Notre fils est chez Dieu et chante avec les autres anges les louanges du Très-Haut. » Mais il a beau dire, il pleure lui-même ; je le vois bien, qu'il pleure comme moi, et je lui réponds : Oui, Nikitouschka, je le sais, il ne peut être ailleurs que dans la maison de Dieu. Mais ici, ici, Nikitouschka, il n'y est plus, assis auprès de nous comme naguère. Si du moins je pouvais le voir une fois encore, rien qu'une fois, sans même m'approcher de lui, sans lui parler, blottie dans un coin en le regardant un instant pendant qu'il jouerait dans la cour, en criant comme jadis de sa petite voix : *Maman, où es-tu?* Oh! l'entendre seulement trotter avec ses petits pieds à travers la chambre! *Toc, toc,* ses petits pieds allaient si vite quand il courait à moi en criant et en riant. Entendre seulement le bruit de ses petits pieds! l'entendre seulement, le reconnaître! Mais non, mon petit Père, plus jamais, je ne l'entendrai plus jamais. Voilà sa petite ceinture, mais lui, il n'y est plus! et jamais je ne le verrai! et jamais je ne l'entendrai!

Elle tira de son corsage une petite ceinture galonnée, et à peine l'eut-elle vue, qu'elle tressaillit, en proie à une crise de sanglots.

Elle cacha son visage dans ses mains, et entre ses doigts les larmes coulaient à flots.

— Voilà l'antique Rachel, dit le starets, qui pleure ses

enfants et ne peut se consoler parce qu'ils ne sont plus.
Pleure! pleure! mais en pleurant, rappelle-toi que ton fils
est parmi les anges de Dieu, qu'il te regarde du haut du
ciel, se réjouit de tes larmes et les montre au Seigneur. Ils
ne tariront pas, ces longs pleurs, mais à la longue ta douleur deviendra douce et tes larmes ne seront plus qu'une
rosée attendrissante qui te lavera de tes péchés. Je prierai
pour le repos de l'âme de ton fils. Comment l'appelais-tu?

— Alexey, mon petit père.

— Joli nom! C'est donc pour Alexey, *l'homme de Dieu*,
que je prierai.

— Oui, mon petit père, « l'homme de Dieu », Alexey,
« l'homme de Dieu. »

— Quel grand saint! Je prierai pour l'âme de ton
enfant, mère, ce grand saint Alexey; je prierai pour que
tu sois moins triste, et je prierai aussi pour la santé de
ton mari. Mais c'est un péché de l'abandonner. Retourne
chez lui et soigne-le. Si ton fils apprend que tu délaisses
ainsi son père, il en sera désolé: veux-tu troubler sa paix
délicieuse? Car il vit, entends-tu, il vit! L'âme est
immortelle, et si son apparence n'est plus visible pour toi,
l'âme, l'âme elle-même continue pourtant à t'environner.
Comment aurait-elle de la joie à vivre dans ta maison si
tu la hais, si tu la quittes? Chez qui pourrait aller ton fils
s'il ne sait où trouver réunis son père et sa mère? Tu le
vois dans tes rêves, et, à cause de ta fuite, tes rêves sont
des cauchemars; mais si tu retournes chez ton mari, tes
rêves deviendront très-doux. Retourne, femme, retourne
chez toi aujourd'hui même.

— J'irai, Père, j'irai puisque tu le veux. Tu m'as tou-

chée... Nikitouschka, tu m'attends, mon cher Nikitouschka,
tu m'attends !...

Elle éclata de nouveau en sanglots.

Mais le starets s'était déjà détourné vers une petite
vieille vêtue en citadine, contrairement à l'usage des
pèlerins. Elle expliqua qu'elle était veuve d'un sous-officier
et qu'elle arrivait de la ville. Elle avait un petit-fils, Vas-
signka[1], employé en Sibérie, dont elle était sans nouvelles
depuis un an.

— Je voulais m'informer, savoir ce qu'il fait, mais je ne
savais à qui m'adresser. Alors une de mes connaissances,
une riche marchande, me dit : « Voyons, qu'elle me dit,
Prokhorovna, fais-le inscrire à l'église, qu'elle me dit, pour
qu'on prie pour le repos de son âme ; alors son âme,
qu'elle me dit, sera offensée, et il t'écrira, c'est sûr. On
en a déjà plusieurs fois fait l'expérience », qu'elle me dit.
J'ai pourtant des doutes, moi... Vous, notre lumière, dites
si c'est vrai ou non ; faut-il le faire ? dites !

— N'y pense même pas ! C'est une honte ! Est-il possible,
une âme vivante ! Sa propre mère prierait pour le repos
d'une âme vivante ! C'est un grand péché, quelque chose
comme le crime de sorcellerie. Cela te sera pardonné à
cause de ton ignorance, mais prie plutôt la Reine du ciel,
notre protectrice assurée, prie-la de défendre ton fils, de
veiller sur sa santé et de te pardonner à toi-même ta mauvaise pensée. Écoute encore, Prokhorovna : ou bien ton fils
sera bientôt ici lui-même, ou il t'écrira, entends-moi bien
et crois-moi. Va en paix. Ton fils est vivant, je te l'affirme.

---

[1] Diminutif de Vassili.

— Tu es notre bien-aimé! Que Dieu te récompense! notre bienfaiteur! Toi qui pries pour tous, toi qui nous remets nos péchés!...

Le starets fut ensuite attiré par deux yeux qui luisaient dans la foule, deux yeux fatigués et luisants de fièvre. C'était une jeune paysanne malade. Elle restait silencieuse; ses yeux suppliaient, mais elle n'osait s'approcher.

— Que désires-tu, ma fille?

— Absous-moi, mon Père, dit-elle doucement : et elle s'agenouilla sans hâte. J'ai péché, mon Père, et mon péché me fait peur.

Le starets s'assit sur le plus bas degré, la femme s'approcha de lui en se traînant sur ses genoux.

— Je suis veuve depuis trois ans, commença-t-elle d'une voix basse et en tremblant. La vie conjugale a été pénible pour moi. Mon mari était vieux, il me battait. Il est tombé malade, et je me suis dit : « S'il guérit, il se lèvera de nouveau, et que deviendrai-je?... » Et alors une pensée m'est venue...

— Attends, dit le starets, et il approcha son oreille des lèvres de la jeune femme.

La femme continua en murmurant si bas que personne, sauf le starets, ne put l'entendre; ce fut d'ailleurs très-court.

— Il y a trois ans de cela? demanda le starets.

— Il y a trois ans. D'abord, je n'y pensais pas, mais maintenant je suis malade de chagrin.

— Tu viens de loin?

— Cinq cents verstes d'ici.

— Tu as dit cela en te confessant?

— Je l'ai dit, je l'ai dit, deux fois de suite.

— T'a-t-on permis la communion?

— Oui; mais j'ai peur de la mort.

— Non, ne crains pas, il ne faut jamais rien craindre. Ne te lamente pas. Repens-toi, et Dieu te pardonnera. Il n'y a pas au monde un péché que Dieu refuse de pardonner à quiconque possède le vrai repentir. L'homme, d'ailleurs, quels que soient ses péchés, ne peut épuiser la miséricorde divine. O femme, la miséricorde divine est si grande! Toi-même, pécheresse, et même à cause de ton péché, Dieu t'aime! Il y a plus de joie dans le ciel pour un pécheur qui se repent que pour dix justes qui persévèrent, — c'est une bien ancienne parole! Va donc et cesse de craindre. Sois douce aux offenses des hommes. Pardonne dans ton cœur à celui qui est mort, pardonne-lui tout le mal qu'il t'a fait, et la paix véritable descendra en toi. L'amour efface tout! Songe : si moi qui suis un pécheur comme toi, j'ai pitié de toi, femme, combien plus grande doit être la pitié de Dieu! L'amour est un trésor tellement inestimable qu'il suffit à racheter tous les péchés du monde, non-seulement les nôtres, entends-tu, mais tous ceux du monde! Va, et ne crains plus.

Il fit trois fois le signe de la croix sur elle, ôta de son cou une petite médaille et l'attacha au cou de la jeune femme, qui se prosterna devant lui jusqu'à terre.

Le starets se leva et sourit à une grosse baba, toute rouge de santé, qui portait dans ses bras un petit enfant.

— Je viens de Nischegoria, mon Père.

— Cela fait six verstes. Tu as dû te fatiguer beaucoup avec ton enfant! Que veux-tu?

— Mais, je suis venue pour te contempler. Ce n'est pas

la première fois que je viens, m'as-tu oubliée ? Tu n'as pas
bien bonne mémoire ! On disait chez nous : Il est malade.
Alors je me suis dit : Il faut que j'aille le voir. Et je vois
maintenant que tu n'es pas déjà si mal. Tu vivras encore
vingt ans, sois-en sûr ! Que Dieu te garde ! Assez de gens
prient pour toi, tu n'as rien à craindre, va !

— Merci, ma fille.

— A propos, j'ai une petite prière à te faire. J'ai apporté
soixante kopeks : donne-les, mon Père, à une plus pauvre
que moi. Je me suis dit : C'est par son intermédiaire que
je veux les donner.

— Merci, ma fille, merci. Tu es une bonne âme. Je ferai
comme tu veux. Est-ce une fille que tu portes là sur tes
bras ?

— Une fille, mon père, Lizaveta.

— Que Dieu vous bénisse toutes deux ! Tu m'as fait
plaisir, mère. Adieu, mes enfants.

Il bénit tout le monde et salua profondément.

IV

La pomiestchitsa, qui assistait à cette scène, pleurait
doucement. C'était une femme du monde, sensible et
d'instincts sincèrement bons. Elle fit quelques pas au-devant
du starets qui venait vers elle, et lui dit avec enthousiasme :

— Que je suis émue !...

L'émotion l'empêcha de continuer.

— Comme je comprends, reprit-elle, que le peuple vous aime! J'aime le peuple, moi aussi, et comment ne pas l'aimer, notre grand et bon peuple russe?

— Comment va votre fille? Vous avez désiré avoir encore un entretien avec moi?

— Oh! je serais volontiers restée trois jours à genoux devant votre porte pour obtenir de vous quelques instants. Nous sommes venues vous exprimer notre ardente gratitude. Vous avez guéri ma Liza [1]. Vous l'avez absolument guérie, et comment? Seulement en priant pour elle et en lui imposant les mains. Nous sommes venues pour les baiser, ces mains vénérables, et pour vous dire toute notre admiration.

— Comment? Je l'ai guérie? Pourquoi donc est-elle encore étendue dans son fauteuil?

— Du moins, les fièvres nocturnes ont disparu depuis deux jours, précisément depuis jeudi, se hâta de dire la dame; ses jambes sont devenues plus valides. Ce matin, elle s'est éveillée toute rétablie, après une bonne nuit. Voyez ses joues roses et ses yeux brillants. Elle pleurait, elle rit, elle est gaie et joyeuse. Aujourd'hui, elle a voulu se lever, debout, sur ses pieds, et elle est restée toute une minute sans que personne la soutînt. Elle prétend que dans quinze jours elle dansera le quadrille. J'ai fait venir le médecin de la ville, Herzenschtube. Il a haussé les épaules et a déclaré n'y rien comprendre. Et vous voulez que nous vivions sans vous remercier? Liza, remercie donc! remercie!

Le visage souriant de Liza devint tout à coup sérieux;

---

[1] Diminutif de Lizaveta.

elle se souleva autant qu'elle put sur son fauteuil, et se tournant vers le starets, elle joignit les mains. Mais, n'y pouvant plus tenir, elle éclata de rire...

— C'est de lui! c'est de lui! dit-elle en désignant Alioscha avec un dépit enfantin.

Le visage d'Alioscha s'empourpra aussitôt. Ses yeux étincelaient, il les ferma.

— Elle a quelque chose à vous dire, Alexey Fédorovitch. Comment vous portez-vous? dit la dame en s'adressant à Alioscha et en lui tendant sa fine main gantée.

Le starets se retourna et regarda attentivement Alioscha pendant que celui-ci s'approchait de la jeune fille avec un sourire embarrassé. Liza prit un air important.

— Katherina Ivanovna vous envoie par mon intermédiaire ceci, dit-elle en lui donnant une lettre. Elle vous prie de venir la voir tout de suite, et de n'y pas manquer.

— Elle me prie de venir chez elle, moi?... Pourquoi faire? murmura Alioscha, étonné et soucieux.

— C'est à propos de Dmitri Fédorovitch et... de tous ces derniers événements, se hâta de dire la pomiestchitsa. Katherina Ivanovna a pris un parti. Mais elle a besoin de vous voir... Dans quel but, je l'ignore, mais elle demande à vous voir le plus tôt possible. Vous irez chez elle, n'est-ce pas? le sentiment chrétien vous le commande.

— Je ne l'ai vue qu'une fois, reprit Alioscha, toujours étonné... C'est bien, j'irai, continua-t-il après avoir lu la lettre qui ne contenait qu'une pressante prière de venir.

— Ce sera une bonne action de votre part, dit Liza avec animation. Moi qui disais à maman : Il n'ira jamais, il est

trop occupé de faire son salut... Que vous êtes bon! je le
sais depuis longtemps, et j'ai plaisir à vous le dire.

— Lise! fit la mère d'un ton qui voulait être grandeur,
mais elle sourit presque aussitôt... Aussi vous nous oubliez
trop, Alexey Fedorovitch, vous ne venez jamais chez nous.
Pourtant, ma Liza m'a dit plus d'une fois qu'elle ne se
sentait bien qu'auprès de vous.

Alioscha baissa les yeux, rougit de nouveau et sourit sans
savoir pourquoi. Le starets avait détourné de lui son attention. Il causait avec un moine qui se tenait auprès du fauteuil de Liza, un moine très-simple, d'origine paysanne,
aux idées étroites, mais plein de foi et très-obstiné. Il dit
qu'il venait du Nord, d'Obdorsk, du couvent de Saint-
Sylvestre, un pauvre couvent composé de vingt moines
seulement. Le starets le bénit, et l'invita à venir le visiter
dans sa cellule quand il lui plairait. A ce moment, la
pomiestchitsa lui demanda de quelle maladie il pouvait
souffrir, ayant tous les dehors d'une excellente santé et la
gaieté peinte sur le visage.

— Je me sens aujourd'hui mieux que de coutume, mais
ce mieux est passager. Je connais mon mal, et si je vous
semble si gai c'est que l'homme est créé pour le bonheur
et qu'il se sent heureux dès qu'il peut se dire : « J'ai fait
mon devoir. » Je suis d'ailleurs content de votre remarque,
car tous les saints étaient gais.

— Avec quelle assurance vous dites de si grandes paroles!
Vos paroles sont comme des traits. Mais le bonheur, où
est-il pourtant? Qui peut dire de lui-même qu'il est heureux? Puisque vous avez la bonté de nous permettre de
rester quelques instants encore, laissez-moi vous dire

aujourd'hui tout ce que je n'ai pu vous dire l'autre jour, tout ce qui m'oppresse depuis si longtemps. Je souffre, pardonnez-moi, je souffre...

Elle joignit les mains avec exaltation.

— Mais de quoi particulièrement souffrez-vous?

— Je souffre... du manque de foi.

— Du manque de foi en Dieu?

— Oh! non! je n'ose même pas penser à un tel doute. Mais la vie future, c'est si problématique! Personne ne peut rien dire de certain sur ce sujet. Écoutez, vous êtes le médecin des âmes... Cette pensée de la vie d'outre-tombe m'émeut jusqu'à la souffrance, jusqu'à la peur, jusqu'à la terreur. Et je ne sais à qui m'adresser, jamais je n'ai osé parler de cela. Mais avec vous, j'ose... Tout le monde croit à la vie future : mais d'où vient cette foi? Les savants assurent que la foi est née de la peur que causaient aux premiers hommes les phénomènes terrifiants de la nature, que la foi n'a pas d'autre origine... O ciel! J'aurai cru toute ma vie : je meurs, et il n'y a rien! rien que l'ortie qui poussera sur ma tombe, comme a dit je ne sais plus quel poëte. Mais c'est affreux! Comment croire, après cela? Du reste, je n'ai jamais cru que dans mon enfance, machinalement, sans réfléchir. Et comment savoir la vérité? Je regarde autour de moi, personne ne se soucie de ces choses, presque personne aujourd'hui. Mais moi, mon ignorance m'est insupportable! C'est affreux, affreux!

— Certes, c'est affreux. Prouver est impossible, pourtant on peut se convaincre...

— Comment?

— Par l'expérience d'un amour actif. Tâchez d'aimer

votre prochain activement et sans cesse. A mesure que
votre amour grandira, vous vous convaincrez davantage de
l'existence de Dieu et de l'immortalité de votre âme. Et si
vous arrivez à l'abnégation, alors vous croirez sans plus
douter.

— L'amour actif! Voilà encore une question, et quelle
question! Voyez-vous, j'aime à un tel point l'humanité que
je rêve parfois d'abandonner tout, d'abandonner ma Liza, et
de me faire sœur de charité. Dans ces moments-là rien
ne pourrait m'effrayer, je panserais les blessés, je laverais
de mes propres mains les blessures, je baiserais volontiers les plaies...

— C'est déjà beaucoup de pouvoir concevoir de tels
désirs.

— Oui, mais pourrais-je longtemps supporter cette vie
de dévouement? continua-t-elle avec ardeur; voilà ma plus
grande inquiétude. Je ferme les yeux et je me demande :
Aurais-je longtemps persévéré dans cette vocation? Si le
malade était ingrat, exigeant, si ses caprices me faisaient
souffrir, s'il se plaignait de moi, que ferais-je? l'ingratitude pourrait décourager mon amour pour l'humanité...
je veux travailler pour être payée, comprenez-vous? Je
veux un salaire, je veux de l'amour en échange de mon
amour, et sans cet échange, je ne puis aimer !

— C'est ce que me disait, il y a longtemps, un médecin,
un homme avancé en âge et d'un très-grand esprit. Il
parlait comme vous, avec sincérité, quoiqu'il affectât de
plaisanter, — mais il riait jaune. Plus j'aime l'humanité, plus
je déteste l'individu, me disait-il. Mes rêves s'exaltent parfois jusqu'au désir de me sacrifier pour l'humanité; oui,

je me ferais volontiers crucifier pour l'amour des hommes!
Mais partager, deux jours durant, la même chambre avec
un autre, je ne le puis. Je peux arriver à haïr le meilleur
homme du monde en vingt-quatre heures, l'un parce qu'il
prolongera outre mesure ses repas, l'autre parce qu'il se
mouchera sans cesse à cause d'un coriza. En un mot, je suis
l'ennemi naturel de quiconque m'approche.

— Mais que faire? que faire alors? Faut-il donc déses-
pérer de tout?

— Non, il suffit de souffrir. Faites ce que vous pouvez,
et cela vous sera compté. D'ailleurs, vous avez déjà fait
beaucoup, puisque vous êtes arrivée à vous connaître
vous-même. Mais si vous ne m'avez fait cette confession
que pour que je vous loue de votre sincérité, vous n'arri-
verez pas à l'amour actif. Vos projets ne dépasseront pas
votre pensée, et votre vie s'effacera comme une ombre.

— Vous m'épouvantez, car vous dites vrai : je n'attendais que vos éloges.

— Eh bien, cet aveu prouve que vous êtes sincère et que
votre cœur est bon : vous êtes dans la bonne voie, tâchez
d'y rester. L'important est de fuir le mensonge, surtout
le mensonge qu'on se fait à soi-même. Ne vous effrayez
pas de vos propres hésitations devant votre désir d'aimer
activement. Je regrette de ne pouvoir rien vous dire de
plus. L'amour actif est terriblement différent de l'amour
spéculatif! Ne vous étonnez pas si, un jour, malgré tous
vos efforts, il vous semble que non-seulement vous ne
vous êtes pas rapprochée du but, mais que vous vous en
êtes éloignée : c'est ce jour-là, je vous le prédis, que vous
serez le plus près d'atteindre le but, et que vous recon-

naîtrez enfin la force divine qui vous a guidée et soutenue.

— Excusez-moi de vous laisser, on m'attend. Au revoir.

La dame pleurait.

— Bénissez donc Liza! s'écria-t-elle.

— Elle ne le mérite pas, dit le starets en riant, elle n'a pas cessé de faire des espiègleries depuis qu'elle est là. Qu'a-t-elle donc tant à rire d'Alexey?

En effet, Lise avait remarqué la confusion d'Alioscha, chaque fois que leurs regards se rencontraient : aussi épiait-elle les yeux du jeune homme qui les baissait aussi souvent qu'il les levait, et dut enfin se détourner et se cacher derrière le starets. Mais bientôt après, comme poussé par une force irrésistible, il risqua un regard pour voir ce que faisait Liza : elle était penchée en dehors de son fauteuil et attendait qu'Alioscha se laissât voir. Dès qu'elle l'aperçut, elle éclata de rire si bruyamment que le starets ne put s'empêcher de dire :

— Pourquoi donc, petite espiègle, vous amusez-vous à le rendre honteux?

Liza rougit, ses yeux étincelèrent, son visage devint sérieux, et elle se mit à parler nerveusement et vivement.

— Pourquoi a-t-il tout oublié? Toute petite il me portait sur ses bras, et nous jouions ensemble. Il m'apprenait à lire... Il y a deux ans, en nous quittant, il promettait de ne jamais m'oublier, que nous serions des amis éternels, éternels, éternels!... Et voilà qu'il se joue de moi, maintenant? Croit-il que je vais le manger, quoi?..... Pourquoi ne veut-il pas s'approcher, me regarder? Pourquoi ne vient-il pas chez nous? Est-ce vous qui le lui défendez? Il a pourtant le droit d'aller partout! L est inconvenant que je sois obligée de l'inviter à venir chez nous! C'était à lui de se souvenir... Mais voilà, il fait son salut maintenant! Pourquoi lui avez-vous fait endosser cette longue robe? Il ne pourrait pas courir sans tomber...

Et tout à coup, ne pouvant plus se retenir, elle cacha son visage entre ses mains et se mit à rire d'un long rire nerveux.

Le starets l'écouta en souriant, et la bénit avec tendresse. Mais quand elle lui prit la main pour la baiser, elle porta brusquement cette main à ses yeux et éclata en sanglots.

— Ne soyez pas fâchée contre moi, je suis une sotte... Alioscha a peut-être raison, bien raison, de ne pas vouloir venir chez une sotte comme moi.

— Je vous l'enverrai sûrement, dit le starets.

V

Le starets était resté vingt-cinq minutes hors de sa cellule.

Il était déjà midi et demi, et Dmitri Fédorovitch, pour qui la réunion avait lieu, n'arrivait pas. Mais on l'avait presque oublié, et le starets, en rentrant, trouva ses hôtes très-animés par une discussion à propos d'une récente étude d'Ivan sur la question alors passionnante des tribunaux ecclésiastiques, travail qui avait été très remarqué. Le starets prit part à cette discussion, qui dura près d'une

demi-heure encore. On finit par parler de la réorganisa-
tion de la société d'après les principes des socialistes chrétiens.

— A ce sujet, dit Mioussov, permettez-moi de vous rap-
porter une petite anecdocte. C'était à Paris, quelque
temps après le coup d'État du 2 décembre. J'étais en visite
chez un personnage très-influent alors : je fis chez lui
la connaissance d'un homme singulier, le chef de toute
une bande d'espions politiques. Profitant de ce fait que
j'étais reçu par un de ses supérieurs, — fait qui pouvait
me faire augurer de sa part quelque considération, — je
me mis à le questionner sur les agissements des socialistes
révolutionnaires. Il me parla plus poliment que sincèrement, — à la française, — mais je finis par obtenir de lui
une sorte d'aveu : « Quant aux socialistes anarchistes,
athées et révolutionnaires, me dit-il, nous ne les craignons pas beaucoup. Nous les surveillons et sommes au
courant de tout ce qu'ils font. Mais ceux qui sont à la fois
chrétiens et socialistes, voilà des hommes terribles!
Ceux-là, nous les craignons! » Ces paroles m'intriguèrent,
et je ne sais pourquoi elles me reviennent aujourd'hui...

— Est-ce à dire que vous parlez pour nous, et que vous
nous prenez pour des socialistes? dit presque brutalement
le Père Païssi, un des moines.

Mais avant que Petre Alexandrovitch eût pu répondre,
la porte s'ouvrit, et Dmitri Fédorovitch entra. On l'attendait si peu que son entrée soudaine étonna, au premier
abord.

Dmitri était un jeune homme de taille moyenne,
d'agréable extérieur, mais à qui l'on aurait donné plus

de vingt-huit ans. Il était très-musclé et semblait avoir une très-grande force physique, malgré son visage maladif, maigre, ses joues creuses, son teint jaune. Ses grands yeux noirs, à fleur de tète, avaient une expression à la fois entêtée et vague. Même quand il s'agitait et parlait avec humeur, ses yeux conservaient cette expression étrangère à celle de sa physionomie. Aussi eût-on difficilement pénétré malgré lui dans ses pensées. Cet air maladif s'expliquait d'ailleurs, aussi bien que ses extraordinaires emportements dans ses disputes avec son père, par la vie de désordres qu'il menait. Il était vêtu en dandy : redingote boutonnée, gants noirs ; à la main un chapeau haut de forme. Il marchait à grands pas, d'un air décidé. Il s'arrêta un instant sur le seuil, puis se dirigea vers le starets, devinant en lui le « maître de la maison ». Il le salua très-bas et lui demanda sa bénédiction. Le starets se leva et le bénit. Dmitri Fédorovitch lui baisa respectueusement la main, et, très-ému, presque irrité, il dit :

— Ayez la générosité de me pardonner. Je vous ai fait attendre longtemps, mais le laquais Smerdiakov, que mon père m'a envoyé, m'a trompé sur l'heure de la réunion. « C'est pour une heure », m'a-t-il dit du ton le plus décisif, et voilà que j'apprends...

— Ne vous tourmentez pas, dit le starets, vous êtes un peu en retard, il n'y a pas grand mal.

— Je vous remercie. Je n'attendais pas moins de votre bonté.

Dmitri Fédorovitch salua encore, puis, se tournant vers son « petit père », il lui fit le même salut respectueux et solennel. On sentait que ce salut était calculé d'avance, qu'il était sincère, et que Dmitri voulait par là témoigner de ses bonnes intentions.

Fédor Pavlovitch parut d'abord décontenancé. Mais presque aussitôt il reprit possession de lui-même. Pour répondre au salut de son fils, il se leva de son fauteuil, et gravement fit, lui aussi, un salut très-profond et très-solennel. Son visage était tout à coup devenu sérieux et imposant, mais cette impression, à vrai dire, demeurait plus maligne que majestueuse. Dmitri Fédorovitch fit ensuite un silencieux salut général aux autres personnes présentes, puis il s'approcha de la fenêtre, s'assit et se prépara à écouter la conversation qu'il avait interrompue. Elle continua avec le même entrain, mais Petre Alexandrovitch négligea de répondre à la question pressante du Père Païssi.

— Permettez-moi d'éviter ce sujet, dit-il avec une sorte de laisser-aller d'homme du monde. Tout cela est très-compliqué... Mais je vois sourire Ivan Fédorovitch; il a sans doute quelque chose d'intéressant à nous dire : interrogez-le donc de préférence à moi.

— Oh!... une simple remarque, répondit Ivan. En général, le libéralisme européen et même notre dilettantisme confondent les buts du socialisme et du christianisme. La même confusion est souvent commise par les gendarmes. Votre anecdote parisienne est très-caractéristique, Petre Alexandrovitch.

— Je demande encore une fois la permission de laisser là ce sujet, dit Mioussov, j'aimerais mieux vous conter une autre anecdote, bien plus caractéristique encore, et qui concerne Ivan Fédorovitch lui-même. Pas plus tard qu'il y a cinq jours, dans une réunion où le sexe féminin prédominait, il a déclaré que rien sur la terre ne peut pousser l'homme à aimer son prochain, qu'il n'y a pas de loi naturelle qui force l'homme à aimer l'humanité, et que, si cet amour existe, c'est seulement en vue d'une récompense sur laquelle la croyance générale en l'immortalité de l'âme permet de compter. Ivan Fédorovitch ajoutait encore que, si on enlevait à l'homme cette croyance, il perdrait du même coup et l'amour de l'humanité et toute force vitale : il n'y aurait plus de morale, tout serait naturel, même l'anthropophagie. Il conclut en affirmant que la loi morale de chaque particulier changerait aussitôt avec la perte de cette croyance, et que l'égoïsme le plus féroce deviendrait la loi universelle et nécessaire, loi d'ailleurs incontestablement noble et louable. Vous pouvez, messieurs, juger du reste par ce paradoxe : du reste, c'est-à-dire de tout ce que pourra nous conter notre cher et paradoxal Ivan Fédorovitch.

— Permettez, s'écria tout à coup Dmitri Fédorovitch, ai-je bien entendu ? *La férocité non-seulement est permise, mais devient la loi naturelle et logique d'un athée !* Est-ce bien cela ? En un mot : *Tout est permis à un athée,* est-ce bien cela ?

— C'est cela, dit le Père Païssi.

— Je ne l'oublierai pas.

Dmitri se tut comme il avait parlé : inopinément. Tout le monde le regarda avec curiosité.

— Est-ce vraiment votre conviction ? Croyez-vous que l'athéisme produise nécessairement ce résultat ? demanda le starets à Ivan Fédorovitch.

— Oui, je l'ai affirmé. Il n'y a pas de vertu s'il n'y a pas d'immortalité.

— Vous êtes heureux, si vous possédez tant de foi, heureux... ou, au contraire, très-malheureux.

— Pourquoi malheureux? dit Ivan en souriant.

— Parce qu'il est bien probable que vous ne croyez vous-même ni à l'immortalité de l'âme, ni à tout ce que vous avez écrit sur la question ecclésiastique.

— Peut-être avez-vous raison! Pourtant, je ne plaisantais pas tout à fait, avoua Ivan Fédorovitch en rougissant étrangement.

— Non, vous n'avez pas tout à fait plaisanté, c'est vrai. La question n'est pas encore résolue en vous, et vous souffrez de cette incertitude. Mais le désespéré se plaît souvent à jouer avec son désespoir, — par désespoir peut-être. Vous jouez, en attendant, avec votre désespoir et par désespoir : de là vos articles dans les journaux, vos conversations dans les salons. Mais vous ne croyez pas vous-même à vos raisonnements; c'est vous qui vous raillez, et la mort dans l'âme. Non, la question n'est pas encore résolue en vous, et c'est votre grand chagrin, car elle veut être résolue, cette question!...

— Mais peut-elle donc l'être? et peut-elle l'être... par l'affirmative? reprit Ivan Fédorovitch, continuant de sourire de son sourire indéfinissable.

— Pour vous elle ne peut l'être? ni par l'affirmative, ni par la négative, vous le savez vous-même; c'est la tournure particulière de votre âme, c'est le mal spécial dont vous souffrez. Mais remerciez le Créateur qui vous a doué d'une âme d'élite capable d'une pareille souffrance. Raisonner sur la sagesse et tâcher de s'élever jusqu'à elle, c'est là que doit tendre notre existence. Puissiez-vous avoir fait votre choix à temps, et que Dieu bénisse vos voies!

Le starets leva la main, et, de sa place, fit le signe de la croix sur Ivan Fédorovitch, qui aussitôt s'approchant du vieillard, lui baisa la main, puis se rassit. Il accomplit cette action si simple avec une telle étrangeté, une si singulière solennité, qu'il se fit autour de lui un silence d'étonnement. Alioscha parut même effrayé. Mioussov hocha la tête, et Fédor Pavlovitch sursauta sur son siège.

— Saint Père, s'écria-t-il en désignant Ivan Fédorovitch, c'est mon fils, c'est la chair de ma chair, ma progéniture préférée! C'est pour moi le respectueux Karl Moor, tandis que l'autre, celui qui vient d'entrer, c'est l'irrespectueux Frantz Moor, les deux brigands de Schiller; et moi je suis le Pregierender Graf von Moor. Jugez-nous et sauvez-nous. Nous vous demandons vos prières et plus encore : vos prédictions.

— Pourquoi encore cette bouffonnerie? Pourquoi offenser vos fils? murmura le starets d'une voix basse et affaiblie.

— C'est la comédie déplacée que je pressentais en venant ici, dit Dmitri Fédorovitch avec indignation en se levant à son tour. Pardonnez, Révérend Père, j'ai une pauvre éducation et je ne sais même pas dans quels termes m'adresser à vous. Mon père ne désire qu'un scandale, et pourquoi? Il le sait peut-être... et je crois le savoir aussi...

— Tout le monde m'accuse! gémit Fédor Pavlovitch. Petre Alexandrovitch lui-même!... Car vous m'avez accusé, Petre Alexandrovitch, vous m'avez accusé!... répéta-t-il

en s'adressant à Mioussov, comme si celui-ci avait pro-
testé contre ce reproche — et il en était bien loin. — On
m'accuse d'avoir caché l'argent de mes enfants dans mes
bottes. Mais permettez ! Nous avons des juges !... On vous
rendra des comptes, Dmitri Fédorovitch, vos propres
reçus feront foi ! On saura le chiffre de vos gaspillages et
quelle somme peut encore vous revenir. Pourquoi Petre
Alexandrovitch évite-t-il de donner son opinion ? Dmitri
Fédorovitch ne lui est pas étranger. Tous tombent sur moi,
et pourtant, c'est Dmitri qui est mon débiteur, et non pas
d'une petite somme : plusieurs milliers de roubles ! J'ai les
preuves... Toute la ville a horreur de ses débordements !
Dans son ancienne garnison, il achetait mille et deux mille
roubles la virginité des filles ! Tout cela nous est connu,
Dmitri Fédorovitch, jusqu'au dernier détail, et je vous le
prouverai... Saint Père, croiriez-vous qu'il s'est fait aimer
d'une noble jeune fille, d'excellente famille, riche, la fille
de son ancien chef, un brave colonel, décoré ! Il l'a demandée
en mariage et compromise irréparablement, et maintenant
qu'elle est ici, orpheline, il ose, sous le nez de cette noble
fille, faire la cour à une *hétaïre !* Cette hétaïre, pourtant,
vivait maritalement avec un homme très-considéré ; c'était,
pour ainsi dire, une forteresse inabordable, tout comme
une femme légitime, — car elle est vertueuse quand
même, saint Père, oui ! elle est vertueuse ! — Mais Dmitri
Fédorovitch veut ouvrir cette forteresse avec une clef d'or :
c'est pourquoi il veut m'extorquer de l'argent, et en attendant, il a déjà dépensé pour elle des milliers de roubles !
Il emprunte de l'argent sans cesse, savez-vous chez qui ?
Voulez-vous que je le dise ? Faut-il le dire, Mitia ?

— Taisez-vous! cria Dmitri Fédorovitch, attendez que je sorte d'ici! N'essayez pas de souiller devant moi une noble jeune fille! Son nom seulement sur vos lèvres serait un blasphème! Je ne vous le permets pas!...

Il étouffait.

— Mitia, Mitia, disait d'un air sentimental et attendrissant Fédor Pavlovitch, ne tiens-tu point de compte de ma bénédiction paternelle? Que feras-tu si je te maudis?

— Effronté! hypocrite! rugit Dmitri Fédorovitch.

— C'est à son père qu'il parle ainsi! Songez comment il peut traiter les autres! Ainsi, messieurs, imaginez-vous qu'il y a ici un pauvre et honnête homme, un malheureux capitaine en retraite, qu'on a obligé à donner sa démission, — mais sans scandale, sans procès, très-honorablement, — un homme chargé de famille. Il y a trois semaines, notre Dmitri Fédorovitch, dans un café, l'a pris par la barbe et l'a traîné par cette barbe jusqu'à la rue, et là, devant tout le monde, l'a assommé, — et tout cela parce que ce malheureux est mon mandataire dans une certaine petite affaire!

— Mensonges! Cela peut paraître vraisemblable, mais en réalité c'est faux. Je n'essayerai pas de justifier mes actes. Oui, j'avoue publiquement que j'ai agi comme une bête fauve avec ce capitaine. Je regrette ce que j'ai fait, je méprise la colère que j'eus alors. Mais ce capitaine, votre chargé d'affaires, mon père, était allé chez cette dame que vous appelez une hétaïre, et lui avait proposé en votre nom de prendre chez vous mes billets à ordre et de les remettre au tribunal pour qu'on me mît en prison, si je vous presse trop de régler mes comptes. Et vous me reprochez mon inclination pour cette dame, quand c'est

vous qui lui avez suggéré l'idée de m'attirer chez elle !
Elle me l'a avoué elle-même en se moquant de vous ! Et
maintenant c'est par jalousie que vous voudriez vous
défaire de moi en me faisant mettre en prison, car vous
l'obsédez de vos protestations d'amour ; c'est elle encore,
entendez-vous ? c'est elle-même qui me l'a dit en riant de
vous ! — Saint Père, considérez cet homme qui fait de la
morale à son fils ! Vous tous, pardonnez-moi ma colère :
j'étais venu ici dans l'intention de pardonner, s'il me ten-
dait la main, de pardonner et de demander pardon. Mais
il vient d'offenser la plus noble des créatures, une jeune
fille dont je n'ose même pas prononcer le nom devant
lui : je suis bien obligé de le démasquer publiquement,
malgré qu'il soit mon père...

Il ne pouvait plus continuer, ses yeux jetaient des
éclairs. Il respirait avec peine. D'ailleurs tout le monde
était très-ému. Tous, excepté le starets, étaient debout.

Les moines avaient des airs graves et attendaient que le
starets parlât.

Il était très-pâle, et un sourire rayonnait sur ses lèvres.
Il levait de temps en temps les mains, comme pour arrêter
les disputants, et certes une seule parole de lui eût mis fin
à la scène, mais il semblait attendre quelque chose, il
regardait fixement les uns et les autres, comme s'il eût
cherché à se faire à lui-même une conviction.

A la fin, Petre Alexandrovitch Mioussov s'écria :

— Nous avons tous une part de responsabilité dans ce
scandale. Mais j'avoue qu'en venant ici, je n'avais pas
prévu une telle ignominie. Pourtant je savais à qui j'avais
affaire... Il faut en finir ! Saint Père, j'ignorais les détails

qu'on vient de dévoiler devant nous; du moins, je ne voulais pas y croire... Un père jaloux de son fils à cause d'une femme de mauvaises mœurs et s'entendant avec cette créature pour faire mettre son fils en prison!... Et c'est en cette compagnie que je suis ici! On m'a trompé! je déclare hautement qu'on m'a trompé...

— Dmitri Fédorovitch, gémit d'une voix inouïe Fédor Pavlovitch, si vous n'étiez pas mon fils, je vous provoquerais en duel... au pistolet, à trois pas... à travers un mouchoir! A travers un mouchoir! répéta-t-il en frappant du pied.

Dmitri Fédorovitch fronça les sourcils et regarda son père avec mépris.

— Je rêvais... je rêvais, dit-il d'une voix douce et retenue, de revenir dans mon pays, avec l'ange de mon amour, ma fiancée, et d'adoucir les derniers jours de ce vieillard... mais je n'ai trouvé qu'un sale débauché, doublé d'un vil comédien!

— En duel! s'écria de nouveau Fédor Pavlovitch d'une voix étranglée en crachant de la salive avec chaque mot. Vous, Petre Alexandrovitch Mioussov, sachez, monsieur, que peut-être dans tous vos ancêtres il n'y a pas eu de femme aussi honnête que celle dont vous avez osé dire qu'elle est une créature de mauvaises mœurs! Et vous, Dmitri Fédorovitch, n'avez-vous pas vous-même sacrifié votre fiancée à cette « créature »? C'est donc que votre fiancée, à vos propres yeux, ne vaut pas la plante des pieds de cette « vile créature »!

— Quelle infamie! dit tout à coup un des moines, le Père Iossif.

— Pourquoi vit un tel homme? murmura comme en

rêve Dmitri Fédorovitch. Dites, peut-on lui permettre de souiller encore de ses pieds la terre? ajouta-t-il en regardant autour de lui, tout en désignant du geste le vieillard.

— Entendez-vous? entendez-vous, moines, ce parricide? dit Fédor Pavlovitch. Voilà l'« infamie », Père Iossif! Eh quoi? « quelle infamie! » Cette « vile créature », cette « femme de mauvaises mœurs » est peut-être plus sainte que vous tous qui faites ici votre salut! Qui sait? C'est le milieu où elle vivait qui l'a fait pécher dans sa jeunesse : « mais elle a beaucoup aimé! » Et à celle qui a beaucoup aimé le Christ lui-même pardonna!...

— Ce n'est pas pour cet amour-là que le Christ a pardonné, répondit naïvement le bon Père Iossif.

— Si, moine! si! c'est pour cet amour-là, moine! Vous faites votre salut ici en mangeant de la choucroute, et vous vous croyez justes! Vous pensez acheter Dieu au prix d'un petit poisson par jour!

— C'en est trop, firent des voix de tous côtés.

Mais cette scène de violence eut la fin la plus inattendue. Le starets se leva tout à coup de sa place. Tout éperdu de peur, Alioscha eut pourtant la présence d'esprit de le soutenir par un bras. Le starets se dirigea vers Dmitri Fédorovitch et, tout près de lui, s'agenouilla. Alioscha crut d'abord que le vieillard était tombé de faiblesse, mais il n'en était rien : à genoux, le starets salua Dmitri Fédorovitch en se prosternant jusqu'à terre, en touchant de son front le plancher. Alioscha demeura si stupéfait qu'il ne pensa même pas à soutenir le vieillard quand il se releva. Un faible sourire plissait à peine les lèvres du starets.

— Pardonnez, pardonnez-vous tous, dit-il en saluant tout autour de lui ses visiteurs.

Dmitri Fédorovitch resta d'abord comme pétrifié. Comment! un salut jusqu'à terre! à lui! Quoi donc?

— Mon Dieu! s'écria-t-il tout à coup; et étreignant son front dans ses mains, il se précipita hors de la chambre.

Tous les invités le suivirent sans même penser à prendre congé du starets; seuls, les moines s'approchèrent pour la bénédiction.

— Que signifie ce salut jusqu'à terre? Est-ce un symbole? demandait Fédor Pavlovitch, visiblement troublé, mais cherchant à se rassurer en parlant, sans toutefois s'adresser à personne en particulier.

Ils dépassèrent l'enceinte.

— Tas de fous! dit Mioussov, d'un air méchant. En tout cas, je vais me dispenser de votre compagnie, Fédor Pavlovitch, et pour toujours, vous pouvez m'en croire... Où donc est le moine qui nous a invités à dîner chez le supérieur?...

Précisément, ce moine venait à la rencontre des invités.

— Je vous prie, mon Père, de m'excuser auprès du Père supérieur, moi, Mioussov. Des circonstances imprévues m'enlèvent l'honneur de partager sa collation, malgré tout mon sincère désir, dit avec irritation Petre Alexandrovitch.

— Cette « circonstance imprévue », c'est moi, dit aussitôt Fédor Pavlovitch, entendez-vous, Père? C'est avec moi que Petre Alexandrovitch ne veut pas rester. Mais daignez, Petre Alexandrovitch, daignez vous rendre chez le Père supérieur, et bon appétit! C'est moi qui m'esquive. A la maison! Chez moi! C'est chez moi que je mangerai.

Ici, je ne pourrais, Petre Alexandrovitch, mon cher parent.

— Je ne suis pas votre parent, je ne l'ai jamais été, homme vil que vous êtes!

— Je l'ai dit exprès pour vous offenser. Ah! vous déclinez l'honneur de ma parenté? Eh! je n'en suis pas moins votre parent, je vous le prouverai. Quant à toi, Ivan Fédorovitch, j'enverrai ma voiture te chercher, tu peux rester aussi. Petre Alexandrovitch, les convenances mêmes exigent que vous alliez chez le Père supérieur le prier de vous excuser après cette algarade...

— Mais est-il bien vrai que vous partez? Vous ne mentez pas?

— Petre Alexandrovitch! Comment oserais-je, après tout cela? Je me suis emporté, pardonnez-moi, messieurs, j'ai honte... Messieurs, il y a des hommes qui ont le cœur pareil à celui d'Alexandre de Macédoine, d'autres l'ont pareil à celui des pauvres chiens toujours fouettés. Je suis de ceux-ci, j'ai peur. Comment, après cet esclandre, oser dîner ici, avaler les ragoûts du monastère? Je ne puis, excusez-moi.

« Diable! et s'il nous trompe! » songeait Mioussov très-perplexe, en suivant du regard le bouffon qui s'en allait.

Après quelques pas, Fédor Pavlovitch se retourna et, voyant que Petre Alexandrovitch le regardait, lui envoya un baiser.

— Y allez-vous, vous? demanda sèchement Mioussov à Ivan Fédorovitch.

— Pourquoi pas? D'autant plus que je suis invité particulièrement par le Père supérieur depuis hier.

— Malheureusement je crois que je suis obligé d'y aller aussi, dit Mioussov avec amertume, sans même remarquer que le moine l'écoutait. — Il faudra nous excuser, expliquer que ce n'était pas notre faute. Qu'en pensez-vous?

— Sans doute. D'ailleurs mon père n'y sera pas, dit Ivan Fédorovitch.

— Oh! le maudit dîner!

Cependant, tous s'y rendirent. Le petit moine écoutait silencieusement. Ce fut seulement en traversant le jardin qu'il observa que le Père supérieur attendait depuis une demi-heure déjà. Personne ne souffla mot. Mioussov jetait à Ivan Fédorovitch des regards de haine.

« Et il y va! comme si rien ne s'était passé! pensait-il; un front d'airain et une conscience de Karamazov! »

VI

Alioscha accompagna le starets dans sa chambre à coucher et l'aida à s'asseoir sur le lit. La cellule était très-exiguë, très-succinctement meublée : une étroite couchette en fer, garnie d'une couverture en feutre au lieu de matelas; dans un coin, près des icones, un petit autel surmonté d'une croix placée sur le livre des évangiles. Le starets s'assit, très-las. Ses yeux brillaient de fièvre, il respirait difficilement. Il regarda Alioscha d'un œil fixe, comme s'il eût été absorbé dans ses pensées.

— Va-t'en, mon fils, Porfiry me suffira, tu es plus utile là-bas. Va chez le Père supérieur et sers le dîner.

— Accordez-moi la permission de ne pas vous quitter, dit Alioscha d'une voix suppliante.

— Tu seras plus utile là-bas, la paix n'y règne pas ; tu serviras, on a besoin de toi. Si les démons s'agitent, prie ; et sache, mon fils (le starets aimait à donner ce titre à Alioscha), que ton avenir n'est pas ici. Rappelle-toi cela, jeune homme. Aussitôt que Dieu m'aura rappelé à lui, quitte le monastère, quitte-le.

Alioscha tressaillit.

— Qu'as-tu ? Pour le moment, te dis-je, ta place n'est pas ici. Il te faut la grande épreuve du monde, ton pèlerinage est encore long. Il faudra te marier, il le faudra. Il faudra que tu aies supporté bien des choses avant de revenir ici. D'ailleurs, je ne doute pas de toi, et c'est précisément pourquoi je t'envoie au-devant des dangers. Le Christ est avec toi : reste-lui fidèle. Il ne t'abandonnera pas. Tu auras des malheurs, mais tu seras consolé. Voilà mon testament : cherche ton bonheur dans les larmes. Travaille, travaille sans relâche. Rappelle-toi ce que je te dis aujourd'hui. J'aurai sans doute l'occasion de te parler encore, mais non-seulement mes jours, mes heures mêmes sont comptées.

Le visage d'Alioscha trahissait une violente émotion. Les coins de ses lèvres tremblaient.

— Qu'as-tu donc encore ? dit le starets en souriant doucement. C'est aux laïques à pleurer les morts : mais nous, nous devons nous réjouir quand l'un de nous s'en va, et prier pour lui. Reste auprès de tes frères : non pas auprès de l'un d'eux, mais auprès de tous les deux.

Le starets leva sa main pour le bénir. Malgré tout son désir, Alioscha ne put résister à cet ordre. Il aurait voulu lui demander, — et même la question brûlait ses lèvres, — ce que signifiait le salut jusqu'à terre devant Dmitri, mais il n'osa pas. Il savait que le starets lui aurait donné sans se les laisser demander toutes les explications qu'il aurait jugées nécessaires. Pourtant, ce salut inquiétait Alioscha, il y soupçonnait quelque sens mystérieux, — mystérieux et peut-être terrible.

En dépassant l'enceinte de l'ascétère et tout en se hâtant pour arriver à temps chez le Père supérieur, Alioscha sentit son cœur se serrer. Il s'arrêta. Il entendit de nouveau vibrer dans sa mémoire les paroles du starets relatives à sa fin prochaine. Une telle prédiction, si précise, devait se réaliser à coup sûr, Alioscha y croyait aveuglément. Mais que deviendrait-il alors? Vivre sans le voir, sans l'entendre? Et où aller? Il me défend de pleurer! Il m'ordonne de quitter le monastère! Dieu! ô mon Dieu!

Il y avait longtemps qu'Alioscha n'avait été aussi triste. Il hâta sa marche et parvint dans le petit bois qui séparait l'ascétère du monastère. Là, ne pouvant plus supporter ses pensées, il se mit à considérer les sapins centenaires qui bordaient le sentier dans le bois. La traversée n'était pas longue, cinq cents pas tout au plus. À cette heure, le chemin était ordinairement désert; mais, à un détour, Alioscha rencontra le séminariste Rakitine. Ce dernier semblait attendre quelqu'un.

— Ce n'est pas moi que tu attends? lui demanda Alioscha en le rejoignant.

— Précisément toi, dit Rakitine en souriant. Tu vas chez le Père supérieur? Je sais qu'on dîne chez lui. La table n'a pas été aussi bien servie depuis le jour, tu te rappelles, où il a reçu l'évêque et le général Pakhatov. Moi, je n'y vais pas. Toi, va servir les sauces... Mais, dis-moi, Alexey, qu'est-ce que signifie le salut du starets à ton frère Dmitri Fédorovitch? Il a heurté le sol avec son crâne, j'ai entendu.

— C'est du Père Zossima que tu parles?

— Oui, du Père Zossima.

— « Avec son crâne? »...

— Ah! je ne me suis pas assez respectueusement exprimé? soit. Mais qu'est-ce que cela signifie?

— Je ne sais, Micha[1].

— Je me doutais qu'il ne te l'expliquerait pas. Il est vrai que c'est assez facile à comprendre. Ce sont les éternelles niaiseries. C'est un truc. Voilà de quoi causer pour tous les bigots de la province! On se demandera : Qu'est-ce que ça veut dire? Quant à moi, le vieux me semble avoir la vue longue. Il a pressenti un crime. Ça pue le crime chez vous.

— Quel crime?

— Un crime qui sera commis dans ta famille, entre tes frères et ton père trop riche. Mais en attendant, le Père Zossima a heurté son crâne, et si quelque chose arrive, on ne manquera pas de dire : Le saint Père l'avait bien prévu! Quoique ce soit une étrange prédiction que ce coup de crâne sur la terre. — Ah! mais, c'est un emblème, une allégorie... Diable soit!... Il a désigné le coupable. — Les

---

[1] Diminutif de Michaïl.

innocents ! *On se signe dans le cabaret et l'on jette des pierres dans le temple !* Ton starets est ainsi, il frapperait le juste avec son bâton et salue le coupable ?

— Mais quel crime ? quel coupable ? que dis-tu ?

— Quel coupable ? Comme si tu ne le savais pas ! Je parie que tu y as déjà pensé toi-même. — Tu dis toujours la vérité, mais tu sais t'asseoir entre deux chaises : au moins cette fois, dis-moi franchement si tu n'avais pas pensé à cela.

— Oui, j'y ai pensé, dit à voix basse Alioscha.

Rakitine lui-même se troubla.

— Comment ! toi aussi tu y as pensé !

— Moi... c'est-à-dire, bégaya Alioscha, j'y ai pensé en t'écoutant parler d'une façon si étrange.

— Tu vois bien ! tu vois bien ! moi, l'idée du crime m'est venue en regardant ton père et ton frère Mitia.

— Mais... d'où conclus-tu...? Pourquoi t'en occupes-tu autant ? Voilà ce que je voudrais savoir.

— Ce sont deux questions différentes, mais logiques. Je vais te répondre avec ordre. D'où je conclus cela ? Je n'aurais rien pensé de pareil si je n'avais pas compris ton frère Dmitri Fédorovitch tout entier d'un regard. Il y a une limite que les natures comme la sienne, honnêtes, mais sensuelles, ne doivent pas dépasser sans courir le risque de poignarder leur propre père. Or ton père est un ivrogne, un débauché effréné, qui ne connaît pas de mesure. Ils ne seront ni l'un ni l'autre retenus par rien, et tous deux rouleront dans l'abîme.

— Non, Micha, non. Si ce n'est que cela, tu me rends courage, les choses n'iront pas jusque-là.

— Et pourquoi trembles-tu? Tout en admettant qu'il soit honnête, — bête, mais honnête, — tu conviens au moins que ton frère est sensuel. C'est sa caractéristique. C'est d'ailleurs l'héritage paternel. Ce qui m'étonne, c'est que toi, Aliocha, tu puisses être encore vierge. — Tu es pourtant un Karamazov! Dans ta famille, la sensualité est à l'état aigu... Eh bien, les trois autres, tous trois sensuels, ont tous trois un couteau caché dans la botte, ils vont tous trois se donner de la corne, et peut-être les imiteras-tu, toi quatrième.

— Quant à cette femme, tu te trompes; Dmitri... la méprise, fit Aliocha en tressaillant.

— C'est de Grouschegnka que tu parles? Non, frère, c'est toi qui te trompes, il ne la méprise pas, puisqu'il a quitté pour elle sa fiancée! Il y a là... Il y a là, frère, quelque chose que tu ne peux encore comprendre. Un homme peut devenir amoureux d'une beauté quelconque, de la beauté corporelle, ou même d'une partie seulement du corps féminin (il n'y a que les sensuels qui peuvent comprendre cela). Il donnera pour elle alors ses propres enfants, il vendra pour elle père, mère, patrie. Honnête, il volera. Doux, il égorgera. Fidèle, il trahira. Pouschkine a célébré les petits pieds des femmes; mais il y a des gens qui ne sont pas poëtes et qui pourtant ne peuvent regarder ces petits pieds-là sans tressaillir, et... pas les petits pieds seulement... Le mépris, en ce cas, ne sert de rien. Dmitri peut mépriser Grouschegnka...

— Je comprends, dit naïvement Aliocha.

— Ah! vraiment? Oui, tu comprends, insinua ironiquement Rakitine. Tu l'as dit malgré toi, c'est un aveu d'autant plus précieux. Cela prouve que ce sujet ne t'est pas inconnu, tu as déjà réfléchi sur la sensualité. Ah! le vierge! Tu es un Éliacin, un petit saint, j'en conviens, mais le diable sait tout ce que tu as pensé déjà, tout ce que tu connais ou devines! Vierge, mais tu as déjà risqué un œil dans les profondeurs... de l'abîme depuis longtemps. Allons! tu es tout de même un Karamazov. Oui, la naturelle sélection est pour beaucoup là dedans. Par ton père, tu es un sensuel, et par ta mère un innocent... Mais pourquoi donc trembles-tu? C'est parce que j'ai dit la vérité? Sais-tu? Grouschegnka m'a demandé de t'amener chez elle, et elle a juré de t'enlever ta soutane. Et si tu savais comme elle insistait : « Amène-le! amène-le! » Qu'a-t-elle donc trouvé de si curieux en toi? C'est une femme extraordinaire, je t'assure.

— Salue-la de ma part et dis-lui que je n'irai pas, dit Alioscha en riant du bout des dents.

— Vieille chanson, frère!... Or, si la sensualité est en toi, songe ce que peut être ton frère Ivan, qui est du même ventre que toi. C'est un Karamazov, lui aussi, c'est-à-dire un sensuel doublé d'un innocent. Lui, il écrit des articles sur la question ecclésiastique pour s'amuser, en attendant, et qu'il publie dans quelque sot calcul mystérieux, quoiqu'il soit, comme il l'avoue lui-même, un athée. Sous main, il tâche de souffler à son frère Mitia sa fiancée, et je crois qu'il y parviendra, et du consentement de Mitegnka lui-même. Mitegnka lui abandonnera sa fiancée pour s'en défaire plus vite et aller librement chez Grouschegnka. Voilà des hommes sur lesquels pèse vraiment une fatalité. Ils comprennent que leur action est vile et la commettent quand même. Écoute encore : ton vieux père voudrait couper l'herbe sous les pieds de Mitia; il est fou de Grouschegnka, lui aussi. L'eau lui vient à la bouche, quand il la regarde. Ce n'est qu'à cause d'elle qu'il a fait tout à l'heure ce scandale; c'est parce que Mioussov l'a appelée fille perdue. Il est plus amoureux qu'un chat. Le père et le fils se heurteront fatalement, tu le vois. Grouschegnka n'accorde rien à l'un ni à l'autre, rit de tous les deux et se demande lequel il vaut mieux garder. Car le père est riche, mais il n'épousera pas, et un beau jour il fermera sa bourse; Mitegnka a donc son prix : il n'a pas d'argent, mais il est capable d'épouser. Oui, il ferait cela! Il abandonnerait sa fiancée, une beauté incomparable, riche, noble, et il épouserait Grouschegnka, l'ancienne maîtresse d'un vieux moujik débauché. Voilà d'où peut naître le crime. Et c'est là ce que ton frère Ivan attend. Il aura Katherina Ivanovna, pour qui il meurt d'amour, et ses soixante mille roubles avec. Pour un petit homme nu comme un ver, c'est tentant. D'autant plus qu'en faisant cela, loin d'offenser Mitia, il lui rendra service. La semaine dernière, étant ivre, dans un cabaret, avec des tziganes, Mitegnka criait à qui voulait l'entendre qu'il ne vaut pas sa fiancée, et que son frère Ivan est seul digne d'elle. Au bout du compte, Kategnka Ivanovna est sans défense contre un séducteur comme Ivan Fédorovitch. Elle hésite déjà entre les deux. Mais par où donc vous a-t-il tous charmés, cet Ivan? Car vous êtes à sa dévotion, et il se moque de vous, il se régale à votre compte.

— Comment sais-tu cela? Pourquoi en parles-tu si brutalement? dit Alioscha offensé.

— Pourquoi me fais-tu cette question, puisque tu crains en même temps ma réponse? Conviens toi-même que je dis vrai.

— Tu n'aimes pas Ivan. Ivan est un homme désintéressé.

— Vraiment? et la beauté de Katherina Ivanovna? Soixante mille roubles, cela n'est pas à dédaigner.

— Ivan est un homme supérieur à ces choses-là. Ce ne sont pas des millions de roubles qui le séduiraient, il se dévoue peut-être.

— Qu'est-ce que cette nouvelle songerie? O vous autres, les nobles!

— Eh! Micha! son âme est haute, il a l'esprit absorbé par une grande pensée qui n'a pas encore pris son essor! Il est de ceux auxquels il faut autre chose que de l'argent : il leur faut résoudre le problème.

— C'est un plagiat, Aliocha. Tu as paraphrasé le starets. Quel problème il est lui-même pour vous, cet Ivan! dit Rakitine avec une méchanceté évidente. Un sot problème, d'ailleurs, sans solution ; fais manœuvrer ta cervelle, et tu comprendras. Son article est ridicule, cela n'a pas de sens. J'ai entendu sa théorie : s'il n'y a pas d'immortalité, il n'y a pas de vertu, et tout est pourri. Et ton frère Mitegnka qui s'écrie : « Je m'en souviendrai! » Quelle théorie séduisante pour les coquins!... Je dis de gros mots, j'ai tort. Des coquins, non, des écoliers, des fanfarons, avec un problème insoluble dans la tête, des vantards! La théorie est ignoble. L'humanité trouvera en elle-même la force de vivre pour la vertu, sans avoir besoin de croire à l'immortalité de l'âme. C'est dans l'amour pour la liberté que l'humanité trouvera cette force...

Rakitine s'exaltait. Tout à coup, comme s'il se rappelait quelque chose, il s'interrompit.

— Mais c'est assez, dit-il. Tu ris! Tu me trouves banal?

— Non, je n'ai pas pensé... tu es très-intelligent, mais... laisse donc cela, j'ai souri sottement. Tu allais t'exalter, Micha. J'ai compris à tes emportements qu'à toi-même Katherina Ivanovna n'est pas indifférente. Je soupçonnais cela, frère, depuis longtemps, et c'est là pour quoi tu détestes Ivan. Tu es jaloux de lui...

— Et de son argent aussi, ajoute encore cela.

— Non, je ne parle pas d'argent. Je ne veux pas te faire cette injure.

— Je te crois. Mais que le diable t'emporte avec ton frère Ivan! Je puis le détester sans que Katherina Ivanovna y soit pour rien. Et pourquoi aurais-je de l'amitié pour lui? Il me fait bien l'honneur de me détester : pourquoi ne lui rendrais-je pas la pareille?

— Je ne l'ai jamais entendu parler de toi ni en bien ni en mal.

— Mais moi, j'ai entendu dire qu'avant-hier, chez Katherina Ivanovna, il m'a habillé de la belle manière. Voilà à quel point il s'intéresse à ton serviteur. Lequel des deux est jaloux de l'autre, frère? Je n'en sais vraiment rien. Il a daigné dire que, si je ne consens pas à devenir archiprêtre le plus tôt possible, j'irai certainement à Pétersbourg; j'entrerai dans quelque importante revue, certainement dans le bataillon des critiques; j'écrirai durant une dizaine d'années, et au bout du compte, la revue m'appartiendra. Je la dirigerai vers le libéralisme et l'athéisme, voire vers le socialisme, tout en me tenant exactement sur la réserve, étant à la fois des uns et des autres et en *la faisant* aux sots. Et le socialisme ne m'empêchera pas de mettre un petit magot de côté pour l'utiliser à l'occasion, sous la direction de quelque Juif, jusqu'au moment où je pourrai faire bâtir une grande maison à Pétersbourg pour y installer la rédaction.

— Ah! Micha! Mais cette prédiction pourrait bien se réaliser à la lettre! s'écria Alioscha en éclatant de rire.

— Hi! hi! vous prenez goût au sarcasme, vous aussi, Alexey Fédorovitch!

— Non, excuse-moi, je plaisante. J'ai bien autre chose en tête... Écoute. Qui a pu te renseigner si bien ? Tu n'étais pas toi-même chez Katherina Ivanovna quand Ivan parlait de toi.

— Je n'y étais pas, mais Dmitri Fédorovitch y était, et c'est de lui que je tiens la chose. Non pas qu'il me l'ait dite lui-même à moi-même, mais je l'ai entendu, malgré moi, certes, étant caché dans la chambre à coucher de Grouschegnka.

— Ah! oui, j'oubliais, vous êtes parents...

— Parents? Moi, parent de Grouschegnka! s'écria Rakitine en rougissant. Tu rêves! tu es fou!

— Comment! vous n'êtes pas parents? Je croyais...

— Qui a pu te dire cela? Ohé! les Karamazov! vous vous faites passer pour les descendants de très-vieux nobles, et chacun sait que ton père n'est qu'un bouffon et un pique-assiette! Je ne suis, moi, que le fils d'un pope, et je ne compte pas auprès de vous, messeigneurs... Pourtant ne m'offensez pas avec tant de désinvolture! J'ai de l'honneur, moi aussi, Alexey Fédorovitch! Non, je ne suis pas le parent d'une fille publique, je vous prie de le croire!

Rakitine était très-excité.

— Pardon, je ne pensais pas t'offenser. D'ailleurs, est-ce donc une fille publique? Est-ce vraiment cela? dit Aliocha, très-confus. Je te répète, on m'avait dit qu'il y avait entre vous des liens de parenté. Et en effet, je te voyais aller très-souvent chez elle, et tu me disais qu'elle n'était pas ta maîtresse... Je ne pouvais m'imaginer que tu eusses pour elle tant de mépris. Mérite-t-elle donc une opinion si sévère?

— Si je vais chez elle, j'ai mes raisons pour cela. Contente-toi de cette explication. Quant à la parenté, c'est plutôt toi qui en auras une avec elle par ton père ou par ton frère. Mais nous voilà arrivés. Va à ta cuisine, va. Hé! qu'y a-t-il donc? Qu'est-ce que c'est? Arrivons-nous trop tard? Ils n'ont pourtant pu dîner en si peu de temps. Peut-être les Karamazov auront-ils encore fait des leurs? C'est ce qu'il y a de plus probable : voici ton père avec Ivan Fédorovitch, ils sortent de chez le supérieur, et voici le Père Lezisof qui les interpelle du perron. Et ton père crie, agite les mains... C'est sans doute une querelle. Baste! Et voilà Mioussov aussi qui monte dans sa voiture! Il passe et s'en va. Et le pomiestchik qui court aussi! C'est encore un scandale! Le dîner n'aura certainement pas eu lieu. Peut-être ont-ils battu le Père supérieur? A moins qu'on les ait battus eux-mêmes? Ils le mériteraient bien!

Rakitine ne s'étonnait pas pour rien.

VII

Au moment où Mioussov et Ivan entraient chez le supérieur, Petre Alexandrovitch était à demi calmé. On ne
pouvait, songeait-il, faire aucun reproche aux moines;
toute la faute était à Fédor Pavlovitch, un si dégoûtant
personnage qu'il n'y avait pas moyen de se formaliser avec
lui. Le Père Nikolaï était ou devait être d'extraction
noble. Pourquoi ne pas se conduire avec ces bonnes gens
selon les règles de la plus stricte politesse? Ne devait-il
pas leur prouver que lui, Mioussov, n'avait rien de commun avec cet Ésope, ce bouffon, ce Pierrot? Ne ferait-il
même pas sagement, d'autant plus que le profit, en cas
de gain, serait mince, de renoncer au procès qu'il avait
jadis intenté aux moines pour je ne sais quels droits de
chasse et de pêche? — Ses bonnes intentions s'affermi-
rent encore après qu'il fut entré dans la salle à manger.

Ce n'était pas une salle à manger proprement dite, tout
l'appartement du Père supérieur se composant de deux
chambres, plus vastes, il est vrai, que celle du starets.
L'ameublement n'était pas très-confortable non plus. Des
meubles acajou et cuir, du style démodé de 1820; le par-
quet n'était pas même peint [1]. En revanche, tout reluisait

---

[1] Jusqu'à ces derniers temps, les parquets en Russie étaient
peints et non cirés.

de propreté. Des fleurs rares ornaient les tablettes des fenêtres. Mais le luxe principal consistait, naturellement, en une table servie avec élégance, une élégance relative, il est vrai : une nappe blanche, un couvert étincelant, trois espèces de pains très-dorés, deux bouteilles de vin, deux autres bouteilles d'hydromel fait au monastère, et une grande cruche en verre de kvas renommé dans le pays. Point d'eau-de-vie.

Rakitine raconta plus tard que le dîner était composé de cinq services. Il y avait une soupe à l'esturgeon et des gâteaux au poisson; puis un poisson cuit d'une manière particulièrement recherchée, puis des boulettes de poisson rouge, de la glace, une compote, et enfin un blanc-manger. Rakitine n'avait pas été jugé digne de prendre part à ce gala. On y avait invité le Père Iossif, le Père Païssi et un autre moine. Ces trois religieux attendaient déjà quand Mioussov, Kalganov et Ivan Fédorovitch entrèrent. Le pomiestchik Maximov se tenait à l'écart. Le Père supérieur vint au-devant de ses invités. C'était un vieillard de haute taille, maigre, mais très-solide encore, aux cheveux noirs abondamment semés d'argent, le visage long, imposant, émacié. Il salua silencieusement, les invités s'approchèrent pour qu'il les bénît; Mioussov voulut même lui baiser la main, mais le supérieur la retira; pourtant Kalganov et Ivan la baisèrent à la russe.

— Nous devons nous excuser auprès de Votre Révérence, commença Petre Alexandrovitch d'un ton aimable, à la fois important et respectueux. Fédor Pavlovitch ne peut se rendre à votre invitation, il a dû décliner cet honneur, et pour cause. Dans la cellule du Révérend Père Zossima, il a prononcé de malencontreuses paroles, emporté par la chaleur d'une discussion... avec son fils... en un mot, des paroles tout à fait inconvenantes. Il est probable (il jeta un coup d'œil furtif sur les moines) que Votre Révérence est déjà au courant... Il a reconnu son tort, en a eu honte, et, se jugeant indigne de paraître devant vous, il nous a chargés, son fils Ivan et moi, de vous exprimer ses regrets sincères... En un mot, il espère racheter sa faute par la suite. Quant à présent, il vous demande votre bénédiction et votre pardon.

Mioussov se tut. En débitant sa tirade il avait perdu tout souvenir de son irritation récente. Il était content de lui, et par conséquent il aimait toute l'humanité. Le supérieur l'écouta gravement, baissa la tête et dit :

— Je regrette beaucoup l'absent. Peut-être, pendant la collation, serait-il revenu à de meilleurs sentiments envers nous. Je vous invite, messieurs, à prendre place.

Le supérieur pria devant l'icone, tous s'inclinèrent respectueusement.

C'est à ce moment que Fédor Pavlovitch fit une nouvelle frasque.

Il avait d'abord voulu réellement partir, non qu'il fût honteux et qu'il eût conscience de son indignité, loin de là ; seulement il se rendait vaguement compte qu'il serait inconvenant de sa part et pour lui-même désagréable de se montrer *après tout cela*. Mais au moment de monter dans sa voiture, il se ravisa.

— Il me semble toujours, quand j'entre quelque part, avait-il coutume de dire, que je suis plus vil que tous les autres et qu'on doit me prendre pour un bouffon, et c'est précisément pourquoi je joue le rôle d'un bouffon, c'est parce que je sais que tous, jusqu'au dernier, vous êtes plus bêtes et plus vils que moi!...

Il voulut se venger sur les autres de ses propres infamies. A ce propos, il se rappela qu'un jour, comme on lui demandait pourquoi il haïssait un tel, il avait répondu avec son impudence ordinaire : « Voici pourquoi : il ne m'a rien fait, mais moi, je lui ai fait la plus ignoble crasse, voilà pourquoi je le hais. » Il sourit méchamment à ce souvenir. « Puisque j'ai commencé, continuons! » dit-il avec une soudaine résolution.

Il ordonna au cocher d'attendre, regagna le monastère à grands pas et se rendit tout droit chez le supérieur. Il ne savait pas lui-même ce qu'il allait faire, mais il savait seulement qu'il n'était déjà plus maître de lui.

Tous les invités allaient s'asseoir quand il entra. S'arrêtant sur le seuil, il regarda la compagnie et éclata de rire, de son rire effronté, prolongé, méchant, tout en regardant droit dans les yeux de tous ceux qui étaient là.

— On me croyait parti? me voilà!!!

Il y eut un mouvement de stupéfaction et de silence. On pressentait qu'une scène répugnante allait avoir lieu. Petre Alexandrovitch redevint plus sombre que jamais; toutes ses rancunes endormies se réveillèrent brusquement.

— Non, je ne supporterai pas cela! Je ne le puis absolument et... absolument!

Le sang lui montait au visage, il ne trouvait plus ses mots. Il saisit son chapeau.

— Quoi! vous ne pouvez pas? s'écria Fédor Pavlovitch. « Il ne peut pas absolument et... absolument! » Votre Révé-

rence, puis-je entrer, oui ou non? M'agréez-vous pour con-
vive?

— Je vous prie... de tout mon cœur. Messieurs, permettez-moi de vous prier d'oublier vos querelles, de ne
pas troubler la paix de cette réunion.

— Non! non! jamais! cria Petre Alexandrovitch hors
de lui.

— Si Petre Alexandrovicth *ne peut pas*, je ne puis pas
non plus. Je ne resterai pas. Je suis venu pour lui et je ne
ferai rien que ce qu'il fera. S'il reste, je reste; je pars
s'il part. N'est-ce pas, Von-Zohn? dit-il en s'adressant au
pomiestchik. Car voici encore Von-Zohn! Bonjour, Von-
Zohn!

— C'est à moi que vous parlez? murmura, tout ahuri,
le pomiestchik Maximov.

— Certainement, à toi! Et à qui donc? Ce n'est pas le
Père supérieur qui s'appelle Von-Zohn!

— Mais moi non plus! Je m'appelle Maximov.

— Non, tu es Von-Zohn. Votre Révérence, savez-vous
ce que c'est que Von-Zohn? Vous ne vous souvenez pas
du célèbre procès criminel Von-Zohn? On l'a tué dans un
lieu d'abomination (n'est-ce pas ainsi qu'on appelle chez
vous les mauvaises maisons?)... on l'a tué, dévalisé, et,
malgré son âge respectable, enfermé et envoyé dans un
coffre bien ficelé de Saint-Pétersbourg à Moscou avec un
numéro. Les pécheresses, pendant qu'on le ficelait, chantaient, jouaient de la harpe et du piano. Et c'est ce Von-
Zohn-là! Il est ressuscité d'entre les morts. N'est-ce pas,
Von-Zohn?

— Mais quoi? qu'est cela? murmurèrent les moines.

— Sortons! s'écria Petre Alexandrovitch, en s'adressant à Kalganov.

— Non, permettez, interrompit Fédor Pavlovitch faisant un pas en avant, permettez-moi de finir. On a prétendu que je m'étais conduit irrespectueusement dans la cellule, en parlant des petits poissons. Petre Alexandrovitch Mioussov, mon cher parent, préfère la noblesse à la sincérité. Moi, au contraire, je préfère la sincérité à la noblesse. Je crache sur la noblesse, n'est-ce pas, Von-Zohn? Permettez, Père supérieur : que je sois un bouffon ou que je me présente comme tel, je n'en suis pas moins un chevalier d'honneur, tandis que Petre Alexandrovitch n'a que de l'amour-propre blessé, rien de plus... Chez vous autres, ce qui tombe n'a pas le droit de se relever? Je me relèverai pourtant! Mais, saint Père, il y a quelque chose chez vous qui me révolte! La confession! C'est une chose sacrée, devant quoi je m'incline, je suis prêt à m'agenouiller. Mais dans vos cellules, on se confesse à haute voix! Est-il donc permis de se confesser à haute voix? Les saints ont décidé qu'on ne doit se confesser qu'à voix basse, c'est là l'essence du sacrement depuis son institution. Comment puis-je dire tout haut ceci, cela, et autre chose? C'est inconvenant! A la première occasion je soumettrai cela au synode, et, en attendant, je retirerai d'ici mon fils Alexey.

Notons en passant que Fédor Pavlovitch avait entendu dire quelque chose dans ce sens, mais il ne savait au juste quoi. Des calomnies avaient couru au sujet des staretsi : ils auraient, au préjudice de leurs supérieurs, abusé des saints sacrements, calomnies qui, depuis, sont tombées d'elles-mêmes.

— C'est intolérable ! s'écria Petre Alexandrovitch.

— Excusez, dit tout à coup le Père supérieur. Il est dit : *On t'insultera, on te calomniera ; écoute et pense que c'est une épreuve que Dieu t'envoie pour humilier ton orgueil.* Nous vous remercions donc humblement, cher hôte.

Il salua jusqu'à la ceinture Fédor Pavlovitch.

— Ta ! ta ! ta ! bigoterie ! vieille phrase ! vieille comédie ! vieux mensonge ! cérémonial officiel et banal ! tous vos saluts jusqu'à terre, nous les connaissons... « Embrasse sur la bouche et plonge un poignard dans le cœur... » comme dans les *Brigands* de Schiller. Je n'aime pas l'hypocrisie. Je veux qu'on soit franc. La vérité n'est pas dans les petits poissons. Pères, moines, pourquoi jeûnez-vous ? pourquoi pensez-vous que toutes vos privations auront dans le ciel leur récompense ? Pour une telle récompense, moi aussi je jeûnerais ! Non, saint moine, sois vertueux dans la vie, utile à la société, plutôt que de t'enfermer dans un monastère où tu trouves un pain que tu n'as pas cuit. Ne compte pas sur la récompense céleste. Ah ! ce sera plus difficile alors de bien vivre... Je sais aussi bien parler, Père supérieur, vous voyez... Qu'a-t-on donc préparé ici ? dit-il en s'approchant de la table : du vieux porte-weine factory, du médoc... Oh ! oh ! mes Pères, cela s'accorde mal avec les petits poissons ! Voyez ! que de bouteilles, mes Pères ! Oh ! oh ! qui donc a fourni tout cela ? Les moujiks ! Ils peinent pour vous, n'est-ce-pas ? et vous apportez le dernier sou qu'ils tirent de terre avec leurs mains calleuses, au préjudice de la famille et de la patrie. Mes saints Pères, vous pressurez le peuple !

— C'est intolérable, répéta le Père Iossif après Mioussov.

Le Père Païssi gardait le silence, Mioussov se jeta hors de la chambre, et Kalganov le suivit.

— Eh bien! mes Pères, je vais suivre Petre Alexandrovitch, et je ne remettrai jamais les pieds chez vous. Vous me supplieriez à genoux, je ne viendrais pas! Je vous ai donné mille roubles, et c'est pourquoi vous me faites les yeux doux? Eh! eh! c'est tout, mes bons Pères; c'est bien tout, et c'est assez, mes Pères. Nous sommes dans un siècle libéral, le siècle des bateaux à vapeur et des chemins de fer! Ni mille, ni cent roubles, ni deux kopeks, vous n'aurez plus rien de moi!

Le supérieur s'inclina encore.

— Il est dit : *Supporte joyeusement l'outrage et demeure pacifique, sois sans haine pour celui qui te blesse.* Nous suivrons la Parole.

— Ta! ta! ta! ta! *Dominus vobiscum,* et autres balivernes... Vous voudriez bien me retenir, mes petits papas, mais je m'en vais quand même, et j'use de mon autorité paternelle pour vous reprendre mon fils Alexey. Ivan Fédorovitch, mon fils le plus respectueux, permettez-moi de vous ordonner de me suivre, et toi, Von-Zohn, que vas-tu faire ici? Viens chez moi, on s'y amuse! il n'y a qu'une verste à faire, et au lieu de friture, je te ferai manger du cochon de lait. Tu auras du cognac, des liqueurs. Voyons, Von-Zohn, ne laisse pas échapper ton bonheur.

Il sortit en criant et en gesticulant. C'est à ce moment que Rakitine l'aperçut et le montra à Alioscha.

— Alexey, cria de loin Fédor Pavlovitch, déménage aujourd'hui même. Prends ton oreiller et ton matelas.

Alioscha resta comme cloué sur place. Fédor Pavlovitch

monta dans sa voiture, et, sans même se retourner pour
saluer Alioscha, Ivan Fédorovitch, silencieux et morne,
monta aussi. Tout à coup, apparut sur le marchepied de
la voiture le pomiestchik Maximov. Il était essoufflé, ayant
couru de peur d'arriver trop tard. Dans sa hâte, il mit un
pied sur celui d'Ivan, et saisissant la bâche, il prenait déjà
son élan pour monter.

— Moi aussi, je viens avec vous! cria-t-il en riant d'un
rire qui illuminait toute sa face. Prenez-moi aussi.

— Eh bien! ne vous l'avais-je pas dit, s'écria Fédor Pavlovitch tout transporté, que c'est Von-Zohn, le véritable
Von-Zohn, ressuscité d'entre les morts! Mais comment
as-tu pu leur échapper? Qu'as-tu encore von-zohnifié?
Sais-tu? tu es tout de même une fameuse canaille! Moi
aussi, je suis une canaille, et pourtant ta canaillerie
m'étonne, mon frère! Allons, saute vivement! Laisse-le
monter, Vania, il nous amusera. Il s'étendra à nos pieds.
Couche-toi, Von-Zohn! Ou bien, si on le mettait à côté du
cocher? C'est cela, saute sur le siège, Von-Zohn!

Mais Ivan Fédorovitch qui était déjà installé repoussa de
toutes ses forces, sans parler, Maximov qui fit un bond de
plusieurs mètres. Il ne dut qu'au hasard de n'avoir pas
fait une chute dangereuse.

— En route! cria au cocher Ivan Fédorovitch d'un ton
irrité.

— Qu'as-tu donc? Qu'as-tu donc?... Pourquoi? dit
Fédor Pavlovitch.

Mais la voiture partait déjà, Ivan ne répondit pas.

— Voyons! reprit Fédor Pavlovitch après deux minutes
de silence, en regardant son fils de côté. Mais c'est toi-

I. 4

même qui as proposé cette réunion au monastère. Pourquoi te fâches-tu donc?

— Assez de sottises, reposez-vous un peu maintenant, dit Ivan sèchement.

— Si nous buvions un coup de cognac? dit Fédor Pavlovitch quelques instants plus tard.

Ivan ne répondit pas.

— Quand nous serons arrivés, tu boiras aussi.

Ivan restait toujours silencieux, Fédor Pavlovitch attendit encore deux minutes.

— Je vais reprendre Alioscha, quelque désagréable que cela vous puisse être, mon respectueux Karl von Moor.

Ivan Fédorovitch haussa dédaigneusement les épaules, se détourna et regarda la route. Ils ne se parlèrent plus jusqu'à l'arrivée.

LIVRE II

L'HISTOIRE D'UNE FAMILLE.

I

Nous devons au lecteur quelques explications sur les personnages que nous lui avons présentés.

Comme il le sait déjà, Dmitri, Ivan et Alexey Fédoro-vitch étaient les trois fils du pomiestchik Fédor Pavlovitch Karamazov, dont la fin tragique, survenue il y a treize ans [1], fit tant de bruit. Pour l'instant, disons seulement de ce « pomiestchik » (ainsi qu'on l'appelait, quoique toute sa vie se passât hors de ses terres) que c'était un homme étrange. Le type n'en est pourtant pas rare : c'est le débauché qui à ses mauvais instincts ajoute un esprit désordonné, incapable de suite, bien qu'il sache très-bien arranger ses affaires d'intérêt, mais celles-là seulement.

Fédor Pavlovitch avait commencé avec rien. C'était un tout petit pomiestchik, et il vivait en pique-assiette.

Pourtant, à sa mort, on trouva chez lui plus de cent mille roubles [2].

---

[1] Le roman des *Frères Karamazov* a été écrit en 1880.
[2] Le rouble vaut 2 fr. 50.

Il avait été marié deux fois. De ses trois fils, l'aîné, Dmitri Fédorovitch, était de la première femme : les deux autres, Ivan et Alexey, étaient de la seconde. La première femme de Fédor Pavlovitch appartenait à la plus haute et la plus riche noblesse, les Mioussov, autres pomiestfchiks de notre district. Comment se peut-il qu'une jeune fille riche, jolie et intelligente, ait épousé un homme d'un si mince mérite? Je ne prendrai pas sur moi de l'expliquer, mais j'ai connu une jeune fille de l'ancienne génération « romantique » qui, après plusieurs années d'un amour bizarre pour un homme qu'elle aurait d'ailleurs pu épouser sans difficulté, finit par inventer des obstacles insurmontables à cette union et choisit une nuit d'orage pour se précipiter du haut d'un rocher dans un fleuve profond et rapide. Je crois qu'elle était jalouse d'Ophélie. Le fait est authentique; et ce n'est pas le seul de ce genre dont les deux ou trois dernières générations nous aient rendus témoins. La folie d'Adélaïda Ivanovna Mioussova était de cet ordre. Peut-être pensait-elle prouver par là son indépendance personnelle et féminine, réagir contre les préjugés de sa caste, contre le despotisme de sa famille; et son imagination, docile à son désir, se convainquit bientôt que Fédor Pavlovitch, tout pique-assiette notoire qu'il fût, n'en était pas moins un homme d'une certaine valeur, hardi, ironique, mordant, quand, à parler vrai, ce n'était qu'un méchant bouffon. Le plus amusant de l'affaire, c'est que Fédor Pavlovitch fut obligé d'enlever sa fiancée, ce qui flatta singulièrement les goûts romanesques d'Adélaïda Ivanovna.

Fédor Pavlovitch était prêt à tout, résolu à se pousser

dans le monde par n'importe quels moyens. D'amour, je crois bien qu'il n'y en avait d'aucun côté, quoique Adélaïda fût très-belle. C'est d'ailleurs la seule femme qu'il n'ait pas aimée, car il était d'un tempérament très-ardent et n'attendait guère d'y être autorisé pour courir après une-jupe.

Adélaïda Ivanovna ne fut pas longtemps à s'apercevoir qu'elle ne pouvait avoir que du mépris pour son mari. Sa famille lui avait pardonné son coup de tête et n'avait pas retenu la dot de la fugitive. Mais il y eut bientôt des scènes terribles entre les deux époux, et elles ne devaient pas cesser. On prétendait que Fédor Pavlovitch s'était emparé des vingt-cinq mille roubles qui composaient la dot de sa femme. Le fait est qu'il améliora son propre domaine et entama des négociations pour acquérir une très-belle maison de ville appartenant à sa femme. Elle la lui aurait évidemment cédée par lassitude, si ses parents n'y eussent mis bon ordre. On assure que les querelles dégénérèrent en voies de fait : mais il paraît que ce n'était pas Fédor Pavlovitch qui donnait les coups. Enfin Adélaïda Ivanovna s'enfuit avec un pauvre séminariste en laissant sur les bras de Fédor Pavlovitch son fils, Dmitri, âgé de trois ans.

Aussitôt Fédor Pavlovitch installa chez lui un harem. Il se mit à boire, et quand il n'était pas gris, il faisait une tournée parmi ses connaissances, se plaignant partout de sa femme et débitant sur son compte de telles choses que le fait même de les savoir est une honte pour un mari. Mais ce singulier personnage semblait prendre sa gloire dans le rôle de mari trompé. « On croirait, Fédor Pavlo-

vitch, que c'est là votre meilleur titre de noblesse, tant la
joie perce sous votre chagrin », lui disait-on.

Enfin, il retrouva les traces d'Adélaïda Ivanovna. La
malheureuse vivait à Saint-Pétersbourg avec son séminariste, en train de s'émanciper complétement. Fédor Pavlovitch se disposa à la poursuivre, il ne savait lui-même dans
quel but. Mais avant son départ, il pensa pouvoir s'accorder
quelques jours de la plus crapuleuse débauche : sur ces
entrefaites survint la nouvelle de la mort d'Adélaïda Ivanovna. De quoi était-elle morte? De maladie? de faim?
Les uns racontent que Fédor Pavlovitch, quand il apprit
cette nouvelle, courut à travers les rues en criant de joie,
tout heureux d'être délivré. D'autres prétendent qu'il
pleura à chaudes larmes comme un enfant. Les uns et les
autres ont peut-être raison. La plupart des scélérats ont,
comme nous-mêmes, plus de naïveté et de bonté qu'on ne
le pense généralement.

II

On peut s'imaginer quel père et quel éducateur dut être
un pareil homme. Comme il était facile de le prévoir, il
abandonna le fils qu'il avait eu d'Adélaïda Ivanovna : non
qu'il le détestât particulièrement ou qu'il eût quelque
doute sur son authenticité; sans aucun motif et tout simplement, il l'oublia.

Et tandis qu'il importunait tout le monde de ses jéré-

miades et transformait sa maison en un repaire de débauches, ce fut un domestique, le fidèle Grigory, qui prit sous
sa tutelle le petit Mitia. Car, dans les commencements,
l'enfant fut négligé aussi par les parents de sa mère, le
grand-père maternel étant mort, la grand'mère très-malade
et les tantes mariées. De sorte que, pendant tout un an,
Mitia vécut dans l'izba de Grigory. Mais un cousin germain
d'Adélaïda Ivanovna, Petre Alexandrovitch Mioussov,
arriva de Paris. C'était encore un tout jeune homme, très-
instruit, formé par un long séjour à l'étranger, un *Européen* qui devait finir dans la peau d'un libéral. Il était lié
avec les plus illustres libéraux de l'époque, Proudhon,
Bakounine[1]. Plus tard, il aimait à raconter les trois grandes
journées de la révolution de février 1848, en laissant
entendre qu'il avait figuré sur les barricades. Il possédait
mille âmes environ. Sa propriété était voisine de notre
célèbre couvent auquel, dès sa jeunesse, Petre Alexandrovitch avait intenté un procès interminable, son fameux
procès à propos des droits de chasse et de pêche, considé-
rant comme un devoir de nuire autant que possible aux
cléricaux. Quand il apprit l'histoire d'Adélaïda Ivanovna,
dont il avait jadis remarqué la beauté, il s'interposa entre
Mitia et son père, malgré tout le dégoût que lui causait
cet individu.

Il déclara tout net à Fédor Pavlovitch qu'il se chargeait
de l'éducation de l'enfant, mena l'affaire vivement et fut
désigné comme curateur, Fédor Pavlovitch étant le tuteur
naturel : car il restait à l'enfant, de l'héritage de sa mère,

---

[1] Le chef de l'école anarchiste.

une petite propriété. Mioussov plaça Mitia chez une de ses tantes de Moscou et retourna à Paris pour un long séjour. Mais il finit lui-même, dans tout le bruit de cette fameuse révolution qu'il ne devait jamais oublier, par négliger l'orphelin. La tante de Moscou mourut, Mitia échut à une de ses cousines et changea ainsi de suite trois ou quatre fois d'asile.

L'adolescence et la jeunesse de Dmitri Fédorovitch furent très-désordonnées. Il n'acheva pas ses études, entra dans une école militaire, fut envoyé au Caucase, obtint des grades, se battit en duel, fut dégradé pour ce fait, reconquit ses galons, fit beaucoup la fête et dépensa, relativement, beaucoup d'argent. Il ne reçut de Fédor Pavlovitch aucun subside avant sa majorité, et jusqu'alors vécut de dettes.

Après sa majorité seulement, il fit connaissance avec son père, étant venu le voir tout exprès pour tirer au clair certaines questions d'intérêt. Son père lui fit une très-mauvaise impression. Il repartit bientôt avec une certaine somme et la promesse d'une pension.

Fédor Pavlovitch comprit dès le début que Mitia s'exagérait le chiffre de sa fortune, mais que c'était un garçon léger, violent, un « noceur », et qu'il ne serait pas difficile de l'amadouer par de petites sommes payées de temps en temps sans un trop rigoureux contrôle.

Telle fut la vie de Mitia durant quatre années, au bout desquelles Fédor Pavlovitch lui déclara qu'il lui avait donné tout ce qui lui revenait, et que le jeune homme n'avait plus rien à exiger.

Cet événement amena une catastrophe dont le récit fera

la substance ou plutôt la fable extérieure de mon premier roman[1]. Mais avant de le commencer, il me faut dire quelques mots des deux autres fils de Fédor Pavlovitch.

III

Fédor Pavlovitch, s'étant débarrassé de Mitia, se remaria bientôt. Sa seconde femme, Sofia Ivanovna, vivait dans un autre gouvernement où Fédor Pavlovitch était venu pour affaires. Orpheline, fille d'un pauvre diacre, elle avait été recueillie par la veuve du général Vorokha. Comme elle avait été maltraitée par la générale, Fédor Pavlovitch en profita pour se poser en bienfaiteur, et continua devant elle les orgies auxquelles sa maison était accoutumée. Sofia Ivanovna souffrait d'une maladie nerveuse qui parfois lui faisait perdre la raison. Elle eut deux enfants, Ivan et Alexey, le premier au bout d'un an de mariage, le second trois ans plus tard. Après sa mort, il en fut de ses deux fils comme de Mitia; ils furent abandonnés aux soins du même Grigory, dont ils partagèrent l'izba.

C'est là que la générale les trouva et les recueillit. Elle vint trois mois après la mort de Sofia Ivanovna chez Fédor Pavlovitch, et ne resta qu'une demi-heure, mais fit beaucoup de choses en peu de temps.

C'était le soir. Fédor Pavlovitch, qui ne l'avait pas revue

---

[1] Les *Frères Karamazov* comportaient, dans la pensée de Dostoïevsky, une suite de romans. Il n'a eu le temps de finir que le premier.

depuis son mariage, était ivre quand il rencontra la générale. On raconte que, sans autre explication, elle lui admi-
nistra deux grands soufflets, le secoua trois fois par les
cheveux, puis, toujours sans parler, alla directement dans
l'izba de Grigory. Quand elle vit les enfants sales, tristes,
malades, elle souffleta Grigory à son tour, entoura les
enfants de son plaid, les mit dans sa voiture et partit avec
eux. Grigory la salua, la remercia d'avoir pensé aux
orphelins, mais elle lui jeta un dédaigneux « Vaurien! »
et partit. Fédor Pavlovitch s'applaudit de cet événement. Quant aux soufflets, il fut le premier à en parler à
toutes ses connaissances.

La générale mourut peu de temps après. Elle avait
inscrit dans son testament chacun des enfants pour mille
roubles : « Somme qui devra être intégralement consacrée
à leur éducation sous cette seule condition que ce capital
leur suffise jusqu'à leur majorité, car c'est bien assez
pour de tels enfants ; si quelqu'un trouve que ce n'est pas
assez, il n'a qu'à m'imiter, etc., etc... »

Heureusement, le principal héritier de la générale se
trouvait être un honnête homme, le chef de la noblesse
de son gouvernement, Efim Pétrovitch Poliénov. Voyant
qu'on ne pouvait rien espérer de Fédor Pavlovitch, il se
chargea personnellement des orphelins, et, comme il aima
surtout le cadet, Alexey, il le garda longtemps dans sa
famille, fait dont je prie le lecteur de prendre dès maintenant bonne note. C'est à cet Efim Pétrovitch, le plus noble
des hommes, que les deux jeunes gens durent leur éducation
et peut-être leur vie. Il conserva intact jusqu'à leur majorité le legs de la générale ; les intérêts doublèrent le capital.

L'aîné, Ivan, était d'un tempérament morne, renfermé. Il avait compris, dès sa dixième année, qu'il vivait de charité et qu'il avait pour père un homme dont le nom seul était un opprobre. Encore tout enfant, il montra des dispositions extraordinaires pour les choses de l'esprit. A treize ans, il entra dans un lycée de Moscou et prit sa pension chez un maître célèbre, ami de Efim Pétrovitch. Ni Efim Pétrovitch ni ce maître n'étaient plus de ce monde quand le jeune homme sortit du lycée et entra à l'Université. Comme Efim Pétrovitch avait mal pris ses mesures testamentaires, Ivan, durant ses deux premières années d'université, fut obligé pour vivre de donner des leçons et d'écrire dans les journaux. Il fut donc « cheval de fiacre », mais ses petits articles, toujours curieusement écrits, se distinguaient des productions du nombre incalculable de petits jeunes gens des deux sexes qui, du matin au soir, courent les rédactions sans avoir autre chose à offrir que des traductions du français ou des demandes de manuscrits à copier. Il conserva, même durant ses dernières années d'université, ses relations de journalisme et se fit dans les cercles littéraires une certaine notoriété, par de remarquables analyses de différents livres. Mais ce n'était que dans les derniers temps qu'un hasard lui avait attiré l'attention du grand public; voici comment. Il avait terminé ses études universitaires et se préparait à partir avec ses deux mille roubles pour l'étranger, quand il publia dans un grand journal un singulier article qui causa une émotion d'autant plus vive que le sujet n'était pas familier à l'auteur : Ivan était naturaliste, et l'article traitait des Tribunaux ecclésiastiques, question alors de la plus piquante actualité. Le principal intérêt était dans le ton et dans l'inattendu de la conclusion. La plupart des ecclésiastiques considérèrent Ivan comme leur défenseur, et les athées de leur côté l'applaudirent également. Enfin quelques clairvoyants comprirent qu'il n'y avait là qu'une farce insolente, une énorme raillerie. Je relate le fait parce qu'il parvint jusqu'à notre célèbre couvent où, naturellement, on s'intéressait à la question. Quand on sut le nom de l'auteur, tous les habitants du district se félicitèrent de l'avoir pour compatriote. Mais on s'étonna qu'il fût le fils de ce Fédor Pavlovitch ! C'est à cette époque, précisément, que l'auteur lui-même arriva parmi nous. Et que diable venait-l faire ? Car comment comprendre qu'un jeune homme tel que lui, riche d'avenir, très-correct extérieurement, vînt dans une maison mal famée comme celle de Fédor Pavlovitch ? Ajoutez que, jusqu'alors, Fédor Pavlovitch ne s'était jamais occupé de son fils et ne l'avait jamais aidé d'aucune manière. Pourtant Ivan élut domicile chez son père et y passa deux mois dans les meilleurs termes avec lui. Tout le monde en fut très-étonné, et plus que personne Petre Alexandrovitch Mioussov, le parent de Fédor Pavlovitch. Il s'était, en ce temps-là, installé dans notre ville et s'intéressait beaucoup au jeune homme... « Il a de l'ambition, disait-il, il n'est pas homme à se laisser manquer jamais d'argent ; il possède deux mille roubles qui lui permettraient de voyager à l'étranger : que fait-il donc ici ? Certes, ce n'est pas l'intérêt qui l'y a amené, car il sait très-bien que son père ne lui donnera pas d'argent. Il n'aime ni boire ni faire la débauche, et pourtant le vieux ne peut plus se passer de lui ! » L'influence du jeune

homme sur son père était en effet évidente. Fédor Pavlovitch lui obéissait, et sa conduite devenait même plus convenable...

Par la suite, on apprit que Ivan était venu en partie
pour régler les différends de son père et de son frère aîné,
Dmitri Fédorovitch, qu'il avait vu, pendant le même voyage,
pour la première fois, mais avec qui, dès avant cette
époque, il était déjà en correspondance.

IV

Alioscha avait alors vingt ans, quatre ans de moins que
son frère Ivan, huit ans de moins que son frère Dmitri.
Nous le trouvons au monastère dont nous avons parlé. Ce
n'était pas un fanatique, ni même un mystique. C'était
seulement un précoce *altruiste*. Il avait choisi la vie monastique comme un moyen tout offert pour se libérer du
milieu de vice et d'ignominie où il vivait, pour se dévouer
aux *œuvres de lumière et d'amour*. Et ce n'était pas le monastère lui-même qui l'avait séduit, mais l'être extraordinaire qu'il y avait rencontré, le starets du couvent, le
père Zossima, à qui il s'attacha de toutes les forces de son
jeune cœur...

Resté sans mère à quatre ans à peine, il n'avait cessé de
penser à elle. Son visage, ses caresses demeuraient comme
« vivants » devant lui. Ces sortes de souvenirs peuvent se

graver dans l'esprit dès l'âge de deux ans : ce sont des
points lumineux que toute l'ombre de la vie ne peut
éteindre; c'est un coin qui demeure d'un grand tableau
effacé. Un des plus persistants parmi ces souvenirs était
celui-ci : une fenètre grande ouverte dans une calme soirée
d'été, les rayons obliques d'un soleil couchant, une icone
dans un coin de la chambre, une lampe allumée devant
l'icone et sa mère agenouillée, pleurant comme dans une crise
d'hystérie, pleurant et criant, en serrant jusqu'à lui faire
mal son petit Alioscha contre sa poitrine, en appelant sur
lui les bénédictions de la Madone, en l'offrant sur ses bras
à la Vierge et en la suppliant de le protéger... Tout à coup
une domestique entre dans la chambre et enlève des bras
de sa mère l'enfant épouvanté. Alioscha voyait encore le
visage enflammé, mais très-beau, de sa mère... Tels étaient
ses souvenirs... Il n'aimait pas à en parler. D'une façon plus
générale, on peut dire qu'il n'aimait pas parler. Non qu'il
fût méfiant, ni timide, ni sauvage, au contraire : mais il
avait une sorte d'inquiétude intérieure, très-spéciale, et
qui lui faisait oublier tout le reste. Très-aimant toutefois,
il semblait devoir se fier sans prudence à tous; mais personne ne le prenait pour un naïf. Quelque chose en lui
avertissait les autres qu'il ne les jugeait pas, qu'il ne
croyait pas volontiers le mal, qu'il ne pouvait même
admettre que personne s'arrogeât le droit de juger les
actions d'autrui. Quand le mal lui était démontré, il restait
plutôt attristé qu'étonné, *sans jamais s'effrayer de rien.*
Arrivé à vingt ans chez son père, dans le plus ignoble lieu
de débauche, lui, l'innocent et le pur, il se contentait de
se retirer silencieusement quand les scènes auxquelles il

assistait dépassaient toute mesure, sans marquer aucun mépris, sans laisser lire sur son visage qu'il condamnait tout cela. Son père, avec son flair d'ancien pique-assiette, l'observait, d'abord avec méfiance ; mais dès la deuxième semaine il se mit à l'aimer sincèrement, profondément, comme il n'avait jamais aimé personne ; et, bien que les larmes qu'il versait en l'embrassant fussent des larmes d'ivrogne, c'étaient des larmes vraies, pourtant.

D'ailleurs, partout on l'aimait, dans quelque monde qu'il allât. C'était ainsi depuis son enfance. Dans la maison de son bienfaiteur Efim Petrovitch Polienov, toute la famille l'avait pris en affection comme un véritable enfant de la maison. Or, il était venu là bien jeune, à l'âge où l'on n'a point l'adresse de se concilier la bienveillance. Mais c'était un don chez lui. A l'école ce fut de même, bien qu'il parût être de ces enfants qui provoquent plutôt chez leurs petits camarades la malice et même la haine que l'amitié. Il fut leur préféré pendant toutes ses années d'étude. C'est qu'il ne se faisait pas valoir et que, par conséquent, ses camarades ne pensaient jamais qu'ils fussent ses rivaux. Et ce n'était pas orgueil de sa part, mais cette chose naïve et excellente : il ne comprenait pas son propre mérite. De plus, il ne gardait jamais le souvenir d'une offense. Une heure après, il parlait avec tant de sérénité à celui qui l'avait offensé qu'on n'eût pu croire que rien de désagréable se fût passé entre eux. Un seul trait de son caractère prêtait à la raillerie, encore à la raillerie la plus douce. C'était sa pudeur farouche. Il ne pouvait supporter certaine façon de « parler femmes », laquelle est malheureusement invétérée parmi les gamins des écoles. Enfants encore et l'âme toute pure, les écoliers disent volontiers des choses qui répugneraient à de vieux troupiers. Je crois même que les enfants de notre « classe dirigeante » connaissent en ce genre certains détails inconnus, dis-je, des vieux troupiers eux-mêmes. Est-ce débauche morale, cynisme réel, inhérent à la nature de l'esprit? Non, tout au plus fanfaronnade superficielle, où les petits bonshommes trouvent je ne sais quoi de délicat, de fin : une tradition estimable. Voyant qu'Alioscha Karamazov, quand on parlait de « cela », se bouchait vivement les oreilles, on l'entoura d'abord et on lui écarta de force les mains des oreilles pour qu'il ne perdît aucune de ces ordures. Il s'efforça de se dégager et finit par se coucher par terre, mais sans proférer une parole, sans un reproche. On finit par le laisser tranquille, on cessa même de l'appeler « fillette »; on le prit pour ainsi dire en pitié. Disons en passant qu'il était toujours un des meilleurs élèves, mais jamais le premier.

Après la mort d'Efim Pétrovitch, Alioscha resta au collége deux ans encore. La femme de Polienov, presque aussitôt après la mort de son mari, se retira en Italie avec toute sa famille, et Alioscha fut recueilli, sans qu'on lui dît à quel titre, par deux parents éloignés d'Efim Pétrovitch. C'était un des traits distinctifs de son caractère qu'il ne se souciât jamais de savoir « de quel argent il vivait », très-différent en cela de son frère Ivan Fédorovitch qui, durant ses deux premières années d'université, travailla pour vivre et dès l'enfance avait souffert à la pensée qu'il était entretenu par des étrangers. Mais cette particularité d'Alexey n'aurait pu lui aliéner l'estime de quiconque l'aurait un peu connu : c'était une sorte d'innocent. Eût-il possédé un capital considérable, il n'aurait pas été long à s'en défaire au profit du premier charlatan venu. Lui donnait-on de l'argent de poche (il n'en demandait jamais), il le gardait sans savoir qu'en faire ou le dépensait à l'instant, indifféremment. Petre Alexandrovitch Mioussov, un homme d'une honnêteté bourgeoise et qui connaissait la valeur de l'argent, disait d'Alexey : « Voilà peut-être le seul homme au monde qu'on puisse abandonner sur une place publique, dans une ville d'un million d'âmes où il ne connaîtrait personne, sans craindre qu'il manquât de rien. Ce serait à qui lui offrirait le vivre et le couvert, et il pourrait tout accepter sans humiliation, car c'est lui qui rendrait service en acceptant. »

Il n'avait plus qu'une année à attendre pour avoir terminé ses études scolaires, quand il déclara brusquement à ses deux protectrices qu'il lui fallait partir sur l'heure et se rendre chez son père pour affaires. Elles s'efforcèrent de le retenir, mais il s'obstina dans son dessein. Du moins elles ne lui permirent pas d'engager sa montre — cadeau de la famille de son bienfaiteur — pour subvenir aux frais du voyage, et elles lui donnèrent largement tout ce qui pouvait lui être nécessaire; mais il leur rendit la moitié de l'argent en déclarant qu'il tenait à prendre la troisième classe. Quand son père lui demanda pourquoi il avait interrompu ses études, il ne répondit rien et resta songeur. On apprit bientôt qu'il recherchait la tombe de sa mère. Ce ne devait pas être l'unique but de son voyage; mais il est probable qu'il n'eût pu en expliquer les causes réelles. Il avait obéi à une impulsion instinctive... Fédor Pavlovitch fut bien empêché de lui indiquer la sépulture de sa seconde femme, n'étant jamais allé au cimetière. Il ne savait même plus dans quel cimetière elle avait été enterrée.

Alioscha, plus encore que son frère Ivan, eut sur son père une influence moralisatrice. On eût dit le réveil, en ce vieillard, de bons instincts depuis longtemps endormis. « Sais-tu, lui disait-il souvent en le contemplant de bien près, que tu ressembles beaucoup à la klikouscha? » Il appelait ainsi sa seconde femme.

La tombe de la « klikouscha » fut enfin indiquée à Alioscha par Grigory, qui le mena au cimetière, et là, dans un coin écarté, lui montra une plaque en fonte, sans luxe, mais convenable, où étaient inscrits le nom et l'âge de la défunte, ainsi que sa situation sociale et l'année de sa mort. On avait même ajouté à l'épitaphe un quatrain, de cette littérature si chère aux gens de la moyenne classe : Alioscha apprit avec étonnement que c'était l'œuvre de Grigory.

Alioscha ne témoigna d'aucun excès de sentimentalité devant la tombe de sa mère. Il écouta patiemment les explications pompeuses que lui donna Grigory sur la construction du caveau et partit, la tête baissée. Il ne retourna pas une seule fois au cimetière. Cet épisode eut sur Fédor Pavlovitch un effet très-inattendu. Il prit dans sa caisse mille roubles et les porta au monastère pour qu'on dît des prières pour sa femme, non pas la seconde, la mère d'Alioscha, la klikouscha, mais la première, Adélaïde Ivanovna, celle qui le battait. Le même soir, il se grisa et accabla d'injures les moines devant Alioscha. La religion, comme on dit, ne l'étouffait pas.

Peu de temps après, Alioscha déclara à son père qu'il avait l'intention d'entrer au monastère; que les moines l'avaient accepté et qu'il n'attendait plus que l'autorisation paternelle. Le vieux savait déjà que le starets Zossima avait produit sur le « doux garçon » une profonde impression.

— Ce starets est certainement le plus honnête des moines, dit-il après avoir écouté silencieusement, sans marquer aucune surprise, la demande de son fils. Hum!... alors tu veux vivre avec lui, mon doux garçon... (Il était à moitié gris. Il sourit d'un étrange sourire empreint de cette finesse particulière des ivrognes.) Hum! je pressentais que tu finirais ainsi. Savais-tu que je l'avais pressenti? Je me doutais bien que tu prendrais ce chemin! Eh bien, soit, tu as deux mille roubles; ce sera ta dot. Quant à moi, mon ange, je ne t'abandonnerai jamais. Je donnerai ce qu'il faudra, ce qu'on me demandera. Si l'on ne veut rien, d'ailleurs, je n'insisterai pas; je sais que tu ne dépenses guère plus qu'un petit oiseau, deux grains de mil par semaine. Hum!... alors tu veux te faire moine? Crois-moi, Alioscha, je te regrette, je t'aime vraiment... enfin, c'est bien, tu prieras pour nous autres pécheurs, car nous avons beaucoup péché. Je me le suis demandé souvent : Qui priera pour moi? Mon doux garçon, tu sais que je n'entends pas grand'chose aux affaires de l'autre monde, pourtant j'y pense quelquefois... pas toujours : ce n'est pas une occupation pour un homme! Je me dis : Il n'est pas possible que le diable oublie de m'accrocher avec sa fourche après ma mort. Eh bien! mais, cette fourche, qu'est-ce que c'est? En quoi est-elle? Où la fabrique-t-on? Où est la fabrique? Les moines croient probablement que l'enfer a un plafond; moi, je suis disposé à croire qu'il y a un enfer, oui, mais sans plafond. Pas de plafond! c'est plus délicat, plus moderne, comme chez les protestants. Mais avec ou sans plafond, qu'importe? Seulement, s'il n'y a pas de plafond, il n'y a pas de fourche, et s'il n'y a pas de fourche, comment fera le diable pour m'avoir? Et où est la justice alors? Il faudrait les inventer, ces fourches, pour moi, pour moi seul; car tu ne peux savoir, Alioscha, quel homme abominable je suis!...

— Mais il n'y a pas de fourche, dit Alioscha sérieuse-ment et doucement.

— Oui, les ombres seulement des fourches, je sais, comme dans l'enfer de ce poëte français :

> J'ai vu l'ombre d'un cocher
> Avec l'ombre d'une brosse
> Frotter l'ombre d'un carrosse.

Mais qu'en sais-tu, qu'il n'y a pas de fourche? Tu chanteras une autre antienne quand tu seras chez les moines. Eh! vas-y! peut-être trouveras-tu chez eux la vérité. Alors viens me la dire. Le départ pour l'autre monde me sera plus facile quand je saurai sûrement ce qui s'y passe... Ce sera d'ailleurs plus convenable pour toi de vivre avec eux qu'avec un vieil ivrogne entouré de filles. Tu finirais par te pervertir avec moi. Non pas que je pense que tu me quittes pour longtemps : tu jetteras ton premier feu, mais il s'éteindra, et tu viendras me retrouver ici. Moi, je t'attendrai, car je sais bien que tu es la seule âme au monde qui ne me condamne pas, mon doux garçon, je le sens bien, je ne peux pas ne pas le sentir!...

Il se mit à pleurer. Il était sentimental : méchant, mais sentimental.

V

Le lecteur se représente peut-être Alioscha comme un être névrosé, maladif, chétif, peu développé. Au contraire, c'était, à cette époque, un jeune homme robuste, élancé, les joues roses, les yeux gris, grands et clairs, tout plein de santé, très-beau, d'une taille au-dessus de la moyenne, les cheveux châtains avec un visage ovale et régulier. Sans doute, tout cela n'empêche ni le fanatisme ni le mysticisme. Mais j'affirme qu'Alioscha avait le tempérament le plus *réaliste*. Certes, il croyait aux miracles, mais il était de ces réalistes chez lesquels la foi n'est pas la conséquence du miracle, mais le miracle la conséquence de la foi. Si un réaliste parvient à croire, son réalisme même doit lui faire admettre le miracle. L'apôtre Thomas déclare qu'il ne croira pas avant d'avoir vu ; mais quand il voit, il s'écrie : « Mon Seigneur et mon Dieu ! » Est-ce le miracle qui lui donne la foi ? Le plus probable est pour la négative. Il a acquis cette foi parce qu'il la désirait, et peut-être l'avait-il intérieurement, même avant de dire : « Je ne croirai que si je vois... »

Alioscha était de ces jeunes gens de la dernière génération, lesquels, honnêtes par nature, cherchent la vérité, la demandent, et dès qu'ils l'ont acquise, s'y dévouent jusqu'au sacrifice de la vie, s'il le faut. Malheureusement, ces jeunes gens ne comprennent pas que le sacrifice de la vie est souvent le plus facile des sacrifices. Sacrifier cinq ou six ans de sa vie pour quelque tâche pénible, pour la science ou même simplement pour décupler ses forces afin d'être ensuite capable de se mesurer avec la vérité, voilà, pour la plupart, le sacrifice qui dépasse les forces humaines. Alioscha avait choisi sa voie comme on fait une action d'héroïsme. Dès qu'il se fut sérieusement convaincu que Dieu existe et que l'âme est immortelle, il se dit : « Je veux vivre pour l'immortalité sans aucun compromis. » S'il s'était convaincu que Dieu n'existe pas et que l'âme n'est pas immortelle, il aurait, avec la même entière indépendance, vécu en athée et en socialiste (car le socialisme n'est pas seulement un problème économique et *la question du quatrième état;* le socialisme est, dans son essence, la négation de Dieu, la corporisation de l'athéisme contemporain, la Tour de Babel qu'on élève sans Dieu, non pas pour monter de la terre au ciel, mais pour faire descendre le ciel sur la terre). Il semblait impossible à Alioscha de continuer à vivre comme il avait fait jusqu'alors. Il est écrit : « Donne tout ce que tu as et suis-moi si tu veux atteindre à la perfection. » Alioscha pensa : « Au lieu de *tout,* vais-je me contenter de donner deux roubles? Au lieu de *le suivre,* me contenterai-je d'aller à la messe ? » Le souvenir de sa mère le conduisant tout enfant au monastère influa peut-être aussi sur sa décision, et peut-être aussi les rayons obliques du soleil couchant devant l'icone à laquelle sa mère l'avait comme dédié; et peut-être encore était-il venu dans la maison de son père pour voir s'il avait plus de deux roubles à donner. Mais la rencontre du starets avait coupé court à toutes ses hésitations.

Quelques mots ici sur le starets Zossima et sur les staretsi [1] en général. Je suis malheureusement sans compétence en la matière, mais j'en dirai le peu que je sais.

Le starets est un homme qui prend la volonté et l'âme des autres et en fait son âme propre et sa propre volonté. On s'abdique entre ses mains; il prend sur lui toutes les misères du monde, dans l'espérance d'arriver à se vaincre soi-même, à se maîtriser, afin d'obtenir, par l'obéissance jusqu'à la mort, la véritable et totale liberté, l'affranchissement de tout désir personnel, pensant échapper ainsi au malheur de ceux qui passent leur vie à chercher en eux-mêmes leur propre « moi » sans parvenir à le trouver. Le doyennat comporte un pouvoir illimité. Aussi a-t-il été longtemps interdit. Pourtant, les staretsi s'acquirent rapidement une haute renommée dans le peuple.

Chez le starets de notre monastère accouraient en foule nobles et paysans, pour lui confier leurs doutes, leurs péchés, leurs souffrances, et lui demander des conseils.

Notre starets Zossima avait soixante-cinq ans. C'était un ancien pomiestchik. Dans sa première jeunesse, il avait été officier dans l'armée du Caucase. On disait qu'à force d'entendre des confessions il avait acquis une telle lucidité, une telle pénétration que, du premier regard, il devinait ce que venait lui demander n'importe qui s'adressait à lui. On en était d'abord effrayé, mais personne ne

---

[1] Pluriel russe de starets.

le quittait sans être consolé. Ses plus chauds partisans le tenaient pour un saint et affirmaient qu'après sa mort on obtiendrait certainement des miracles par son intercession. C'était particulièrement le sentiment d'Alioscha, qui avait été témoin des guérisons miraculeuses opérées par le starets : guérisons véritables ou simples améliorations naturelles? Alioscha ne se faisait pas cette question. Alioscha croyait en aveugle à la puissance spirituelle de son directeur, la gloire du starets faisait la joie d'Alioscha.

Il se réjouissait de voir la foule venir pour contempler le saint vieillard, pleurer de bonheur à sa vue, s'agenouiller, baiser la terre qui le portait. Les femmes lui tendaient leurs enfants... Alioscha ne se demandait pas pourquoi la foule aimait tant le starets; il comprenait très-bien que pour ces âmes simples, fatiguées de travail, de chagrin, de leurs propres iniquités et de l'iniquité constante du monde, il n'y a pas de plus pressant besoin que celui de la consolation; et quel bonheur c'est, pour de telles âmes, que d'avoir un saint à vénérer et de se dire : « Nous pouvons pécher, nous pouvons céder à la tentation : le mensonge est en nous, mais il y a quelque part un saint qui sait, qui possède la vérité! Ainsi grâce à lui, elle se perpétue dans le monde, elle rayonnera quelque jour jusqu'à nous et régnera sur toute la terre comme il a été prophétisé. » Et la pensée que, du moins, le starets était seul à ce point vénérable n'embarrassait pas Alioscha : « Qu'importe, pensait-il, s'il possède le secret de la régénération universelle, la puissance qui finira par établir le règne de la vérité? Les hommes alors s'aimeront entre eux, et il n'y aura ni riches, ni pauvres, ni grands, ni petits. Il n'y aura que des enfants de Dieu, des sujets du Christ. »

L'arrivée de ses deux frères impressionna vivement Alioscha. Il se lia plus vite et plus intimement avec Dmitri Fédorovitch qu'avec Ivan Fédorovitch. Il avait longtemps désiré connaître Ivan; mais, et quoique celui-ci fût dans la maison depuis deux mois, ils ne s'étaient pas liés.

Dmitri parlait d'Ivan avec une profonde admiration. C'est par lui qu'Alioscha apprit tous les détails de l'importante affaire qui avait causé l'amitié de ses deux frères. L'enthousiasme de Dmitri pour Ivan avait, aux yeux d'Alioscha, ceci de caractéristique que Dmitri était un ignorant auprès d'Ivan : et en effet ils faisaient tous deux un si évident contraste qu'on n'eût pu trouver deux hommes plus différents.

C'est à cette époque qu'avait eu lieu la réunion de toute cette famille hétérogène dans la cellule du starets Zossima.

LIVRE III

LES SENSUELS.

I

La maison de Fédor Pavlovitch Karamazov était située à l'extrémité de la ville, mais pas tout à fait dans la banlieue; une maison d'un étage, avec un pavillon, peinte en gris, le toit en fonte rougie. C'était spacieux et confortable. Il y avait un grand nombre de cabinets noirs et d'escaliers dérobés. Les rats y pullulaient en liberté; Fédor Pavlovitch ne les détestait pas : « On s'ennuie moins, le soir, quand on est seul... » Et il envoyait, tous les soirs, ses domestiques dans le pavillon et s'enfermait seul pour la nuit. Le pavillon, situé dans la cour, était grand et bien bâti. Fédor Pavlovitch y avait installé une cuisine, quoiqu'il en eût une autre dans la maison; il n'aimait pas l'odeur de la cuisine. La maison aurait pu loger cinq fois plus de monde qu'elle n'en contenait. Fédor Pavlovitch y habitait avec Ivan Fédorovitch. Le pavillon renfermait les chambres de trois domestiques : le vieux Grigory, sa femme Martha et le valet Smerdiakov, encore un tout jeune homme.

Nous connaissons déjà Grigory : un homme têtu, honnête, incorruptible, qui allait droit à son but, quel qu'il fût, dès qu'il lui apparaissait comme un devoir. Sa femme, Martha Ignatievna, avait passé sa vie à se soumettre aux volontés de son mari. Lors toutefois de l'affranchissement des serfs, elle l'avait longtemps tourmenté pour qu'il quittât Fédor Pavlovitch et vînt avec elle à Moscou fonder un établissement quelconque avec leurs économies. Mais Grigory décida en son for intérieur que sa baba divaguait, « car toute baba est naturellement malhonnête », et qu'il ne devait pas quitter son maître malgré tous ses défauts, « que son devoir était là ».

— Comprends-tu ce que c'est que le devoir ? demanda-t-il à sa femme.

— Oui, Grigory Vassilievitch, mais quel devoir peut nous obliger à rester ici ? Voilà ce que je ne comprends pas, répondit Martha d'un ton ferme.

— Que tu comprennes ou non, c'est ainsi ; tais-toi.

Ils ne partirent pas, et Fédor Pavlovitch leur alloua des gages mensuels assez médiocres, mais régulièrement payés. D'ailleurs, Grigory se savait une certaine influence sur son barine : souvent, il l'avait défendu matériellement dans certaines rencontres ; Fédor Pavlovitch s'en souvenait et appréciait fort ce genre de service. Il avait, parfois, des transes intimes, des terreurs qui, disait-il lui-même, le prenaient à la gorge ; et il lui était doux de sentir auprès de lui un homme dévoué, de mœurs rigoureusement pures, un compagnon et un défenseur, tout inférieur que Grigory lui fût intellectuellement ; un homme enfin qui, sans jamais lui rien reprocher, fût en tout temps dis-

posé à lui venir en aide... Contre qui? il ne savait : contre
une puissance inconnue et redoutable. Il lui arrivait d'aller
réveiller Grigory dans la nuit, et de le prier de venir passer
avec lui quelques instants, durant lesquels il lui parlait de
choses insignifiantes ; mais il avait besoin de le sentir là.
Puis il le laissait partir, et s'endormait du sommeil du juste.

Grigory était un mystique ; un événement extraordinaire
avait laissé dans son âme, selon ses propres expressions,
une empreinte indélébile. Une nuit, Martha Ignatievna
avait été réveillée par des plaintes d'enfant nouveau-né.
Très-effrayée, elle appelle son mari. Grigory écoute : « Ce
sont plutôt des gémissements de femme », dit-il. Il se lève,
s'habille. C'était par une chaude nuit de mai. Il descend
sur le perron, et remarque que les gémissements viennent
du jardin. Le jardin était fermé du côté de la cour et
défendu par une forte barrière. Grigory rentre dans la
maison, allume une lanterne, prend la clef de la barrière
et, sans s'occuper de la terreur de Martha, descend dans le
jardin. Là, il constate que les gémissements viennent de
la salle des bains, située dans le jardin à peu de distance
de la porte, et que ce sont en effet des gémissements de
femme. En ouvrant la porte de la salle des bains, il reste
cloué de stupeur devant le spectacle qui s'offre à lui : par
terre était étendue Lizaveta Smerdiactchaïa, une idiote
connue de toute la ville ; un nouveau-né gisait auprès
d'elle ; elle agonisait. Aucun mot articulé ne sortait de ses
lèvres : elle était idiote et muette.

II

Une circonstance particulière confirma certains soupçons horribles que Grigory avait conçus dès longtemps. Cette Lizaveta Smerdiactchaïa était une fille de petite taille, haute en couleur, avec une physionomie de parfaite idiote. Le regard avait une fixité désagréable, quoique mêlée de résignation. Elle marchait sans jamais s'arrêter, vêtue seulement d'une chemise de chanvre. Son épaisse chevelure noire frisait comme une toison de mouton et lui faisait une sorte d'immense chapeau, tout sale de boue, de feuilles, de paille, de morceaux de bois, car elle dormait toujours par terre, quelque part dans un fossé. Son père était un mechtchanine errant, ruiné, malade, alcoolique, et qui vivait depuis bien des années d'un métier analogue à celui d'homme de peine. Tout enfant, elle n'avait déjà plus de mère... Son père la battait sans pitié quand elle venait chez lui, ce qu'elle risquait rarement; vivant plutôt aux frais de gens charitables qui lui faisaient l'aumône, à la pauvre innocente, pour plaire à Dieu. On avait essayé plusieurs fois de l'astreindre à porter un costume plus convenable que son unique chemise; au commencement de chaque hiver, on lui donnait une touloupe et des bottes. Elle se laissait vêtir sans mot dire, puis, à la porte de la prochaine église, déposait bottes et touloupe et reprenait sa

course éternelle en grelottant sous sa chemise. Un gouverneur, depuis peu arrivé dans la ville, fut choqué « dans
ses meilleurs sentiments » de voir la pauvre créature si
indécemment mise ; on lui expliqua que c'était une innocente, mais il répliqua que cette innocente troublait l'ordre
et prescrivit qu'on prît des mesures pour lui faire adopter
un plus correct genre de vie. Mais il partit, et rien ne fut
changé dans la vie de Lizaveta. A la mort de son père,
elle excita chez les pieux habitants un redoublement de
commisération. Les gamins mêmes la respectaient. Toutes
les portes lui étaient ouvertes. Quand on lui donnait
quelque monnaie, elle ne manquait pas d'aller la mettre
dans quelque tronc d'église ou de prison. Au marché,
quand on lui offrait un petit pain, elle l'acceptait et se
hâtait de le donner à un enfant ou même à un barinia,
riche ou pauvre, qui l'acceptait avec joie. Elle ne mangeait
que du pain noir et ne buvait que de l'eau. Elle passait
de préférence ses nuits sur le parvis des églises ou dans
quelque potager. Une nuit de septembre, douce et claire,
il y a longtemps de cela, pendant la pleine lune, assez tard
dans la nuit, une bande de cinq ou six barines qui avaient
bien soupé revenaient du club. La rue qu'ils suivaient était
bordée de potagers et aboutissait à un petit pont jeté
sur une grande mare nauséabonde qu'on était convenu
d'appeler la rivière. Contre une haie, couchée dans les
orties, ils aperçurent Lizaveta endormie. Les barines, un
peu gris, s'arrêtèrent et se mirent à rire et à faire des
plaisanteries obscènes. L'un d'eux demanda s'il était possible de prendre cet animal pour une femme. Tous se
récrièrent. Mais Fédor Pavlovitch, qui faisait partie de la

bande, déclara au contraire que non-seulement on pouvait
très-bien prendre Lizaveta pour une femme, mais encore
que l'aventure lui semblait fort piquante. A cette époque,
Fédor Pavlovitch portait un crêpe à son chapeau, étant
en deuil de sa première femme, et l'on ne pouvait le voir
sans dégoût se commettre dans de telles débauches, alors
que sa situation même lui prescrivait une vie irréprochable.
Sa sortie excita l'hilarité générale. On s'éloigna en ricanant.

Plus tard, il jura qu'il s'était éloigné avec les autres.
Personne ne sut jamais la vérité! Mais cinq mois plus tard,
la ville s'indigna de voir Lizaveta enceinte, et l'on rechercha
qui avait pu outrager la pauvre fille.

C'est alors qu'une rumeur terrible commença à circuler,
laquelle accusait Fédor Pavlovitch. D'où venait ce bruit?
Des barines qui composaient la bande, un seul restait, vieil
et respectable fonctionnaire d'État, chargé de famille, et
qui ne se serait certes pas mêlé d'une telle affaire. Grigory
défendit énergiquement la réputation de son barine et
même se querella très-fort à ce sujet. « Elle seule est
coupable », disait-il. Et il désignait comme son complice
Karp, un forçat évadé, surnommé Karp-à-l'hélice, et qu'on
soupçonnait de se cacher dans la ville. D'ailleurs, toutes
ces rumeurs ne nuisirent nullement à l'idiote. Une marchande, une assez riche veuve, la recueillit chez elle pour
lui éviter toutes privations jusqu'à son accouchement. On
la surveillait sans relâche. Un soir pourtant, presque au
moment de sa délivrance, Lizaveta se sauva de chez sa
protectrice et vint dans le jardin de Fédor Pavlovitch.
Comment, dans son état, avait-elle pu escalader une si
haute barrière? Cela resta une énigme. Les uns disaient

qu'on l'avait portée ; les autres, qu'elle n'avait pu faire une telle chose qu'aidée de forces surnaturelles.

Grigory courut à toutes jambes chercher sa femme et l'envoya à Lizaveta. Lui-même alla querir une vieille sage-femme qui habitait à peu de distance. On sauva l'enfant, mais Lizaveta mourut vers l'aube. Grigory prit le nouveau-né, l'emporta dans le pavillon et le mit sur les genoux de sa femme :

« Les orphelins sont les enfants de Dieu. Celui-ci est né du diable et d'une sainte. Élève-le ! »

Voilà comment Martha Ignatievna fut chargée d'un enfant. On le baptisa du nom de Pavel, auquel tout le monde ajouta celui de Fédorovitch [1]. Fédor Pavlovitch n'y contredit pas, trouvant même la chose très-amusante, tout en continuant de nier cette paternité. On l'approuva d'avoir recueilli l'enfant. Plus tard, il lui donna le nom de Smerdiakov, du nom de sa mère Smerdiatchaïa. Il servait Fédor Pavlovitch comme domestique et vivait dans le pavillon entre le vieux Grigory et la vieille Martha. Il avait les fonctions de cuisinier.

III

Après la sortie de son père, Alioscha resta quelques instants abasourdi. Quitter tout de suite le monastère ! Il

---

[1] En Russie, on ajoute toujours au nom de baptême de l'enfant le nom de baptême paternel, augmenté de la désinence *ovitch*.

se rendit dans la cuisine du supérieur pour apprendre ce qu'avait fait Fédor Pavlovitch, et, tout en marchant, il s'efforçait de résoudre un problème qui s'imposait à lui. Il ne pensait pas que l'ordre de son père fût définitif; il était convaincu que Fédor Pavlovitch ne voudrait pas lui causer une telle peine. Et qui eût pu vouloir lui nuire? Mais il avait des craintes qu'il ne pouvait se définir à lui-même au sujet de cette jeune fille, de cette Katherina Ivanovna qui insistait tant pour le voir chez elle. Ce n'était pas ce qu'elle lui dirait qui l'inquiétait : c'était ce qu'il aurait à lui répondre. Et ce n'était pas *la* femme qu'il craignait : il avait été élevé par des femmes et les connaissait bien. Il craignait cette femme-là, précisément celle-là, Katherina Ivanovna, et il l'avait crainte dès le premier regard. Or, tout au plus l'avait-il vue deux ou trois fois; il se la rappelait comme une belle, orgueilleuse et dominatrice jeune fille, et il s'effrayait, en y songeant, de ce qu'il trouvait d'inexplicable dans la peur même qu'elle lui inspirait. Il savait que Katherina n'avait que de nobles mobiles d'action, qu'elle s'efforçait de sauver Dmitri, coupable envers elle, et qu'elle n'agissait que par générosité : pourtant, malgré toute l'admiration qu'il lui avait vouée, il ne pouvait se défendre d'un frisson mystérieux chaque fois qu'il s'approchait de la maison où vivait la jeune fille.

Il calcula qu'en cet instant Ivan Fédorovitch, retenu par son père, n'était pas chez elle. Quant à Dmitri, il ne pouvait pas davantage être chez Katherina. Aliocha pourrait donc lui parler tête à tête : mais avant de la voir, il désirait parler à Dmitri. Où le prendre? Il fit le signe de la croix en souriant d'un sourire « intraduisible, » et se dirigea avec fermeté vers la terrible personne.

Il longea, pour faire court, les jardins coupés de ruelles. Il remarqua un potager commandé par une petite maison d'un étage, avec quatre fenêtres. A la hauteur du potager, il releva la tête et resta stupéfait : de l'autre côté de la haie, dans le potager, se tenait debout, sur un petit monticule, son frère Dmitri qui l'appelait en gesticulant, sans parler, craignant évidemment d'être entendu. Alioscha courut à lui :

— Heureusement tu m'as vu, j'aurais été obligé de crier, murmura Dmitri à voix basse. Saute par-dessus la haie, vivement... Comme cela tombe bien ! je pensais à toi.

Et Mitia, de sa main d'Hercule, souleva par le coude Alioscha et l'aida à sauter.

— Maintenant, allons ! reprit-il, transporté de joie.

— Où donc? murmura Alioscha, regardant autour de lui dans ce jardinet désert. Il n'y a personne ici. Pourquoi parlons-nous à voix basse?

— Pourquoi? Ah! diable! s'écria tout à coup Dmitri à pleine voix; et en effet, pourquoi parler à voix basse?... Mais, vois-tu, j'épie, je suis à l'affût d'un secret, et c'est parce que c'est un secret que je parle de façon à n'être pas entendu, comme un sot, puisqu'il n'y a pas d'intérêt à cela. Allons, viens et tais-toi. Laisse-moi d'abord t'embrasser.

Gloire à l'Éternel dans le ciel!
Gloire à l'Éternel en moi!

Ils parvinrent à une vérandah de vieille date ; sur une table branlante, enfoncée en terre et badigeonnée de vert,

Alioscha remarqua une demi-bouteille de cognac et un petit verre.

— C'est du cognac! s'écria Mitia en riant à gorge déployée. Tu vas dire : Il continue à boire! Ne te forge pas de telles illusions.

N'accueille pas les vaines pensées d'une foule éprise de mensonge. Laisse là tes soupçons...

Je ne bois pas, je sirote, comme dit ce cochon de Rakitine, ton ami. Assieds-toi. Je voudrais, Alioscha, te serrer dans mes bras à t'écraser, car, véritablement, vé-ri-ta-ble-ment, crois-moi! je n'aime que toi au monde.

Il prononça ces mots avec exaltation.

— Que toi, et encore une salope dont je me suis amouraché pour ma perte. S'amouracher, ce n'est pas aimer. On peut s'amouracher et haïr, rappelle-toi cela. Maintenant parlons sérieusement. Assieds-toi à table, près de moi, que je te voie. J'ai à te parler. Toi, ne dis rien. C'est moi qui parlerai, car l'heure de parler a sonné... Mais tout bas, il faut que je te parle tout bas; car il y a peut-être ici des oreilles que je ne vois pas. Pourquoi désirais-je te voir tout à l'heure et tous ces jours derniers? C'est que tu m'es nécessaire... c'est que je veux tout te dire, à toi seul... C'est que, demain, commencera pour moi une vie nouvelle! As-tu jamais eu, en rêve, la sensation de tomber du haut d'une montagne? Eh bien, je tombe, moi, et réellement. Oh! je n'ai pas peur, et toi non plus; il ne faut pas avoir peur... c'est-à-dire, oui, j'ai peur, mais cette peur m'est douce... c'est-à-dire, pas douce, mais c'est de l'ivresse... Et puis au diable! Qu'importe! Ame forte, âme faible, âme de femme, qu'im-

porte ? Louons la nature ! Vois quel beau soleil, quel ciel
pur, quels arbres verts ! Nous sommes en plein été Il est
quatre heures de l'après-midi. Il fait calme... Où allais-tu?

— J'allais chez mon père, et je voulais entrer en passant
chez Katherina Ivanovna.

— Chez elle et chez le père ! quelle coïncidence ! Car
pourquoi donc t'ai-je appelé? Pourquoi te désirais-je, — et
de toutes les fibres de mon être ? Précisément pour t'envoyer
chez le père, puis chez elle, afin d'en finir avec elle et
avec le père ! Envoyer un ange ! J'aurais pu envoyer n'importe qui, mais il me fallait un ange. Et voilà que tu y
allais de toi-même !

— Comment? tu voulais m'envoyer... dit Alioscha avec
une physionomie attristée. Et pourquoi?

— Attends, tu sais pourquoi, je vois que tu as tout
compris ; mais tais-toi. Ne me plains pas, ne pleure pas.

Dmitri se leva, songeur.

— Elle t'a sans doute appelé elle-même ? reprit-il. Elle
t'a écrit ! elle t'a écrit ! car autrement tu n'aurais pas osé !...

— Voici sa lettre.

Mitia la parcourut vivement.

— Et tu prenais par le plus court. O dieux ! je vous
remercie de l'avoir dirigé de ce côté, de l'avoir fait tomber
chez moi comme le petit poisson d'or dans le filet du
pauvre pêcheur, comme on dit dans le conte¹. Écoute,
Alioscha, écoute, mon frère. Je vais tout te dire... Il faut
enfin que je me confesse ! Je me suis déjà confessé à un
ange du ciel ; maintenant, je vais me confesser à un ange

---

¹ Conte de Pouchkine, *le Pêcheur et le petit-poisson.*

de la terre. Car tu es un ange. Tu m'entendras et tu me pardonneras. J'ai besoin d'être absous par un être plus pur que moi. Écoute donc. Suppose que deux êtres se dégagent des choses terrestres et s'élèvent dans une atmosphère supérieure... Sinon tous deux, au moins l'un d'eux. Suppose encore que celui-ci, avant de disparaître, vienne à l'autre et lui dise : « Fais pour moi ceci ou cela... » des choses qu'on ne peut exiger de personne, qu'on ne demande que sur le lit de mort : se pourrait-il que celui qui reste refusât d'obéir, si c'est un ami, un frère ?

— J'obéirai. Mais qu'est-ce ? Parle vite.

— Vite !... Hum !... Ne te dépêche pas tant, Alioscha, et ne t'inquiète pas ; c'est inutile. Hé ! Alioscha, quel dommage que tu ne t'exaltes jamais !... D'ailleurs, pourquoi faire ? Que dis-je donc là !

Homme, sois noble !

De qui est ce vers ?

Alioscha attendait sans répondre. Mitia resta longtemps silencieux, le front dans la main.

— Lioscha ! toi seul m'écouteras sans rire. Je voudrais commencer... ma confession... par un hymne de joie à la Schiller, *An die freude*[1] ! Mais je ne sais pas l'allemand. Ne va pas croire que je bavarde dans l'exaltation de l'ivresse. Il faut deux bouteilles de cognac pour me griser, et je n'en ai pas bu un grand verre. Vrai, je ne suis pas *Fort*, avec un grand F[2], mais je suis *fort* avec un petit *f*.

[1] A la joie !
[2] Il y a dans le texte un calembour intraduisible.

Passe-moi ce calembour. D'ailleurs, il faut me passer tout aujourd'hui, car tout ce que je dis, va, c'est que je dois le dire. Je vais droit au but... Attends, comment est-ce donc ?

il leva la tête, réfléchit, puis commença avec enthousiasme :

> Timide, nu, sauvage, se cachait
> Un Troglodyte dans les grottes des montagnes.
> Nomade, il errait dans les champs
> Et les dévastait.
> Il chassait avec sa lance et ses flèches.
> Terrible, il parcourait les forêts...
> Malheur à ceux que les vagues rejetaient
> Sur ces bords escarpés !

> Des hauteurs olympiennes
> Descend une mère, — Cérès, qui cherche
> Proserpine qu'on vient de lui ravir :
> Le monde gît devant elle dans toute son horreur.
> Pas de retraite, nul hôte.
> La déesse ne sait où aller.
> Ici le culte des dieux
> Est inconnu, point de temple.

> Les fruits des champs, les grappes savoureuses
> Ne décorent aucun festin ;
> Seuls fument des restes de cadavres
> Sur des autels ensanglantés.
> Et partout où l'œil triste
> De Cérès regarde, —
> Dans son humiliation profonde,
> L'homme s'offre partout aux regards de la déesse.

Des sanglots sortirent de la poitrine de Mitia, il saisit la main d'Alioscha.

— Ami !... ami ! oui, *dans l'humiliation,* dans l'humiliation, maintenant encore ! L'homme souffre beaucoup sur la terre, ah! beaucoup! Ne crois pas que je sois seulement l'homme de plaisirs futile que tout officier se croit obligé d'être. Je ne pense presque, mon frère, qu'à cette humiliation de la condition humaine... Je ne mens pas, et l'humilié par excellence, c'est moi-même !

> Pour que de son humiliation, par la force de son âme,
>   L'homme puisse se relever,
> Il faut qu'avec l'antique mère, la Terre,
> Il fasse un éternel traité d'alliance.

Mais comment ferai-je ce traité d'alliance avec la terre? Faut-il que je me fasse moujik ou berger? Dans mes heures de plus abjecte dégradation, j'ai toujours aimé à relire ces vers où Cérès contemple l'humiliation de notre espèce. Mais jamais ils ne purent me relever de ma propre humiliation, parce que je suis un Karamazov... N'est-ce pas toujours la tête en bas qu'on se précipite ? Et en cela même, je perçois une beauté. Maudit, bas, avili, soit! Et diable incarné peut-être! Pourtant, Seigneur, je n'en suis pas moins ton fils, et je t'aime!... Mais assez! Je pleure... Laisse-moi pleurer. Vois-tu, nous sommes tous des sensuels, nous autres Karamazov. La bête sommeille en toi-même, frère, tout ange que tu sois. Terrible mystère! Dieu n'a fait que des mystères... Les contradictions se multiplient dans son œuvre. Je ne suis qu'un ignorant; pourtant, je sais cela, j'y ai beaucoup pensé... La beauté, par exemple! Souvent un homme de grand cœur et de grande intelligence a la Madone pour premier idéal, et pour dernier Sodome. Mais le plus affreux, c'est d'avoir commencé par Sodome, en portant dans son cœur l'idéale Madone.

Oui, oui, l'homme est trop large dans ses conceptions; je voudrais le restreindre. Le diable lui-même n'y comprend rien. Il y a de la beauté jusque dans la honte; il n'y a même de beauté pour la plupart que là, dans l'idéal de Sodome : savais-tu cela? C'est le duel du diable et de Dieu, et le champ de bataille, c'est toi, c'est moi!... Mais, au fait! Écoute, maintenant... Je faisais donc la noce. Mon père disait tout à l'heure que j'ai acheté pour des milliers de roubles la virginité des filles. Imagination de cochon! C'est faux! Cela ne m'a rien coûté. L'argent est superflu en ces sortes d'affaires. Ce n'est qu'un décor. Aujourd'hui, la grande dame; demain, la fille des rues, et je plais à toutes deux; et si je veux, je jette l'argent par les fenêtres, j'organise des fêtes, j'ai les tziganes, et je donne aussi de l'argent, s'il le faut, car, tout de même, elles ne le détestent pas; elles disent : « Merci! » Les petites dames m'aimaient assez, pas toutes, mais un grand nombre. Ah! si tu me ressemblais, tu me comprendrais. J'aimais la débauche pour cela même qu'elle a de plus crapuleux. J'aimais la cruauté... Quel être vil suis-je donc? Une punaise? Non, un Karamazov! Un jour, dans un pique-nique où presque toute la jeunesse de la ville était allée en sept troïkas[1], par un temps sombre, l'hiver, j'obtins de ma voisine (une pauvre fille de fonctionnaire, charmante, timide) certaines faveurs... Oui, elle me permit beaucoup de libertés, dans l'ombre. Elle pensait, la pauvre, que je viendrais, le lendemain, lui demander sa main. Et cinq mois durant, je restai sans lui dire un demi-mot. Je la

---

[1] Troïka, attelage de trois chevaux.

voyais souvent dans un coin de salon, pendant qu'on dansait, me suivre du regard ; et quel feu dans ses yeux ! Ce jeu m'amusait. Cinq mois après elle épousa un fonctionnaire et partit, furieuse contre moi et peut-être m'aimant encore. Ils vivent heureux, maintenant. Remarque bien que je n'ai rien dit de tout cela à personne. Je n'ai pas abusé de sa confiance. J'ai de vils instincts, j'aime la hontet mais je ne suis pas malhonnête... Tu rougis, tes yeux jettent des éclairs... Assez de boue comme cela, n'est-ce pas ? Pourtant, ce ne sont là que fleurs et guirlandes à la Paul de Kock. J'ai, frère, tout un album de souvenirs. Que Dieu la garde, la pauvre ! Je ne me suis jamais vanté des priviléges qu'elle m'a laissé prendre... Mais assez ! Ne t'ai-je appelé que pour remuer devant toi ces sales souvenirs ? Non. Je vais te conter quelque chose de plus curieux. Laisse-moi tout te dire et ne rougis pas, il me plaît ainsi.

— Ce n'est pas de tes paroles ni même de tes actions que je rougis. Je rougis, parce que je suis moi-même ce que tu es.

— Toi ? tu exagères !

— Non, je n'exagère pas, dit Alioscha très-animé. Nous sommes engagés dans le même escalier : j'en suis au premier degré, tu es plus loin, quelque part sur le treizième. Mais cela se vaut : une fois le pied sur le premier degré, il faut les parcourir tous.

— Il ne faut donc pas mettre le pied sur le premier degré.

— Certes, si c'est possible.

— Eh bien, le pourras-tu ?

— Je ne crois pas.

— Tais-toi, Alioscha, tais-toi, mon cher, et laisse-moi baiser ta main. Ah! cette gredine de Grouschegnka, elle connaît les hommes! Elle me disait un jour qu'elle te mangerait comme les autres... Bien! bien! je me tais... Revenons à ma tragédie. Le vieux a menti quant à mes séductions prétendues; mais, en réalité, cela m'arriva, une fois seulement, encore cela n'alla-t-il pas jusqu'à l'*accomplissement*. Je n'ai jamais confié cela à personne; tu le sauras le premier, — après Ivan, toutefois : Ivan sait tout, il y a longtemps de cela, mais Ivan, *c'est un tombeau*.

— Comment? *Ivan, c'est un tombeau?*

— Oui.

Alioscha redoubla d'attention.

— Tu sais que j'étais sous-lieutenant dans un bataillon de ligne. J'y étais surveillé comme pourrait l'être un déporté. Mais on m'accueillait extraordinairement bien dans la petite ville. Je semais l'argent partout. On me croyait riche; d'ailleurs, je croyais l'être. Je devais aussi plaire pour d'autres motifs. On hochait la tête, quand on me voyait, à cause de mes fredaines; mais je t'assure qu'on m'aimait. Le lieutenant-colonel, un vieillard, me prit tout à coup en grippe. Toute la ville se mit de mon côté, et il ne put rien contre moi. C'est pourtant moi qui avais tort : par sotte fierté, je ne voulais pas lui rendre les respects qui lui étaient dus! Le vieil entêté, bon garçon au fond, avait été marié deux fois. Il était veuf. Sa première femme, d'extraction vulgaire, lui avait laissé une fille simple comme elle. Vingt-quatre ans. Elle vivait entre son père et sa tante. L'esprit vif, des allures dégourdies; je n'ai jamais rencontré plus charmant caractère de femme. Elle s'appelait Agafia, imagine-toi! Agafia Ivanovna. Assez jolie, Russe pur sang, grande, bien faite, de beaux yeux avec une expression assez commune. Elle ne voulait pas se marier, quoique deux jeunes gens eussent recherché son alliance. Elle était toujours gaie. Nous devînmes amis... J'ai eu plus d'une amitié de femme... Nous bavardions, je lui disais des choses inouïes, d'un scabreux! Elle riait. Beaucoup de femmes aiment ces libertés de langage. Cela m'amusait particulièrement avec celle-ci, une jeune fille! Elle avait un joli talent de modiste, dont elle se servait par complaisance pour ses amies, n'acceptant que des cadeaux. Quant au colonel, celui-là *affectait* de ne rien accepter en aucune circonstance, c'était une des autorités de l'endroit. Il vivait largement. Toute la ville était reçue chez lui : il donnait des bals et des soupers. Lors de mon entrée au bataillon, il n'était bruit dans toute la ville que de l'arrivée prochaine de la seconde fille du colonel. Elle passait pour une beauté parfaite. Elle venait d'achever ses études dans une pension aristocratique de la capitale. C'est Katherina Ivanovna. Elle est fille de la seconde femme du colonel, laquelle était d'origine noble. Les plus grandes dames du lieu, deux femmes de général, une femme de colonel, toutes enfin lui firent fête, on l'invitait partout; elle était la reine de tous les bals, de tous les soupers. Un soir, chez le commandant de la batterie, Katherina Ivanovna me toisa du regard. Je ne m'approchai pas d'elle, je dédaignai de lui être présenté. Puis, longtemps après, dans la soirée, je lui dis quelques mots. Elle me regarda à peine, avec mépris. « Allons, pensai-je, je me vengerai. » Je sentais bien que Kategnka n'était pas une pensionnaire innocente, qu'elle avait du caractère, de l'orgueil et une vertu solide, surtout beaucoup d'intelligence et d'instruction, tandis que je n'avais ni l'une ni l'autre. Penses-tu que je prétendais à sa main? Point. Je voulais seulement la punir de n'avoir pas compris quel homme je suis, et je continuai ma vie de casse-tout. Mon colonel me mit aux arrêts pour trois jours. À ce moment, je reçus du père six mille roubles contre une renonciation formelle à tous mes droits sur la fortune de ma mère. Je n'étais au courant de rien. Jusqu'à ces derniers temps, jusqu'à ce jour même, je n'ai rien compris à tous nos comptes entre mon père et moi. Mais au diable cela! nous y reviendrons. Donc, possesseur de ces six mille roubles, j'appris par la lettre d'un ami que notre colonel était en disgrâce, qu'on le soupçonnait de malversations. En effet, le général vint lui faire des remontrances. Bientôt après, on le contraignit de donner sa démission. Là-dessus, je rencontrai un jour Agafia Ivanovna (nous étions toujours amis), et je lui dis: « Votre père a un déficit de quatre mille cinq cents roubles. — Comment? lors du récent passage du général la caisse était au complet!—Oui, lors du passage du général, mais maintenant?—Ne m'effrayez pas, je vous en prie. Où avez-vous appris cela? — Rassurez-vous, dis-je, je ne le dirai à personne; en tout cas, si par hasard on demande à votre père les quatre mille cinq cents roubles et s'il ne les a pas, au lieu de le faire passer au conseil et pour lui épargner la dégradation, envoyez-moi seulement votre sœur (j'ai de l'argent), je lui donnerai la somme, et personne n'en saura rien. —Ah! dit-elle, quel vaurien vous êtes! (Elle ne se trompait pas!) Quel méchant vaurien! Mais, voyez-vous!... quelle audace! » Elle partit indignée, et je lui criai, pendant qu'elle s'en allait, que je garderais sûrement le secret. Ces deux babas, Agafia et sa tante, étaient de véritables anges, elles adoraient Katia. Agafia conta à sa sœur, je l'appris par la suite, notre conversation. C'est précisément ce qu'il me fallait. Là-dessus arrive un nouveau major pour prendre le commandement du détachement. Le vieux colonel tombe malade, il garde le lit quarante-huit heures durant, et néglige de rendre la caisse. Le médecin assure que la maladie n'est pas feinte. Mais je savais que, depuis quatre ans, le colonel avait l'habitude, aussitôt après les inspections générales, de faire disparaître une certaine somme pour quelque temps. Il la prêtait à un marchand qui la mettait en circulation et la rendait ensuite, intégralement, au colonel, avec une bonne main. Cette fois, le marchand ne l'avait pas rendue. Aux réclamations du colonel le coquin avait répondu : « Je n'ai rien reçu de vous. » Le pauvre homme restait donc enfermé chez lui, la tête entourée d'un bandeau, se faisant sans cesse mettre de la glace sur le crâne. Vient une ordonnance portant l'ordre de rendre la caisse d'État dans deux heures au plus tard. Le colonel signe sur le livre, se lève, et dit qu'il va mettre son uniforme. Il court dans son cabinet, prend son fusil de chasse, le charge d'une cartouche de guerre, déchausse son pied droit, applique le canon sur sa poitrine et tâtonne du pied pour faire partir le chien. Mais Agafia, qui soupçonnait quelque chose, entre furtivement, se jette sur lui par derrière et le saisit vivement dans ses bras : le fusil part sans atteindre personne. On accourt au bruit, on contient le malade... A cette heure-là, le soir tombait, j'étais chez moi; j'allais sortir quand tout à coup la porte s'ouvre et devant moi, chez moi, dans ma chambre, apparaît Katherina Ivanovna. Personne ne l'avait rencontrée. Cela pouvait rester un secret pour tous. Je compris aussitôt de quoi il s'agissait. Elle entre, me regarde droit dans les yeux; ses regards sombres brillaient de résolution, d'insolence même. Mais la moue de ses lèvres laissait voir de l'hésitation. « Ma sœur m'a dit que vous donneriez quatre mille cinq cents roubles si je venais les chercher... moi-même... Me voici, donnez. » Elle haletait, sa voix s'éteignit brusquement... Alioscha, écoutes-tu? On dirait que tu dors.

— Mitia, je sais que tu me diras toute la vérité, dit avec émotion Alioscha.

— Tu la veux donc toute? Va! Je ne me ménagerai pas. Ma première pensée fut celle d'un Karamazov... Un jour, mon frère, une tarentule m'a mordu : j'en fus quitte pour quinze jours de fièvre. Eh bien, à ce moment, je me sentis mordu par la tarentule, tu comprends? Je dévisageai Katherina Ivanovna. Tu la connais, tu sais comme elle est belle. Mais, à cette heure, elle était surtout belle de sa grandeur d'âme; et moi, auprès de cette résignée, de cette dévouée, je me sentais petit! Et elle dépendait de moi tout entière, corps et âme! La morsure de la tarentule fut si cruelle que je crus mourir! Certes, je serais venu le lendemain demander la main de Katherina Ivanovna, et personne n'aurait rien su. Mais j'entendis en moi une voix me crier : « Demain ! elle te fera jeter dehors par un valet ! » Je la regardai. Oui, la voix disait vrai. La colère me prit. Il me vint le désir d'accomplir l'action la plus vile qu'il me serait possible : la regarder, sourire ironiquement, et lui dire sur un certain ton : « Quatre mille? Mais je plaisantais! Vous agissez à la légère, mademoiselle! Deux billets de cent, peut-être, avec plaisir même; mais quatre mille, quatre mille roubles pour une bagatelle! Vous avez pris bien de la peine pour rien! » Vois-tu, elle se serait enfuie; mais c'eût été diabolique, et quelle belle vengeance! Jamais je n'ai regardé une femme avec autant de haine. Oui, je te jure sur la croix que je dis vrai : pendant quatre ou cinq secondes, je la regardai avec haine, avec cette haine qui n'est séparée de l'amour, du plus violent amour, que par un cheveu. Je m'approchai de la fenêtre, j'appliquai mon front sur le carreau glacé; il me semblait que le froid me brûlait... et je ne la retins pas longtemps : j'ouvris un tiroir, j'y pris une obligation de cinq mille roubles, et, silencieusement, je la lui montrai, je la pliai, je la lui remis, j'ouvris la porte moi-même, et je saluai très-bas. Elle tressaillit, me regarda fixement, devint pâle comme un linge, et tout à coup, sans parler, mais avec un doux élan, me salua jusqu'à terre (pas comme une pensionnaire : à la russe), puis se releva et s'enfuit. Quand elle fut partie, je tirai mon sabre du fourreau et je voulus me le plonger dans le cœur, par sottise, en signe d'allégresse. Tu comprends qu'on puisse se tuer de joie? Mais je me contentai de baiser la lame, et la remis dans le fourreau... J'aurais bien pu ne pas te dire cela! Il me semble que je me suis un peu vanté en te décrivant tout à l'heure mes luttes intérieures! Mais que le diable emporte les espions du cœur humain!

— Bon, dit Aliocha; je connais maintenant la première
moitié de l'affaire.

— Oui, un drame, hein ! il s'est passé là-bas. La seconde
moitié sera une tragédie, dont le théâtre sera ici.

— Je ne comprends pas grand'chose à cette seconde
moitié.

— Et moi donc ! je n'y comprends rien du tout !

— Écoute, Dmitri, tu es encore fiancé ?

— Je me suis fiancé trois mois après ce jour-là. Le lendemain, je me dis que tout était fini, et que cela n'aurait
aucune suite. Aller la demander en mariage me semblait,
de ma part, infâme. Pour elle, pendant les six semaines
qu'elle passa encore dans la ville, elle ne me donna signe
de vie qu'une fois. Le lendemain, sa bonne vint chez moi,
et me remit une grande enveloppe qui contenait l'excès
de la somme nécessaire. Pas un mot. Je fis la noce avec le
reste de mon argent, si bien que le nouveau major fut
forcé de me faire une admonestation publique. Le colonel
avait rendu la caisse en bon état, au grand étonnement de
chacun. Il tomba malade peu après, resta trois semaines
au lit : un beau matin, on constata qu'il avait un ramol-
lissement du cerveau, et cinq jours plus tard il était
mort. On l'enterra avec tous les honneurs militaires. Dix
jours après les funérailles, Katherina Ivanovna, sa sœur
et sa tante partirent pour Moscou. Le jour seulement de
leur départ, je reçus un petit billet bleu qui portait ces
quelques mots écrits au crayon : « Je vous écrirai. Attendez. K. » A Moscou, les événements se précipitèrent d'une
façon imprévue, une histoire des *Mille et une Nuits*. La
parente de Katherina Ivanovna, une générale, perdit tout

à coup deux nièces, ses plus proches héritières. Elle considéra Katia comme sa consolation, fit son testament en faveur de la jeune fille, et lui donna, en attendant, une dot de quatre-vingt mille roubles. Je fus bien étonné de recevoir par la poste, à quelque temps de là, quatre mille cinq cents roubles, et trois jours après arriva la lettre promise. (Je l'ai encore, je ne la quitterai jamais; je veux qu'on m'enterre avec.) Tiens, il faut absolument que tu la lises : « Je vous aime follement. Que vous ne m'aimiez pas, cela m'est égal; mais soyez mon mari. Ne vous effrayez pas, je ne vous gênerai en rien. Je serai un meuble chez vous, le tapis sur lequel vous marchez : je vous aimerai éternellement, je vous sauverai de vous-même. » Alioscha! je suis indigne de te répéter ces paroles, avec ma voix à jamais souillée. Cette lettre m'a fait une blessure inguérissable. J'ai répondu aussitôt, ne pouvant aller moi-même à Moscou. J'écrivis avec mes larmes. Je lui rappelai qu'elle était riche et que j'étais pauvre : oui, j'ai fait cela, je lui ai parlé d'argent! J'écrivis en même temps à Ivan, qui était alors à Moscou; je lui expliquai tout dans une lettre de six pages, et j'envoyai Ivan chez elle... Pourquoi me regardes-tu? Oui, Ivan s'est épris d'elle. Il l'aime, oui, je le sais. J'ai fait une sottise, n'est-ce pas? Eh bien! c'est cette sottise qui nous sauvera tous. Ne vois-tu pas qu'elle l'estime, qu'elle l'honore? Peut-elle, si elle nous compare tous deux, ne pas le préférer, surtout après les derniers événements?

— Je suis sûr que c'est un homme comme toi qu'elle doit aimer, et non pas un homme comme lui.

— C'est sa propre vertu qu'elle aime en moi, et non

7

pas moi-même, dit malgré lui Dmitri d'une voix irritée.

Il se mit à ricaner; mais brusquement ses yeux étincelèrent, il s'empourpra, et frappa violemment sur la table.

— Je te le jure, Aliocha, cria-t-il avec fureur, tu peux
me croire! J'en prends Dieu à témoin, je te jure que je
me sens un millier de fois indigne d'elle. Et c'est là la
tragédie, je le sais bien. Quant à Ivan , comme il doit
maudire la nature, lui si intelligent! O Dieu! Qui lui pré-
fère-t-on? Moi! Moi qui, fiancé avec elle, sous ses yeux
mêmes, mène cette vie crapuleuse que tu connais! Et je
suis préféré! Pourquoi? Parce qu'elle veut, *par reconnaissance,* me sacrifier sa vie. Absurde!... Je n'ai jamais rien
dit dans ce sens à Ivan. Il ne m'en a jamais parlé non plus.
Mais ce qui doit être sera. Je m'effacerai, je me plongerai
dans la boue qui est mon élément, et lui, il prendra ma
place....

— Frère, attends, interrompit Aliocha. Il y a dans tout
cela quelque chose qui demeure obscur pour moi. Tu es
son fiancé : de quel droit briseras-tu ton engagement envers elle, si elle n'y consent pas?

— Oui, je suis fiancé. Et nos fiançailles ont été bénites.
Cela se fit à Moscou dès que j'y fus arrivé. Icones, cérémonies, rien ne manqua à cette solennité. La générale
nous donna sa bénédiction, et même félicita Katia : « Ton
choix est bon, lui dit-elle, j'en suis sûre. » Et croirais-tu
qu'Ivan ne lui plut pas? J'eus alors de longues causeries
avec Katia; je me représentais comme une nature noble
et droite, elle me croyait :

Trouble charmant!
Douces paroles!...

Elle me força de lui promettre solennellement de me
corriger : j'ai promis, et tu vois !...

— Eh bien, quoi ?

— Voilà. Je t'ai appelé pour te prier d'aller chez elle,
chez Katherina Ivanovna, et...

— Quoi ?

— Dis-lui que je ne la verrai plus jamais, et salue-la de
ma part.

— Est-ce possible !

— Non, ce n'est pas possible ; c'est pourquoi je te prie
d'aller à ma place, parce que je ne pourrais lui dire cela
moi-même.

— Que feras-tu donc ?

— Je rentrerai dans ma boue.

— Chez Grouschegnka, n'est-ce pas ? s'écria tristement
Aliosche. Il aurait donc dit vrai, ce Rakitine ! Moi, je pensais que ce n'était que passager et que tout finirait bien.

— Quoi ! ferais-je cela par jeu ? J'ai encore un peu de
vergogne ! Dès que j'ai commencé à fréquenter Grouschegnka, j'ai cessé de me considérer comme un fiancé et
un honnête homme. Pourquoi me regardes-tu ? Quand je suis
allé chez elle pour la première fois, c'était pour la battre.
Je savais dès alors que ce capitaine lui avait remis un
billet de mon père, la priant d'exiger de moi mon désis-
tement à la fortune de ma mère, afin de m'obliger à me
tenir plus tranquille. On voulait me faire peur. J'allai donc
pour la battre. Je l'avais entrevue déjà, quelques jours
auparavant. Au premier regard, c'est une femme très-
ordinaire. Je savais l'histoire de son amant, ce marchand
qui se meurt et lui laissera une grosse fortune. Je savais

aussi qu'elle est cupide, qu'elle prête à gros intérêts. Je te dis que j'allais pour la battre, et je suis resté chez elle ! C'est la lèpre, vois-tu ! et je me suis contaminé. Tout est fini, plus rien n'est possible. Le cycle des temps est révolu. Voilà mon histoire. J'avais trois mille roubles en allant chez elle. Nous partîmes tous deux pour faire la fête à vingt-cinq verstes d'ici. Je fis venir des tziganes ; le champagne coula ; j'en grisai tous les moujiks, tous les babas et toutes les jeunes filles que nous rencontrâmes. Trois jours après, j'étais à sec. Et crois-tu que j'aie rien obtenu d'elle ? Pas ça (et Dmitri fit craquer les ongles de ses pouces contre ses dents) ! Je te dis que cette femme est glissante comme une couleuvre. La gredine ! Une couleuvre, un serpent, te dis-je ! Le petit doigt de son pied gauche fait penser à un serpent. Je l'ai vu, je l'ai même baisé ; mais c'est tout, je te jure. Elle me dit : « Veux-tu que je t'épouse, quoique tu sois pauvre ? Promets-moi seulement de ne pas me battre et de me laisser faire tout ce que je voudrai. » Et elle rit, elle rit !

Dmitri Fédorovitch se leva, en proie à un accès de rage. On eût pu le croire ivre. Ses yeux étaient injectés de sang.

— Et tu l'épouseras ?

— Si elle consent, tout de suite ; si elle ne veut pas, je serai son valet. Toi... toi, Alioscha....

Il s'arrêta devant Alioscha et se mit à le secouer violemment par les épaules.

— Mais sais-tu, innocent, que tout cela, c'est de la folie, une horrible folie, une tragédie ! Apprends, Alexey, que je suis vil, que j'ai de viles passions ; mais être un voleur, un pickpocket, Dmitri Karamazov ne le peut. Eh bien, je le suis pourtant, ce voleur! Quand j'allais pour battre Grouschegnka, le matin du même jour, Katherina Ivanovna m'avait appelé et mystérieusement prié, je ne sais pourquoi, d'aller dans le chef-lieu et d'envoyer de là trois mille roubles à Agafia Ivanovna, à Moscou. Eh bien, c'est avec ces trois mille roubles que j'ai offert le champagne à Grouschegnka. Puis, j'ai prétendu être allé au chef-lieu, avoir envoyé l'argent; *mais j'avais oublié le récépissé!* Qu'en penses-tu? Aujourd'hui tu iras lui dire : « Il me prie de vous saluer. » Elle te demandera : « Et l'argent? » Tu répondras : « C'est un sensuel, un viveur sans cœur. Il a dépensé votre argent, il n'a pu résister à la tentation. » Pourtant! si tu avais pu ajouter : « Ce n'est pas un voleur! Voici vos trois mille roubles; envoyez-les vous-même à Agafia Ivanovna et recevez les hommages de Dmitri Fédorovitch! » Mais maintenant : « Où est l'argent? »

— Mitia, tu es malheureux, mais moins que tu ne penses; ne te tue pas de désespoir!

— Crois-tu que je vais me tuer pour cela? Non! non pas! Je n'ai pas la force, maintenant. Plus tard, peut-être. Maintenant... maintenant, je vais chez Grouschegnka.

— Et puis?

— Et puis, je l'épouserai, si elle daigne m'agréer; et quand ses amants viendront, j'irai dans la chambre à côté, je cirerai même leurs bottes, je ferai chauffer son samovar, elle m'emploiera pour ses courses...

— Katherina Ivanovna comprendra tout, dit solennellement Alioscha; elle comprendra tout et pardonnera.

Elle a l'esprit élevé, elle comprendra qu'on ne peut être plus malheureux que toi.

— Non, elle ne pardonnera pas. Il y a ici une chose qu'aucune femme ne peut pardonner. Sais-tu ce qu'il vaut mieux faire ?

— Et quoi ?

— Lui rendre les trois mille roubles.

— Où les prendre ? Écoute, j'en ai deux mille, Ivan t'en donnera mille ; cela fait la somme.

— Quand les aurai-je ? Tu es encore mineur, et il faut qu'aujourd'hui même tu en finisses pour moi avec elle, que tu aies ou non l'argent. Demain, ce serait déjà trop tard. Va chez le père.

— Chez notre père ?

— Oui, d'abord chez lui ; demande-lui la somme.

— Mais il ne la donnera pas.

— Évidemment. Sais-tu ce que c'est que le désespoir, Alexey ?

— Oui.

— Écoute ; juridiquement, il ne me doit rien ; mais, moralement, il me doit beaucoup. C'est avec les vingt-huit mille roubles de ma mère qu'il a fait sa fortune, qu'il a amassé ses deux cent mille roubles. Qu'il m'en donne seulement trois mille, il me sauvera de l'enfer, et beaucoup de péchés lui seront pardonnés. Il n'entendra plus parler de moi. Je lui fournis une dernière occasion d'être un père. Dis-lui que c'est Dieu même qui la lui offre.

— Mitia, mais il ne les donnera pour rien au monde.

— Je le sais, je le sais bien ! Maintenant surtout ! Je sais

qu'on lui a dit sérieusement hier pour la première fois —
remarque bien, *sérieusement* — que Grouschegnka parle
peut être *sérieusement* de m'épouser. Eh bien ! ira-t-il me
donner de l'argent pour faire les frais de mes noces, quand
il est lui-même fou d'elle ? Plus encore : je sais que depuis
cinq jours déjà, il a mis de côté trois mille roubles en
billets de cent, dans un seul paquet scellé de cinq sceaux
et noué d'une ficelle rouge. Hein ? je suis informé ! Et
sur le paquet est écrit : *A mon ange Grouschegnka, si elle
consent à venir chez moi.* Il a écrit lui-même cela, furtivement, et personne ne sait qu'il a cet argent, personne,
sauf son valet Smerdiakov, en l'honnêteté de qui il croit
comme en lui-même. Et voilà quatre jours qu'il attend
Grouschegnka, espérant qu'elle viendra chercher son
paquet, car elle lui a écrit : « Peut-être viendrai-je ! »
Si elle va chez lui, puis-je l'épouser ? Comprends-tu pourquoi je me cache ici et qui j'épie ?

— Elle ?

— Elle. Je suis ici grâce à la complaisance du soldat
qui garde cette maison : le maître ignore que je suis ici,
et le soldat ne sait pas pourquoi j'y suis.

— Smerdiakov seul le sait ?

— Oui, c'est lui qui me fera savoir si elle va chez le
vieux.

— C'est lui qui t'a conté l'histoire du paquet ?

— Oui, c'est un grand secret. Ivan lui-même n'en sait
rien. Le vieux l'a envoyé se promener dans une ville voisine pour deux ou trois jours, sous prétexte d'affaires,
espérant que Grouschegnka viendra pendant ce temps.

— Il l'attend par conséquent aujourd'hui ?

— Non, aujourd'hui elle ne viendra pas, je vois cela à certains indices particuliers. Sûrement elle ne viendra pas. C'est aussi l'avis de Smerdiakov. Le père est en train de boire. Il est à table avec Ivan. Va donc, Alexey, demande-lui ces trois mille.

— Mitia, mon cher, mais qu'as-tu donc? s'écria Alioscha, se levant pour regarder de plus près Dmitri, craignant un instant qu'il ne fût devenu fou.

— Quoi? tu me crois fou? dit d'un air solennel Dmitri Fédorovitch. Je sais ce que je dis, je crois aux miracles.

— Aux miracles?

— Aux miracles de la Providence. Dieu sait mon cœur, Dieu sait mon désespoir : laissera-t-il s'accomplir un si terrible malheur? Alioscha, je crois aux miracles. Va!

— J'irai. Dis-moi : tu m'attendras ici?

— Oui. Ce sera long. Il est soûl, à cette heure. J'attendrai ici trois, quatre, cinq, six heures. Mais il faut que ce soit fait aujourd'hui, fût-ce à minuit; il faut que tu ailles aujourd'hui chez Katherina Ivanovna, avec ou sans argent; et tu lui diras : « Dmitri Fédorovitch m'a dit de vous saluer. » C'est cette phrase, textuellement, que tu dois dire.

— Mitia, et si Grouschegnka vient aujourd'hui... ou demain, ou après-demain?

— Grouschegnka? Je vais les épier, je courrai et j'empêcherai...

— Et si...

— Et si... alors je... tuerai.

— Qui tueras-tu?

— Le vieux.

— Frère, que dis-tu?

— Je ne sais pas, je ne sais pas... peut-être tuerai-je, peut-être ne tuerai-je pas... Je crains son visage maudit en ce moment; je hais son double menton, son nez, ses yeux, son sourire effronté. Voilà, c'est cette haine qui m'effraye; je ne pourrais pas me retenir...

— J'irai, Mitia, je crois que Dieu fera que ces choses horribles n'arrivent pas.

— Et moi, j'attendrai ici le miracle. Mais s'il ne s'accomplit pas, alors...

Alioscha, songeur, s'en alla chez son père.

IV

Fédor Pavlovitch était encore à table.

Comme à l'ordinaire, la table était servie dans le salon et non dans la salle à manger. Dans l'angle le plus éclairé se trouvait une icone, devant laquelle brûlait une lampe, non pas pour un motif de piété, mais afin que la pièce fût éclairée pendant toute la nuit.

Fédor Pavlovitch se couchait très-tard, à trois ou quatre heures du matin. Il passait le temps à se promener de long en large dans la chambre ou à réfléchir dans son fauteuil.

Quand Alioscha entra, le dîner se terminait, on servait les confitures et le café. Fédor Pavlovitch aimait les douceurs, après le dîner, avec le cognac. Ivan était là. Les

domestiques Grigory et Smerdiakov se tenaient près de la
table. Les maîtres et les domestiques étaient visiblement
de bonne humeur. Fédor Pavlovitch riait aux éclats ; Alioscha, dès le vestibule, reconnut ce rire perçant qu'il connaissait si bien. Il en conclut que son père n'était pas
encore ivre.

— Ah ! le voilà aussi ! s'écria Fédor Pavlovitch, enchanté
de voir Alioscha. Asssieds-toi avec nous. Un peu de café ?
c'est du café de carême, sans crème, n'aie pas peur ; et il
est chaud, de l'excellent moka ! Je ne t'offre pas de ce bon
petit cognac, je sais que tu es un ascète. Et pourtant, en
veux-tu ? Non, je te donnerais plutôt des liqueurs, de très-
douces liqueurs. Smerdiakov, va au buffet, tu les trou-
veras sur le second rayon à droite ; voici les clefs ; vite !

Alioscha essayait de refuser.

— On les servira quand même ; si tu n'en veux pas,
nous en prendrons. As-tu dîné ?

— Oui, dit Alioscha, quoiqu'il n'eût mangé qu'un morceau de pain arrosé d'un verre de kvas, à l'office du
supérieur. Je veux bien une tasse de café chaud.

— Ah ! le gaillard ! il veut bien une tasse de café !
Sera-t-il assez chaud ? Oui, il est encore bouillant. C'est
Smerdiakov qui l'a préparé, il s'y entend. Il n'a pas son
pareil pour le café, la koulebiaka [1] et la oukha [2]. Viens un
jour manger la oukha chez nous, avertis-moi d'avance.
D'ailleurs ne t'ai-je pas dit de transporter ici ton matelas ? L'as-tu fait ?

---

[1] Pâte de poisson.
[2] Potage au poisson.

— Non, je ne l'ai pas apporté, répondit Alioscha en souriant.

— Ah ! ah ! tu as eu peur, n'est-ce pas ? Mais pouvais-je vouloir te chagriner réellement ?... Écoute, Ivan, je ne puis pas me tenir de joie, quand il me regarde ainsi en riant. Toute mon âme rit de plaisir, rien qu'à le voir. Je l'aime ! Alioscha, viens que je te bénisse.

Alioscha se leva, mais Fédor Pavlovitch avait déjà changé de dessein.

— Non, je vais seulement faire un signe de croix. C'est cela, va t'asseoir. Tiens ! voici l'âne de Balaam qui revient chargé de liqueurs.

Cet âne de Balaam n'était autre que Smerdiakov, le valet, jeune homme de vingt-quatre ans, très-taciturne : non qu'il fût sauvage ou d'une extrême timidité, mais il avait un caractère hautain et paraissait mépriser tout le monde. Tout enfant, il avait témoigné à ses humbles bienfaiteurs une extrême ingratitude, comme le disait Grigory. Son plaisir était de pendre des chats et de les enterrer en grande cérémonie. A cet effet, il se revêtait d'un drap de lit en guise de surplis et agitait une pierre au bout d'un fil, autour du cadavre, en guise d'encensoir. Grigory le surprit une fois dans cette occupation et le fouetta rudement. Toute une semaine, l'enfant se tint dans un coin, jetant des regards de haine à ses protecteurs. « Il ne nous aime pas, disait Grigory à Marfa, le gredin ! D'ailleurs, il n'aime personne. Es-tu un homme, oui ou non ? lui demandait-il. Tu es né de la boue de la salle de bain... » Smerdiakov n'avait jamais pardonné ces paroles. Grigory lui apprit à lire, et lui donna l'Écriture sainte dès sa douzième année. Mais cela réussit mal. Un jour, — c'était la deuxième ou troisième leçon, — le gamin se mit à rire.

— Qu'as-tu? demanda Grigory en le regardant avec sévérité par-dessus ses lunettes.

— Rien. Dieu a créé la lumière le premier jour, et le soleil, la lune et les étoiles le quatrième jour : d'où donc est venue la lumière, le premier jour?

Grigory était stupéfait. Le gamin continuait à regarder son maître d'un air ironique. Il y avait de la provocation dans ce regard. Grigory ne put se retenir.

— Voilà d'où! s'écria-t-il en le souf(f)letant violemment.

Le gamin reçut le soufflet sans mot dire, mais se blottit de nouveau dans son coin pour plusieurs jours. Une semaine après, il eut une première crise d'épilepsie, maladie dont, dès lors, il ne cessa de souffrir.

Fédor Pavlovitch changea aussitôt d'opinion sur le gamin. Jusqu'alors, il le regardait avec indifférence, bien qu'il ne le grondât jamais, qu'il lui donnât un kopek chaque fois qu'il le rencontrait, et qu'il lui envoyât du dessert de sa table quand il était de bonne humeur. Mais à l'occasion de cette maladie, il lui marqua beaucoup plus d'intérêt et fit venir du chef-lieu un médecin. Smerdiakov était incurable. En moyenne, il avait une crise par mois, irrégulière quant à la date, tantôt très-forte, tantôt relativement faible. Fédor Pavlovitch défendit sévèrement à Grigory d'infliger au gamin des châtiments corporels et lui laissa l'accès de sa maison. Il défendit aussi qu'on lui fatiguât l'esprit jusqu'à nouvel ordre. Une fois, — Smerdiakov avait quinze ans, — Fédor Pavlovitch le surprit dans sa bibliothèque. Il lisait à travers les vitres les titres des ouvrages. Fédor

Pavlovitch possédait une centaine de livres, mais personne ne le vit jamais en ouvrir un seul. Il donna aussitôt la clef de sa bibliothèque à Smerdiakov.

— Bon, sois mon bibliothécaire. Assieds-toi et lis. Tiens, commence par ce livre.

C'étaient les *Soirées à la campagne, près de Dikagnka* [1].

Ce livre ne satisfit pas Smerdiakov. Il le referma d'un air morne, sans avoir ri une seule fois.

— Eh bien, ce n'est pas amusant ? lui demanda Fédor Pavlovitch.

Smerdiakov resta silencieux.

— Réponds donc, imbécile !

— Tout ça, ce sont des mensonges, dit Smerdiakov.

— Va-t'en au diable, âme de laquais ! Attends, voici l'*Histoire universelle,* de Smaragdov. Ici, tout est vrai. Lis.

Mais Smerdiakov n'en lut pas dix pages. Cela l'ennuyait. La bibliothèque cessa de l'intéresser.

Bientôt Marfa et Grigory rapportèrent à Fédor Pavlovitch que, peu à peu, Smerdiakov était devenu très-délicat, très-dégoûté : il restait longtemps immobile devant son assiette de soupe, puis prenant une cuillerée, il la regardait à la lumière.

— Il y a un cafard ? lui demandait Grigory.

— Une mouche, peut-être ? ajoutait Marfa.

Le jeune homme ne répondait jamais, mais il faisait de même avec le pain, la viande, tous les mets. Fédor Pavlovitch, apprenant cette nouvelle lubie, décida aussitôt que Smerdiakov avait la vocation de cuisinier, et l'envoya étu-

---

[1] Gogol.

dier cet art à Moscou. Smerdiakov y resta plusieurs années
et en revint très-changé, comme vieilli, ridé, jaune, semblable à un skopets[1]. Quant au moral, aussi taciturne
qu'avant son départ. Mais il était devenu un excellent cuisinier. Fédor Pavlovitch lui donna des gages que Smerdiakov dépensa en habits, pommades et cosmétiques. Il
paraissait mépriser les femmes. Les crises étaient plus fré-
quentes, ce qui inquiétait fort Fédor Pavlovitch, d'autant
plus que, pendant les indispositions de Smerdiakov, Marfa
faisait la cuisine.

— Tu devrais te marier, Smerdiakov, lui disait-il. Veux-tu?
je vais te marier, hein?

Mais Smerdiakov ne répondait rien et devenait blême de
dépit. Il était d'ailleurs d'une scrupuleuse honnêteté. Par
exemple, un jour, Fédor Pavlovitch, étant ivre, perdit dans
sa cour trois cents roubles qu'il venait de recevoir et ne s'en
aperçut que le lendemain, en les voyant sur sa table :
Smerdiakov les avait trouvés et apportés, la veille.

— Je n'ai jamais vu ton pareil! lui dit Fédor Pavlovitch.
Et il lui donna dix roubles.

Un physionomiste n'aurait rien pu lire sur le visage de
Smerdiakov : aucune pensée, du moins, mais seulement une
sorte de rêverie. Le peintre Kramski a fait un remarquable
tableau : *le Rêveur*. C'est une forêt, en hiver, au milieu
de laquelle se tient un petit moujik vêtu d'un cafetan
déchiré, chaussé de lapti. Il semble réfléchir, mais il ne
réfléchit pas, il est perdu dans un rêve vague. Si on le
touchait, il tressauterait et regarderait sans comprendre,

---

[1] Secte des Raskolniki (vieux croyants) voués à la castration.

comme un homme qui s'éveille. Il reviendrait probablement bien vite à lui, mais, si on lui demandait quel était son rêve, il ne saurait le dire, ne se souvenant de rien. Pourtant, il garde de cette sorte d'engourdissement une impression profonde et qui lui est chère, et elles s'accumulent en lui, ces inconscientes impressions : dans quel but? il ne le sait; mais un jour, peut-être, après une année de telles rêveries, il quittera tout et s'en ira à Jérusalem *faire son salut,* ou bien il incendiera son propre village, ou encore fera-t-il d'abord le crime et puis le pèlerinage. Il y a beaucoup de semblables types dans notre peuple. Smerdiakov était un des plus caractérisés.

V

Chose étrange, Fédor Pavlovitch, si gai d'abord, s'assombrit tout à coup. Il vida un verre de cognac.

— Allez-vous-en! cria-t-il aux domestiques. Hors d'ici, Smerdiakov! Ce gamin ne nous quitte plus! C'est probablement toi qui l'intéresses, continua-t-il en s'adressant à Ivan. Que lui as-tu donc fait?

— Rien, c'est une fantaisie qu'il a.

— Ah! c'est que l'âne de Balaam pense, pense!... à perte de vue. Et Dieu sait où ses pensées peuvent le mener. Il ne peut me souffrir, ni toi, ni Alioscha, il nous méprise tous. Mais il est si bon cuisinier! et si honnête!

Et Fédor Pavlovitch se versa coup sur coup plusieurs petits verres.

— Vous en prenez trop, risqua timidement Alioscha.

— Attends! encore un, puis encore un, et c'est tout.
Dis donc, Alioscha, est-ce que je ne suis décidément qu'un
bouffon?

— Non, je sais que vous n'êtes pas un bouffon.

— Je te crois sincère, Ivan ne l'est pas, c'est un orgueil-
leux! Ah çà! je voudrais bien en finir avec ton monastère. Il faudrait délivrer la terre russe de toute la gent
mystique. Que d'or elle enlève à la Monnaie!

— Confisquer les biens des monastères, demanda Ivan,
pourquoi?

— Pour hâter l'avénement de la vérité.

— Mais c'est vous, tout le premier, que déposséderait
l'avénement de la vérité.

— Baste!... mais tu as peut-être raison! Quel âne je suis!
s'écria Fédor Pavlovitch en se frappant le front. Diable! je
laisse désormais ton monastère tranquille, Alioscha. Nous
autres, gens d'esprit, restons au chaud et buvons du
cognac. Dieu a bien fait les choses. Ivan, dis-moi,
existe-t-il, ce Dieu-là, oui ou non? Attends, parle-moi
sérieusement.

— Non, il n'y a pas de Dieu.

— Alioscha, Dieu existe-t-il?

— Oui, il existe.

— Ivan, y a-t-il une immortalité, oh! mais une toute
petite immortalité, la plus petite possible?

— Non, pas plus d'immortalité que de Dieu.

— Pas du tout?

— Pas du tout.

— C'est-à-dire, un zéro absolu ou une petite fraction

d'unité? N'y aurait-il pas une fraction de fraction?

— Zéro absolu.

— Alioscha, y a-t-il une immortalité?

— Oui.

— Tu crois donc en Dieu et en l'immortalité?

— Oui. C'est en Dieu que se fonde l'immortalité.

— Hum! je crois que c'est Ivan qui a raison. Dieu de Dieu! quand on pense à tout ce que l'homme a gaspillé d'énergie en de chimériques croyances depuis tant de milliers d'années! Qui donc s'amuse alors, Ivan, à tourner ainsi en dérision l'humanité?

— Le diable, probablement, ricana Ivan.

— Y a-t-il donc un diable?

— Eh! non.

— Tant pis! Ce ne serait pas assez de pendre le fou qui a le premier imaginé Dieu!

— Sans cette imagination, il n'y aurait pas de civilisation.

— Comment cela?

— Et il n'y aurait pas de cognac non plus, oui, de ce bon cognac que je suis obligé de vous enlever.

— Attends! attends! attends! Encore un petit verre! J'ai offensé Alioscha. Tu ne m'en veux pas, Alexey, mon cher petit?

— Non, je vous connais; votre cœur vaut mieux que votre tête.

— Mon cœur vaut mieux que ma tête? Et c'est toi qui dis cela?... Ivan, aimes-tu Alioscha?

— Oui, je l'aime.

— Tu as raison...

Les vapeurs de l'ivresse lui montaient au cerveau.

— Aliocha, j'ai été grossier tout à l'heure avec ton tarets. J'étais si surexcité!... C'est un homme d'esprit, ce starets; qu'en penses-tu, Ivan?

— Oui, peut-être.

— Oui, certainement, *il y a du Piron là dedans* [1]. C'est un jésuite, je veux dire un jésuite russe. Il s'indigne intérieurement d'être obligé de jouer la comédie, d'être obligé... d'endosser un vêtement de sainteté.

— Mais il croit en Dieu.

— Pas pour un kopek. Tu ne l'as pas compris? Il le laisse entendre à tout le monde! au moins à tous ceux qui savent ce que parler veut dire. Il a dit textuellement au gouverneur Schülz cette phrase : « *Credo,* mais je ne sais en quoi. »

— Vraiment?

— C'est comme je te le dis, je l'estime. Il a quelque chose de Méphistophélès, ou mieux, du *Héros de notre temps* [2]... Arbénine [3], comment s'appelle-t-il?.. C'est un sensuel, crois-moi, et à tel point que je ne lui confierais pas volontiers, même maintenant, ma fille ou ma femme. Quand il commence à raconter, si tu savais!... Il y a trois ans, il nous invita à prendre chez lui du thé et des liqueurs (car les dames lui envoient des liqueurs); il se mit à nous raconter son ancien temps, on se tordait .. Je me rappelle surtout comment il guérit une dame...

---

[1] En français dans le texte.
[2] Roman de Lermontov.
[3] Fédor Pavlovitch confond avec le *Héros de notre temps* le personnage du *Bal masqué,* du même auteur.

« Si je n'avais pas mal aux jambes, nous dit-il, je vous danserais une certaine danse. » Qu'en dites-vous? « J'ai fait la noce, moi aussi », ajouta-t-il. Il a volé au négociant Dimidor soixante mille roubles.

— Comment? volé?

— L'autre les lui avait confiés, comme à un honnête homme, pour vingt-quatre heures. Le vieux a tout gardé. « Tu les as donnés pour l'église », a-t-il répondu... Mais je me trompe, l'histoire est d'un autre; je n'y suis plus. Encore un petit verre, et c'est fini. Prends la bouteille, Ivan; pourquoi ne m'as-tu pas empêché de mentir?

— Je pensais que vous vous arrêteriez de vous-même.

— C'est faux, c'est par méchanceté que tu m'as laissé dire. Tu me méprises, n'est-ce pas? Tu es venu pour me montrer combien tu me méprises!

— Eh bien, je m'en irai demain. Je crois que le cognac commence à vous impressionner.

L'ivresse de Fédor Pavlovitch, en effet, s'accentuait.

— Qu'as-tu à me regarder ainsi? Tes yeux me disent : « Tu es soûl. » Il y a de la méfiance, du mépris dans tes yeux. Vois comme ceux d'Aliocha sont sereins, il n'y a pas de mépris dans ses yeux. Alexey, n'aime pas Ivan...

— Cessez d'offenser mon frère, dit tout à coup Aliocha d'un ton décidé.

— Soit. J'ai mal à la tête... Ah! que j'ai mal! Pour la troisième fois, je te dis, Ivan, d'enlever le cognac.

Il resta rêveur, et soudain se mit à rire.

— Ne te fâche pas, Ivan. Tu me hais, je le sais; mais ne te fâche pas. Je ne mérite pas qu'on m'aime. Je t'enverrai faire un petit voyage, et puis j'irai te chercher.

Je connais, pas loin de la ville où tu iras, une fillette. Elle va pieds nus, mais il ne faut pas dédaigner les pieds nus. Il y a souvent des trésors dans les fossés.

Il baisa bruyamment le bout de ses doigts.

— Pour moi, reprit-il avec une animation subite, comme s'il entamait un thème favori, pour moi... Eh! mes enfants, mes petits cochons! Pour moi... je n'ai jamais cru aux femmes laides; c'est mon *Credo*, comprenez-vous? Non, vous ne pouvez comprendre; vos veines sont encore pleines de lait, vous n'avez pas complétement brisé votre coquille. Il y a, selon moi, dans chaque femme, quelque chose de spécial qu'on ne retrouve en aucune autre; mais ce quelque chose, il faut savoir le trouver. C'est un talent. Le fait seul du *sexe* est déjà beaucoup... Même les vieilles filles ont des qualités qui font qu'on s'étonne de la sottise des gens qui ont laissé ces pauvres créatures vieillir inutilement. Voilà une vagabonde : comment commencer avec elle? Il faut l'étonner! — Savez-vous cela? — Il faut la mettre au point qu'elle soit à la fois transportée de joie et de honte. C'est facile : une fille comme elle, avoir attiré le regard d'un barine! — Alioscha, j'ai étonné aussi ta défunte mère, mais autrement. Jamais je ne l'avais caressée, et tout à coup je tombe à genoux devant elle; je lui baise les pieds, et peu à peu je l'amène à ce rire sans éclat qui lui était particulier, un rire nerveux... Celui-là, elle seule l'avait. Je savais que c'était un symptôme de maladie, que le lendemain la klikoucha aurait une crise, n'importe! c'était un simulacre de passion, de joie, et c'était toujours cela! Voilà comme on trouve quand on sait chercher. Un jour, un certain Bieliavsky, un bel-

lâtre qui lui faisait la cour, me souffleta devant elle. Je
crus qu'elle m'assommerait : « Il t'a battu, me disait-elle;
il t'a giflé, tu me vendais à lui... Comment ! devant moi?
il a osé te souffleter devant moi ? N'aie pas l'audace de
reparaître jamais à mes yeux! Cours le provoquer en
duel... » Je dus la mener au monastère pour qu'on fît des
prières sur elle, afin de la calmer. Mais Dieu m'est témoin,
Alioscha, que je ne l'ai jamais offensée, ma petite klikouscha... Une fois seulement, pendant la première année
de notre mariage. Elle priait trop, et m'avait interdit l'entrée de sa chambre. Je me mis en tête de lui faire rabattre
de son mysticisme. « Vois-tu cette icone, lui dis-je, je
l'enlève, cette icone que tu considères comme miracu-
leuse. Je vais cracher dessus, et je ne serai pas puni pour
cela... » Dieu! elle va me tuer, pensai-je. Mais elle se
leva seulement, joignit les mains, cacha son visage, fut
prise d'un tremblement et tomba par terre toute roide...
Alioscha! Alioscha! qu'as-tu? qu'as-tu?

Depuis qu'on parlait de sa mère, Alioscha changeait de
couleur. Tout à coup il rougit, ses yeux étincelèrent, ses
lèvres tremblèrent. Le vieil ivrogne ne s'aperçut de rien.
Alioscha refit la scène même que Fédor Pavlovitch venait
de raconter. Le jeune homme se leva, joignit les mains,
puis s'en couvrit le visage, et tomba sur une chaise, fré-
missant des pieds à la tête, comme dans une crise d'hystérie, et fondit en larmes. Cette ressemblance extraordinaire
de l'enfant et de la mère épouvanta Fédor Pavlovitch.

— Ivan! Ivan! donne-lui de l'eau; c'est comme elle,
tout à fait comme elle ! Jette-lui de l'eau au visage, comme
je faisais avec elle. C'est sa mère ! c'est sa mère !

— Et la mienne aussi, je pense. Sa mère était ma mère, qu'en dites-vous? fit brusquement Ivan d'un ton de mépris indicible.

Le vieux tressaillit sous le regard fulgurant de son fils.

— Comment, ta mère? dit-il sans comprendre. De quelle mère parles-tu? Est-ce qu'elle... Ah! diable! Eh! oui, c'est vrai, c'était ta mère aussi. Pardon, j'étais troublé, je pensais... Hi! hi! hi!

Il s'arrêta et se mit à rire.

Tout à coup, un bruit imprévu retentit dans le vestibule. Des cris désespérés se firent entendre. La porte s'ouvrit avec fracas, et Dmitri Fédorovitch apparut. Le vieillard, épouvanté, se jeta du côté d'Ivan.

— Il veut me tuer! il veut me tuer! Défends-moi! cria-t-il en saisissant les pans de la redingote d'Ivan Fédorovitch.

VI

Derrière Dmitri accouraient Grigory et Smerdiakov. Ils s'étaient d'abord efforcés de l'empêcher d'entrer, comme Fédor Pavlovitch leur en avait depuis longtemps donné la consigne. Profitant de ce que Dmitri s'arrêtait un instant pour regarder autour de lui, Grigory tourna de l'autre côté de la table, ferma la porte en face qui menait aux autres chambres de Fédor Pavlovitch, et se mit devant la porte fermée, les bras en croix, prêt à défendre l'entrée

jusqu'à la dernière goutte de son sang. Dmitri poussa un
cri perçant et se jeta sur Grigory.

— Elle est là, alors! on l'a cachée là! Hors de là, misérable!

Il tira Grigory, qui le repoussa. Ne se possédant plus,
Dmitri le souffleta de toutes ses forces. Le vieux tomba
comme assommé. Dmitri le franchit et ouvrit la porte.
Smerdiakov se tenait à l'autre extrémité du salon, et se
serrait contre Fédor Pavlovitch.

— Elle est ici! criait Dmitri Fédorovitch; je l'ai vue se
diriger vers la maison, mais je n'ai pu l'atteindre. Où
est-elle? où est-elle?

Le cri : « Elle est ici! » rendit à Fédor Pavlovitch tout
son courage.

— Arrête-le! arrête-le! cria-t-il, et il se mit à poursuivre Dmitri.

Grigory se releva, mais il était comme assourdi. Ivan
et Alioscha suivirent leur frère. On entendit dans la
chambre voisine quelque chose se briser en tombant.
C'était un grand vase en verre (sans valeur) qui était
sur un piédestal de marbre, et que Dmitri avait renversé
en passant.

— Attrape-le! vociférait le vieux. Au secours!

Ivan et Alioscha rejoignirent Fédor Pavlovitch et le
ramenèrent de force dans le salon.

— Pourquoi lui courez-vous après? il pourrait, en effet,
vous tuer! criait avec colère Ivan Fédorovitch.

— Vanetchka! Liochetchka! elle est donc ici, Grouschegnka! Elle est ici! Il l'a vue lui-même, il l'a vue
venir!...

Il suffoquait, il n'attendait pas Grouschegnka, et la pensée qu'elle pouvait être chez lui l'affolait.

— Mais vous savez vous-même qu'elle n'est pas venue!

— Peut-être aura-t-elle pris l'autre entrée...

— Mais l'autre entrée est fermée, et vous avez la clef!

Tout à coup, Dmitri apparut de nouveau. Il avait trouvé l'autre entrée fermée; la clef était, en effet, dans la poche de Fédor Pavlovitch. Toutes les fenêtres aussi étaient closes; nulle entrée donc par où Grouschegnka eût pu pénétrer.

— Arrête-le! glapit Fédor Pavlovitch. Il a volé mon argent dans ma chambre à coucher.

Et, s'arrachant des bras d'Ivan, il se jeta sur Dmitri. Mais celui-ci leva les mains et, saisissant le vieillard par le peu de cheveux qui lui restaient, le tira violemment, le jeta par terre et lui asséna en plein visage trois coups de botte. Le vieillard gémit. Ivan Fédorovitch saisit Dmitri par derrière et le souleva du sol. Alioscha l'aidait de toutes ses forces.

— Fou! Mais tu l'as tué!

— Tant mieux! et si ce n'est pas encore fait, je reviendrai.

— Dmitri, sors d'ici! cria impérieusement Alioscha.

— Alexey, je ne croirai que toi! Est-elle ici? Je l'ai vue se faufiler dans la ruelle, je l'ai appelée, elle s'est sauvée.

— Je te jure qu'elle n'est pas venue ici et que personne ne l'attendait.

— Mais je l'ai vue! Donc elle... Je veux savoir tout de suite où elle est. Adieu, Alioscha. Pas un mot à Ésope à propos de l'argent; va chez Katherina Ivanovna, et dis-lui :

« Il m'a ordonné de vous saluer, précisément de vous saluer et de vous resaluer. » Décris-lui cette scène.

Cependant, Ivan et Grigory avaient relevé le vieux et l'avaient étendu sur un divan. Son visage était ensanglanté; mais toute sa présence d'esprit lui restait, et il écoutait avec une extrême attention les exclamations de Dmitri. Il était convaincu que Grouschegnka se tenait cachée quelque part chez lui. Dmitri Fédorovitch, avant de partir, lui jeta un regard de haine.

— Je ne me repens de rien. Prends garde, vieux, je te maudis, et je te renie à jamais...

Il sortit à grands pas.

— Elle est ici! elle est sûrement ici! Smerdiakov! Smerdiakov! bredouillait Fédor Pavlovitch.

— Non, elle n'est pas ici, non, vieillard insensé, fit avec rage Ivan exaspéré. Bon! voilà qu'il s'évanouit! De l'eau! des linges! Allons! remue-toi, Smerdiakov!

Smerdiakov courut chercher de l'eau. On déshabilla le blessé, on le porta dans sa chambre à coucher et on l'étendit sur un lit. Sa tête fut entourée de serviettes mouillées. Affaibli par l'ivresse, l'émotion et les coups, il s'assoupit aussitôt qu'il eut touché l'oreiller. Ivan et Aliocha retournèrent au salon. Smerdiakov emporta les verres cassés. Grigory restait près de la table, pensif, accablé.

— Il faut aussi te mouiller la tête et te coucher, dit Aliocha à Grigory. Nous le garderons. Mon frère t'a blessé... grièvement peut-être...

— Il a osé... dit Grigory d'une voix profonde.

— Mais il a osé... à son père aussi, dit Ivan.

— Je le lavais dans sa petite baignoire quand il était enfant... Il a osé... répétait Grigory.

— Diable! sans moi, il l'aurait tué. Il n'en faut pas beaucoup pour Ésope, dit tout bas Ivan à Alioscha.

— Que Dieu le sauve! fit Alioscha.

— Et pourquoi le sauver? continua Ivan à voix basse, le visage bouleversé par la haine. Que les reptiles se dévorent entre eux, ce sera bien!

Alioscha tressaillit.

— Certes, je ne le laisserai pas accomplir un crime, je l'en ai empêché tout à l'heure. Reste ici, Alioscha. Je vais dans la cour, j'ai mal à la tête.

Alioscha alla chez son père et s'assit à son chevet pendant près d'une heure.

Le vieux ouvrit tout à coup les yeux et longtemps regarda Alioscha sans parler, s'efforçant évidemment de rassembler ses souvenirs. Une émotion extraordinaire se peignait sur son visage.

— Alioscha, dit-il à voix basse, où est Ivan?

— Dans la cour; il a mal à la tête. Il veille sur nous.

— Donne-moi la petite glace... là.

Alioscha lui donna une petite glace qui se trouvait sur la commode.

Le vieux se regarda, et vit son nez très-enflé et sur son front, au-dessus du sourcil gauche, une grande tache de sang caillé.

— Que dit Ivan? Alioscha, mon cher, mon fils unique, j'ai peur d'Ivan. Je le crains plus que l'autre. Il n'y a que toi que je ne craigne pas...

— Ne craignez pas Ivan, non plus. Il se fâche, mais il vous défend.

— Alioscha, et l'autre? Il a couru chez Grouschegnka? Mon cher ange, dis-moi la vérité : était-elle ici tout à l'heure?

— Mais personne ne l'a vue! c'est une illusion! elle n'y était pas!

— Tu sais, Mitia veut l'épouser!

— Elle n'en voudra pas.

— Elle n'en voudra pas! elle n'en voudra pas! elle n'en voudra pas! s'écria le vieux exultant de joie.

On ne pouvait rien lui dire qui lui fût aussi agréable. Il saisit avec transport la main d'Alioscha et la pressa fortement contre son cœur. Des larmes jaillirent de ses yeux.

— Prends la petite icone de la Vierge dont je t'ai parlé, prends-la et emporte-la avec toi. Je te permets même de retourner au monastère. Tu sais, je plaisantais à ce propos, ne sois pas fâché... J'ai mal à la tête, Alioscha..... Écoute, Lioscha, tranquillise-moi, sois mon bon ange, dis-moi la vérité.

— Toujours la même chose : si elle est venue ou non? dit tristement Alioscha.

— Non! non! non! Je te crois, mais va toi-même chez Grouschegnka, et demande-lui au plus tôt (épie-la du regard... devine sa pensée secrète...) qui elle préfère, moi ou lui. Peux-tu? veux-tu?

— Si je la vois, je le lui demanderai, murmura Alioscha embarrassé.

— Mais elle ne te parlera pas franchement, reprit le vieux. C'est un serpent! Elle t'embrassera, et dira que c'est toi qu'elle préfère. C'est une fausse, une vile créature. Non, ne va pas chez elle, il ne le faut pas.

— Ce ne serait en effet pas bien, mon père, pas bien du tout.

— Où t'envoyait-il tout à l'heure, quand il s'est sauvé?

— Chez Katherina Ivanovna.

— Pour lui demander de l'argent?

— Non.

— Il n'a pas d'argent, pas un kopek, et à ce propos, je... Alioscha, je passerai la nuit à réfléchir. Va-t'en... tu la rencontreras peut-être. Viens chez moi demain matin, j'ai un mot à te dire. Viendras-tu?

— Je viendrai.

— Tu feras comme si tu venais prendre de mes nouvelles; ne dis pas que je t'ai appelé... Pas un mot à Ivan!

— C'est bien.

— Adieu, mon ange. Tout à l'heure tu m'as défendu, je ne l'oublierai jamais. Je te dirai quelque chose demain, mais il faut que j'y réfléchisse.

— Comment vous sentez-vous maintenant?

— Demain, dès demain je me lèverai et je marcherai. Je suis tout à fait rétabli!...

En sortant, Alioscha aperçut Ivan assis sur un banc près de la porte cochère : il écrivait sur son carnet. Alioscha lui dit que Fédor Pavlovitch avait repris connaissance et qu'il l'envoyait passer la nuit au monastère.

— Alioscha, je désire beaucoup te voir demain matin, dit Ivan d'un ton affectueux, si affectueux qu'Alioscha en fut surpris.

— Demain, je vais chez les Khokhlakov, et peut-être aussi chez Katherina Ivanovna, si je ne la trouve pas chez elle maintenant.

— Tu vas donc chez elle? C'est pour la *saluer?* pour la *saluer?* dit Ivan en souriant.

Alioscha resta confus.

— Je crois avoir compris les exclamations de Dmitri. Il t'a prié d'aller chez elle lui dire de... eh bien... en un mot, d'en finir...

— Frère, qu'adviendra-t-il de tout cela?

— C'est difficile à dire. *Cette femme est une bête fauve.* Il faut empêcher le vieux de sortir et Dmitri d'entrer.

— Frère, permets-moi encore de te demander si un homme a le droit de juger ses semblables et de décider qui mérite de vivre et qui mérite de mourir.

— Pourquoi cette philosophie? Les qualités respectives des individus ne sont pas ce qui importe dans une telle question; quant au droit... eh! qui n'a pas le droit de désirer?

— Désirer la mort d'autrui?

— Même la mort! pourquoi mentir? Tu fais allusion à mes paroles de tout à l'heure, n'est-ce pas? Me crois-tu, comme Dmitri, capable de verser le sang d'Ésope, — oui, de le tuer?

— Que dis-tu, Ivan? Jamais cette pensée ne m'est venue. Je n'en aurais pas cru Dmitri lui-même capable.

— Merci, dit Ivan en souriant. Sache que je défendrai toujours le vieux. Quant à mes désirs, je leur laisse toute liberté. A demain. Ne me juge pas mal, ne me prends pas pour un scélérat.

8.

Ils se serrèrent les mains plus vivement qu'ils n'avaient jamais fait. Alioscha comprit que son frère lui faisait des avances, non sans intention.

VII

Alioscha emportait de chez son père une étrange fatigue de corps et d'esprit. Un sentiment très-voisin du désespoir, et pour lui bien nouveau, l'accablait. Et cette préoccupation primait toutes les autres : comment cela finirait-il entre son père et son frère Dmitri à propos de cette terrible femme? Il sentait que, des deux, le plus malheureux était Dmitri.

Sept heures sonnaient. Alioscha ne parvint pas avant la tombée du crépuscule à la maison de Katherina Ivanovna, une grande et confortable maison, sur la rue principale. Il savait qu'elle vivait avec ses deux tantes. L'une était la sœur de la mère d'Agafia Ivanovna, — que nous connaissons déjà; — l'autre, une grande dame de Moscou, peu fortunée. Les deux dames passaient pour obéir en tout aux volontés de Katherina Ivanovna, avec qui elles ne vivaient que pour sauvegarder les convenances. La jeune fille ne rendait compte de sa vie qu'à sa bienfaitrice, la générale, retenue à Moscou par sa mauvaise santé. Katherina Ivanovna lui écrivait deux fois par semaine des lettres détaillées.

En entrant dans le vestibule, et en disant son nom à la

domestique, Alioscha crut remarquer qu'on l'attendait déjà. — Peut-être l'avait-on vu à travers les vitres. — Il entendit un bruit de pas féminins, un froissement de robes, comme si deux ou trois femmes se retiraient précipitamment dans une chambre voisine. Il s'étonna que son arrivée produisît tant d'émotion.

On l'introduisit dans le salon, une grande pièce élégamment et abondamment meublée, à la mode pétersbourgeoise. Beaucoup de divans, de chaises longues, de grandes et de petites tables, de tableaux, de vases, de lampes, de fleurs; il y avait même un aquarium, près d'une fenêtre. Alioscha aperçut, dans le demi-jour, sur un divan qui était sans doute occupé avant son arrivée, une mantille de soie et, sur une table, devant le divan, deux tasses de chocolat non achevées, des biscuits, du malaga, des bonbons. Il pensa qu'il y avait des invités et fronça le sourcil.

Une portière se leva; Katherina Ivanovna entra d'un pas précipité, et, avec un sourire joyeux, tendit ses deux mains à Alioscha. En même temps, une servante apporta deux bougies allumées.

— Enfin, vous voilà! J'ai passé toute la journée à prier Dieu qu'il vous fît venir. Asseyez-vous.

La beauté de Katherina Ivanovna avait déjà étonné Alioscha, trois semaines auparavant, quand son frère Dmitri l'avait mené chez elle pour la lui présenter, car elle avait désiré le connaître. Ils n'avaient pas causé : Katherina Ivanovna crut Alioscha timide et, pour le mettre à l'aise, ne cessa de parler avec Dmitri. Mais Alioscha l'avait beaucoup observée. Il admirait le port majestueux et l'aisance fière de cette jeune fille. Il trouvait ses grands yeux brillants en parfaite harmonie avec cette pâleur chaude du visage parfaitement ovale. Mais il pensait que ces lèvres charmantes pouvaient très-bien ne pas retenir longtemps l'amour, — quoiqu'il comprît à merveille qu'on s'éprît d'elles. Quand Dmitri lui demanda son opinion, Aliocha ne lui cacha pas cette pensée.

— Tu seras heureux avec elle, mais peut-être... pas d'un bonheur tranquille.

— Frère, ces femmes-là restent toujours semblables à elles-mêmes, elles ne plient pas devant la destinée. Pourquoi donc veux-tu croire que je ne l'aimerais pas toujours?

— Oui, tu l'aimeras toujours, sans doute... du moins, c'est possible; mais peut-être, néanmoins, ne seras-tu pas toujours heureux avec elle...

Aliocha n'avait exprimé cette opinion qu'en rougissant, et avec le dépit d'avoir, pour céder aux prières de son frère, laissé voir des pensées aussi « sottes ». Car aussitôt qu'il les eut dites, il les avait lui-même jugées sottes. D'autant plus fut-il étonné, quand, dès le premier regard qu'il jeta, lors de cette seconde entrevue, sur Katherina Ivanovna, il eut la conviction soudaine qu'il s'était trompé dans son premier jugement. Le visage de la jeune fille rayonnait autant de sincérité et d'ardeur que de beauté. Tout son être ne respirait qu'une noble énergie fondée sur une inébranlable confiance en elle-même. Aliocha comprit aussitôt qu'elle avait conscience de la tragédie où elle était mêlée et que peut-être elle savait déjà *tout*. Il se sentait devant elle comme coupable, vaincu et séduit à la fois.

— Je vous attendais, commença-t-elle, car c'est de vous seul désormais que je puis savoir toute la vérité.

Elle était en proie à une agitation extraordinaire, voisine de l'exaltation.

— Je suis venu... murmura Alioscha d'une voix entrecoupée, je... Il m'a envoyé.

— Ah! il vous a envoyé, je le pressentais. Maintenant, je sais tout, tout! dit Katherina Ivanovna (ses yeux jetaient des éclairs). Attendez, Alexey Fédorovitch, je vais vous dire pourquoi je désirais vous voir. J'en sais peut-être plus que vous-même. Ce ne sont pas des nouvelles que j'espère de vous. Je veux savoir la dernière impression qu'il a produite sur vous, je veux que vous me racontiez le plus franchement, le plus grossièrement même que vous pourrez, ce que vous pensez de lui maintenant, après votre dernière rencontre. Cela vaudra mieux qu'une explication entre lui-même et moi, puisqu'il ne veut plus me voir. Comprenez-vous ce que je vous demande? Maintenant, dites-moi pourquoi il vous a envoyé. Parlez sans détours.

— Il m'a chargé de vous saluer et de vous dire qu'il ne viendra plus jamais et... de vous saluer...

— Saluer? Il a dit ce mot? C'est ainsi qu'il s'est exprimé?

— Oui.

— Peut-être a-t-il dit un mot pour un autre?

— Non, il a insisté pour que je vous dise ce propre mot : « saluer. » Trois fois de suite, il m'a recommandé de ne pas oublier de vous dire ce mot même.

Le visage de Katherina Ivanovna s'empourpra.

— Aidez-moi, Alexey Fédorovitch, j'ai absolument besoin de vous. Voici ce que je pense, — dites-moi si j'ai tort : s'il vous avait dit de me saluer sans insister sur la transmission exacte du mot, sans le souligner, tout serait fini.

Mais s'il a appuyé sur ce mot particulièrement, s'il vous a donné mission de me transmettre ce *salut,* c'est qu'il était très-exalté, hors de lui, peut-être : il aura pris un parti extrême dont il s'effrayait lui-même. Ce n'est pas de sang-froid qu'il a renoncé à moi, il lui a fallu faire un violent effort. Le fait d'avoir tant souligné ce mot a le sens d'une bravade.

— C'est cela! c'est cela! approuva Alioscha avec chaleur, je pense tout à fait comme vous.

— S'il en est ainsi, il n'est pas encore perdu. Ce n'est que du désespoir; je puis le sauver : ne vous a-t-il pas parlé d'argent, de trois mille roubles?

— Certes, et c'est peut-être ce qui l'obsède le plus. Il dit qu'il est perdu d'honneur et que tout lui est égal désormais, répondit Alioscha qui sentait l'espérance lui revenir et entrevoyait déjà une issue dans la situation affreuse de son frère. Mais est-ce que vous... vous... savez tout à propos de cet argent?...

— Depuis longtemps, j'ai télégraphié à Moscou et je sais que l'argent n'y est pas parvenu. La semaine dernière, j'ai appris que Dmitri avait encore besoin d'argent... Le seul but auquel je tende est de lui faire comprendre quelle est, pour lui, l'amitié la plus sûre, et il ne veut pas comprendre que c'est moi qui suis *son meilleur ami!* Il ne voit que la femme en moi! Comment faire pour qu'il puisse me dire sans honte qu'il a dépensé ces trois mille roubles? Car cette honte, il peut l'avoir pour tous, pour lui-même, mais pour moi! Il dit bien tout à Dieu sans en rougir! Pourquoi me méconnaît-il? Comment ose-t-il me méconnaître après tout ce qui est arrivé? Je veux le sauver. S'il le faut, qu'il cesse de me considérer comme sa fiancée... Comment! il a honte devant moi? Mais a-t-il eu honte devant vous, Alexey Fédorovitch? Eh! n'ai-je donc pas encore mérité sa confiance?

Elle prononça ces derniers mots en pleurant.

— Je dois vous communiquer, dit Aliocha d'une voix tremblante, ce qui vient d'arriver chez mon père.

Et il lui raconta la scène : comment il avait été envoyé par Dmitri chez son père pour demander l'argent, comment Dmitri était arrivé lui-même et avait assommé Fédor Pavlovitch, et comment, là-dessus, il lui avait, à lui, Aliocha, recommandé une dernière fois d'aller « saluer »...

— Et il est allé chez cette femme, ajouta doucement Aliocha.

— Vous pensez que je ne pourrai me faire à l'idée qu'il voit cette femme? Il le pense aussi, mais il ne l'épousera pas, dit-elle tout à coup avec un rire nerveux. Est-ce qu'un Karamazov peut être éternellement en proie à un tel entraînement? Car c'est de l'entraînement, ce n'est pas de l'amour! Il ne l'é-pou-se-ra pas : elle ne voudra pas de lui!... fit-elle avec un rire étrange.

— Il l'épousera peut-être, dit tristement Aliocha en baissant les yeux.

— Il ne l'épousera pas, vous dis-je! Cette jeune fille est un ange! Le saviez-vous? Le sa-viez-vous? s'écriat-elle avec une fougue extraordinaire. C'est un être miraculeux! Certes, elle est séduisante, mais son âme est plus belle encore que sa figure. Pourquoi me regardez-vous ainsi, Alexey Fédorovitch? Je vous étonne? Vous ne me croyez pas?... Agrafeana Alexandrovna, mon ange, cria-t-elle tout à coup dans la direction de la porte voisine, venez donc ici ! ce charmant garçon est au courant de tout, montrez-vous donc !

— Je n'attendais que votre appel, dit une voix douce, doucereuse plutôt.

La portière se souleva, et... Grouschegnka elle-même, en riant, toute joyeuse, s'approcha de la table. Aliocha eut une sorte de frisson. Il la regarda fixement, il ne pouvait se détourner d'elle. — La voilà, cette terrible femme! « cette bête fauve! » comme avait dit Ivan. Au premier abord, pourtant, c'était l'être le plus ordinaire, Dmitri ne s'était pas trompé, le plus simple, une femme charmante et bonne : jolie, soit, mais pareille à toutes les jolies femmes « ordinaires ». Elle était plus que jolie, il est vrai : très-belle. Une beauté russe, de celles qui font tant de passions. Assez haute de taille, un peu moins grande pourtant que Katherina Ivanovna (celle-ci était d'ailleurs d'une taille peu commune), forte, avec des gestes élastiques et doux, comme alanguis dans une douceur harmonisée avec celle de sa voix. Elle s'avança, non pas, comme avait fait Katherina Ivanovna, d'un pas ferme et puissant, mais sans bruit. Elle s'affaissa mollement dans un fauteuil, fit doucement bruire sa belle robe de soie noire, et couvrit d'un châle, avec une mine de chatte frileuse, son cou blanc comme l'écume et ses larges épaules. Elle avait vingt-deux ans, et son visage attestait juste cet âge. La peau était très-blanche, avec des reflets rose pâle dans le teint; l'ovale du visage un peu large, la mâchoire inférieure un peu saillante. La lèvre supérieure était mince, l'autre deux fois plus épaisse, presque enflée; une magnifique chevelure châtain, très-abondante, des

sourcils noirs, de superbes yeux gris d'azur, de très-longs
cils : le plus indifférent des hommes, perdu dans la foule,
se fût arrêté nécessairement devant ce visage, pour ne
pas l'oublier de longtemps. Alioscha s'étonnait surtout
de l'enfantine naïveté de la physionomie. Elle avait des
regards, des sourires d'enfant. Sous ses ondoiements félins,
on sentait un corps puissant et gras. Son châle dessinait
des épaules pleines, et une forte poitrine de toute jeune
femme. Des experts, parmi les amateurs de la beauté
russe, auraient toutefois prédit, en regardant Grouschegnka, que cette beauté, si fraîche encore, perdrait,
aux environs de la trentaine, son harmonie, s'épaissirait,
que les traits se fondraient, que la peau du front et des
paupières s'écaillerait de rides, deviendrait rêche, que le
teint s'altérerait : en un mot, c'était un type accompli de
cette beauté trop brève, si fréquente chez nous.

Alioscha restait comme fasciné. Mais pourquoi traînait-
elle tant les syllabes? Pourquoi parlait-elle avec tant
d'affectation? Ce grasseyement devait paraître aristocratique à Grouschegnka, quelque mauvaise habitude qui
sentait son origine populacière. Pourtant, Alioscha ne pouvait concilier ce manque de naturel avec cette expression
de gaieté puérile de toute la physionomie, cet éclat des
yeux où riait une joie de bébé.

Katherina Ivanovna l'avait fait asseoir en face d'Alioscha, et l'avait embrassée à plusieurs reprises sur les lèvres.

— Nous nous voyons pour la première fois, Alexey
Fédorovitch, dit-elle joyeusement. Je voulais la connaître
aller chez elle, mais elle est venue elle-même, au premier
appel. Je prévoyais que nous nous entendrions en tout,

en tout; mon cœur me le disait... On m'avait conseillé de
ne pas faire cette démarche, mais j'en augurais bien, et
je ne me suis pas trompée. Grouschegnka m'a expliqué
ses intentions. Elle est venue comme un bon ange m'apporter la joie et le bonheur...

— Et vous ne m'avez pas méprisée, ma chère barichnia,
chanta plutôt que ne parla Grouschegnka, avec son sempiternel sourire.

— Taisez-vous, enchanteresse, magicienne que vous
êtes! Vous mépriser! Je vais vous embrasser encore sur
votre jolie lèvre pour vous punir. On dirait qu'elle est un
peu enflée. Eh bien! je vais la faire enfler encore davantage... Alexey Fédorovitch, regardez-la rire : cela épanouit le cœur...

Alioscha rougissait et frissonnait.

— Vous me gâtez, chère barichnia, je ne suis pas digne
de vos caresses.

— Pas digne! pas digne! s'écria Katherina Iwanovna
avec exaltation. Sachez, Alexey Fédorovitch, que nous
avons la tête très-fantasque, très-indépendante, et le cœur
très-fier, oh! très-fier! Nous avons des sentiments nobles,
Alexey Fédorovitch, de généreux sentiments; saviez-vous
cela? Nous étions seulement triste, tout près de nous
sacrifier pour un homme peut-être indigne, et en tout cas
bien léger : un officier, — nous l'avons aimé, nous lui avons
tout donné, il y a cinq ans de cela, et il nous a oubliée, il
s'est marié. Maintenant il est veuf, il a écrit, il va venir,
et sachez que c'est lui seul que nous avons toujours aimé,
toute la vie. Quand il sera ici, Grouschegnka sera de
nouveau heureuse après ces cinq ans de tristesse. Que

peut-on nous reprocher? Ce vieux marchand impotent?
Mais c'était plutôt un père, un ami, un protecteur! Il nous
a trouvée désespérée, blessée, abandonnée... car elle voulait se noyer! ce vieillard l'a sauvée! il l'a sauvée!

— Vous me défendez trop vivement, chère barichnia,
vous allez un peu vite, traîna de nouveau Grouschegnka.

— Je vous défends! Est-ce à moi de vous défendre?
Qui oserait vous défendre? Grouschegnka, mon ange,
donnez-moi votre main... Voyez cette petite main potelée,
Alexey Fédorovitch, cette délicieuse petite main! C'est
elle qui m'a apporté le bonheur, c'est elle qui m'a ressus-
citée! Et je veux la baiser, desssus, dessous... et voilà!
et voilà...

Elle embrassait avec transport cette petite main, vraiment charmante (un peu trop charmante peut-être). Grouschegnka riait d'un rire nerveux et sonore, et se laissait
faire : il lui était visiblement agréable que la riche barichnia
lui baisât la main.

« Quelle excessive exaltation ! » pensait Alioscha.

— Si vous croyez me rendre confuse, chère barichnia,
en baisant ma main devant Alexey Fédorovitch, vous vous
trompez...

— Mais... ai-je donc voulu vous rendre confuse? dit
Katherina Ivanovna un peu étonnée. Ah! chère, que vous
me connaissez mal!

— Mais peut-être ne me comprenez-vous pas non plus,
chère barichnia. Je suis peut-être moins bonne que vous
ne pensez. Mon cœur est très-corrompu. Je suis capricieuse, et c'est pour me moquer de Dmitri Fédorovitch
que je l'ai séduit.

— Mais maintenant vous le sauverez vous-même, vous me l'avez promis. Vous lui ferez entendre raison, vous lui direz que depuis longtemps vous en aimez un autre que vous allez épouser...

— Ah! non, je ne vous ai pas promis cela. C'est vous qui avez dit tout cela; moi, pas du tout.

— Je ne vous ai donc pas comprise, dit d'une voix sourde Katherina Ivanovna, en pâlissant légèrement. Vous avez promis...

— Ah! non, angélique barichnia, je ne vous ai rien promis, dit d'une voix égale et douce Grouschegnka, sans perdre sa physionomie gaie et candide. Vous voyez, barichnia, comme je suis mauvaise et capricieuse. Je ne fais que ce qui me passe par la tête. Peut-être vous ai-je promis tout à l'heure, mais maintenant je me dis : Et s'il me plaît encore, ce Mitia! Une fois, il m'a plu toute une heure. Peut-être vais-je aller lui dire qu'à partir d'aujourd'hui, il vivra chez moi pour toujours... Voyez comme je suis inconstante!...

— Mais, tout à l'heure, vous disiez.... tout à fait autre chose, put à peine murmurer Katherina Ivanovna.

— Oui, tout à l'heure, mais si vous saviez comme j'ai le cœur changeant, comme je suis sotte! Songez donc combien il a souffert pour moi! S'il me vient de la pitié pour lui quand je l'aurai renvoyé, que faire?

— Je ne m'attendais pas à cela...

— Eh! barichnia, comme vous êtes meilleure et plus noble que moi! Peut-être allez-vous cesser de m'aimer en voyant quel caractère détestable j'ai. Donnez-moi votre jolie main, angélique barichnia.

Elle prit respectueusement la main de Katherina Ivanovna.

— Je vais vous baiser la main comme vous avez baisé la mienne ; il me faudra bien trois cents baisers pour m'acquitter des trois que vous m'avez donnés... Que faire ? que faire ? A la grâce de Dieu ! Je voudrais vous contenter, mais ne faisons plus de promesses, les choses iront comme il plaira à Dieu ! Quelle main ! quelle charmante petite main ! Barichnia, que vous êtes belle !

Elle porta doucement à ses lèvres la main de Katherina Ivanovna, dans le but étrange de « s'acquitter » des baisers qu'elle avait reçus. Katherina Ivanovna ne retira pas sa main. Elle espérait encore, timidement, mais elle espérait ; elle voulait croire que Grouschegnka désirait sincèrement la « contenter », et la jeune fille regardait avec anxiété l'étrange créature, qui gardait toujours sa physionomie naïve, confiante, sa joie tranquille...

« Elle est peut-être trop naïve », pensait Katherina Ivanovna, pour être si perverse ! »

Cependant Grouschegnka, tout émerveillée de cette « si jolie petite main », la portait lentement à ses lèvres. Ses lèvres l'effleuraient presque, quand elle s'arrêta pour réfléchir.

— Savez-vous, mon ange ? traîna-t-elle de sa voix la plus doucereuse, savez-vous ? Je ne vous baiserai pas votre main !

Et elle se mit à ricaner gaiement.

— Comme vous voudrez..... Qu'avez-vous ? s'exclama Katherina Ivanovna en tressaillant.

— Gardez ce souvenir : vous avez baisé ma main, et moi, je n'ai pas baisé la vôtre, fit Grouschegnka avec des éclairs dans les yeux en regardant fixement Katherina Ivanovna.

— Insolente! s'écria Katherina Ivanovna, comme si elle eût compris tout à coup.

Elle se leva vivement, le visage en feu.

Sans se hâter, Grouschegnka se leva à son tour.

— Je vais conter à Mitia que vous m'avez baisé la main et que j'ai refusé de baiser la vôtre. Comme il va rire!

— Misérable! sortez!

— C'est honteux, barichnia, c'est honteux, et ça ne vous va pas de dire de telles paroles, ma chère barichnia.

— Hors d'ici, femme vendue, hors d'ici!

Tous les traits de son visage tremblaient, elle était défigurée par la colère.

— Bon, vendue! Mais vous-même, jeune fille, vous allez, le soir, seule, chez les jeunes gens, chercher de l'argent, vendre votre beauté... Je sais tout.

Katherina Ivanovna poussa un cri; elle allait se jeter sur Grouschegnka. Alioscha saisit la jeune fille et la retint de toutes ses forces.

— Ne bougez pas, taisez-vous, ne lui répondez plus, elle s'en ira d'elle-même.

En cet instant accoururent les deux parentes de Katherina Ivanovna et la bonne. On s'empressa autour de la barichnia.

— Oui, oui, je m'en vais, dit Grouschegnka en prenant sur le divan sa mantille. Mon cher Alioscha, accompagne-moi.

— Allez-vous-en, allez-vous-en au plus vite! supplia Alioscha en joignant les mains.

— Accompagne-moi, Alioschegnka, j'ai un mot à te

dire, quelque chose de très-joli, de très-joli. C'est pour toi que j'ai organisé cette petite comédie. Allons, viens, ma colombe, tu ne t'en repentiras pas.

Aliosha se détourna en faisant craquer ses doigts. Grouschegnka éclata de rire et sortit en courant.

Katherina Ivanovna avait une crise de nerfs. Elle pleurait, les spasmes l'étouffaient.

— Je vous avais prévenue, lui disait sa tante, je vous déconseillais cette démarche, vous êtes trop vive... Vous ne connaissez pas ces femmes-là, et celle-ci est pire que toutes.

— C'est un tigre! vociféra Katherina Ivanovna. Pourquoi m'avez-vous retenue, Alexey Fédorovitch? je l'aurais assommée! Il faut qu'elle soit fouettée par le bourreau, devant la foule!...

Aliosha fit quelques pas vers la porte.

— Dieu! s'écria-t-elle en joignant les mains, et lui! comment peut-il être si malhonnête, si cruel! Il lui a raconté, à cette ignoble créature, ce qui s'est passé durant ce jour fatal, ce jour maudit... maudit! « Vous êtes allée vendre votre beauté, barichnia... » Elle le sait!... Votre frère est un misérable, Alexey Fédorovitch!

Aliosha voulut parler, mais il ne trouva pas un mot; son cœur se serrait d'angoisse.

— Allez-vous-en, Alexey Fédorovitch! J'ai honte... O Dieu!... Demain... je vous en conjure, venez demain... Ne me jugez pas, pardonnez-moi, je ne sais pas encore ce que je vais faire de moi.

Aliosha sortit. Il chancelait comme un homme ivre. Tout à coup la bonne le rejoignit.

— Barichnia a oublié de vous donner une lettre de madame Khokhlakov.

Alioscha prit machinalement une petite enveloppe rose et la mit, sans y songer, dans sa poche.

VIII

Le monastère n'était distant de la ville que d'une verste. Alioscha marchait vite.

Il faisait déjà presque nuit. On distinguait à peine les objets à trente pas. A moitié chemin, au centre d'un carrefour, se dressait un orme isolé, et contre l'arbre se profilait la silhouette d'un homme qui, aussitôt que parut Alioscha, se détacha de l'arbre en criant :

— La bourse ou la vie!

— Ah! c'est toi, Mitia, dit Alioscha avec surprise, en réprimant un frisson de terreur.

— Ha! ha! ha! Tu ne t'attendais pas à celle-là! Je me demandais où je devais t'attendre. Près de sa maison, j'aurais pu te manquer, il y a trois chemins; tandis que tu devais nécessairement passer par ici... Allons, parle, écrase-moi comme un cafard... Mais qu'as-tu?

— Rien, frère... C'est un peu de frayeur. Ah! Dmitri, le sang de notre père, tout à l'heure!...

Alioscha pleurait. Depuis longtemps il désirait pleurer; il lui semblait que quelque chose se déchirait en lui.

— Tu as failli le tuer... tu l'as maudit... et voilà que maintenant, ici... tu plaisantes! « La bourse ou la vie!... »

— Et puis? C'est inconvenant?

— Mais non... c'est...

— Attends! Regarde cette nuit, vois comme elle est morne; ces nuages, ce vent... Je me cache ici, sous cet orme, et je t'attends en réfléchissant, en me disant (Dieu me soit témoin!) : A quoi bon me tourmenter encore? voilà l'arbre : la corde — mouchoir ou chemise — sera bientôt faite... Ce sera bientôt fait de débarrasser de moi la terre... Je t'entends marcher... Dieu! il me semble qu'un peu de bonheur tombe en moi; je me dis : Il y a donc au monde un homme que j'aime! Le voici, ce petit homme, ce cher petit frère que j'aime plus que tout au monde, le seul être que j'aime véritablement! Je t'aimais si fort, en ce moment, que je voulus me jeter à ton cou. Mais une idée sotte me vint : Je vais lui faire peur! et j'ai crié comme un imbécile : « La bourse! » Pardonne-moi... Au fond de l'âme... j'ai le sentiment de ma situation. Mais parle maintenant : qu'a-t-elle dit? Écrase-moi, frappe-moi, ne me ménage pas. Elle est furieuse?

— Non, au contraire... Il y avait quelque chose là, Mitia, que tu ne soupçonnes pas. — Je les ai trouvées toutes deux.

— Qui, toutes deux?

— Grouschegnka et Katherina Ivanovna.....

Dmitri Fédorovitch resta stupéfait.

— Ce n'est pas possible! Tu rêves! Grouschegnka chez...

Alioscha lui raconta tout ce qui venait d'arriver. Dmitri l'écoutait en silence, en le regardant en face avec une singulière fixité. Plus le récit avançait, plus son visage devenait sombre, menaçant. Il fronçait le sourcil, grinçait des dents; son regard devenait encore plus fixe, plus terrible. Tout à coup, avec une rapidité inouïe, il changea de visage; ses lèvres contractées se desserrèrent, et il éclata du rire le plus franc, le plus irrésistible.

— Alors, elle ne lui a pas baisé la main! Elle est partie sans lui baiser la main! s'écria-t-il dans un transport maladif, qu'on eût pu dire infâme s'il eût été moins artificiel. Et l'autre l'a appelée tigre! Elle ne se trompe pas. Et il faut la livrer au bourreau? Évidemment! Ce devrait être fait depuis longtemps. C'est un gibier d'échafaud, en effet. Elle est tout entière dans cette action, cette reine d'insolence, cette reine des furies, de toutes les pires créatures possibles! Et elle est chez elle? J'y vais tout de suite, j'y vais... Ne m'accuse pas, je suis d'accord avec vous qu'il faudrait l'écraser.

— Et Katherina Ivanovna? dit tristement Alioscha.

— Oh! celle-là, je la comprends aussi, je la vois plus que jamais. C'est la merveille des quatre parties du monde, je veux dire des cinq... Une telle démarche! C'est bien la même Kategnka, cette pensionnaire qui n'a pas craint de venir chez un officier débauché par dévouement pour son père, au risque des suprêmes outrages. Quel orgueil! quelle soif de danger! quel désir de se mesurer avec la destinée! O quel appétit d'infini! Sa tante la retenait vainement, n'est-ce pas? « Je puis tout vaincre, tout va me céder; j'ensorcellerai Grouschegnka elle-même. » Elle y croyait certainement; à qui la faute? Tu penses que c'est par calcul, par ruse qu'elle a baisé la première la main de Grouschegnka? Non, c'était de bonne foi; elle avait pris Grouschegnka en affection... C'est-à-dire, pas Grouschegnka, mais son idée à elle, son rêve, son désir; « car, pensait-elle, c'est *mon* rêve, c'est *mon* idée. » Eh! Aliocha, comment as-tu échappé à de pareilles femmes? Tu t'es enfui en retroussant ta robe? Ha! ha! ha!

— Frère, tu ne songes même pas à l'offense que tu as faite à Katherina Ivanovna en confiant à Grouschegnka l'histoire... de ce jour.... tu sais? Grouschegnka la lui a jetée à la figure comme un défi. Quelle pire offense, frère?

Aliocha était inquiet et fâché du plaisir que semblait causer à Dmitri l'humiliation de Katherina Ivanovna.

— Baste! fit Dmitri en fronçant les sourcils et en se frappant le front. En effet, je lui ai conté cela, je me le rappelle. C'était le jour que je t'ai dit, quand j'étais ivre, pendant que les tziganes chantaient. Mais je sanglotais en disant cela! J'étais à genoux devant l'idée de Katia, et Grouschegnka le comprenait; elle pleurait!... Ah! diable! Elle pleurait alors, et maintenant... maintenant elle se sert d'une confidence comme d'un poignard! Voilà les femmes!

Il resta quelques instants absorbé.

— Oui, je suis un misérable, dit-il d'une voix profonde. Qu'importe que j'aie dit cela en pleurant! je n'en suis pas moins odieux de l'avoir dit. Réponds *là-bas* que j'accepte toutes *ses* condamnations, si cela peut *la* consoler. Et assez... Adieu! Notre conversation n'est pas gaie, pauvre ami. Poursuivons chacun notre route. Je ne veux plus te revoir avant le dernier moment. Adieu, Alexey.

Il serra fortement la main d'Aliosoha sans relever la tête, et se dirigea à grands pas vers la ville. Aloscha le suivit du regard, ne pouvant croire ce départ définitif.

— Alexey, encore un mot, à toi seul, dit Dmitri, qui en effet revint sur ses pas. Regarde-moi bien : vois-tu, ici, je tiens en réserve la plus abominable des infamies, ici...

En disant *ici*, Dmitri se frappait la poitrine. Sa physionomie était indescriptible.

— Tu me connais, je suis un misérable, un assuré misérable; mais quoi que j'aie fait et quoi que je puisse faire encore, rien n'égale l'infamie que je porte maintenant *sur* ma poitrine, l'infamie que je pourrais étouffer, remarque-le, mais que je n'étoufferai pas. Non! je la commettrai, sache-le bien! Si j'y renonçais, je pourrais reconquérir toute mon honnêteté; mais je n'y renoncerai pas. Je réaliserai mon ignoble dessein, et sois-moi témoin que je te le dis dès maintenant. L'abîme! la nuit! Inutile de t'expliquer... Le temps t'apprendra. La boue et l'enfer! Adieu. Ne prie pas pour moi, je n'en suis pas digne. D'ailleurs, c'est inutile, je ne veux pas de prières! Sors de mon chemin!

Et il partit, cette fois, vraiment...

Alioscha s'en alla au monastère.

« Quoi! Je ne le verrais plus?... Dès demain j'irai le chercher!... Que dit-il?... »

Il avait encore le cœur serré quand il entra au monastère.

« Pourquoi? pourquoi en était-il sorti? Pourquoi l'avait-on envoyé dans le monde? Ici le repos, la sainteté; là le trouble, la nuit inextricable... »

Dans la cellule veillaient le novice Porfiry et l'archi-prêtre, le Père Païssi, qui, toute la journée, était venu, à chaque heure, prendre des nouvelles du Père Zossima. Le starets allait de pis en pis, comme Alioscha l'apprit avec douleur.

— Il s'affaiblit, il somnole, dit doucement le Père Païssi à Alioscha. On peut à peine le réveiller. D'ailleurs, à quoi bon? Il s'est réveillé tout à l'heure pour cinq minutes et a demandé qu'on portât sa bénédiction à la communauté, afin qu'elle priât pour lui. Il a parlé de toi, Alexey. Il a demandé où tu étais; on lui a dit que tu étais allé à la ville. « Qu'il soit béni, a-t-il dit; là-bas est sa place, non pas ici. » Tu es un de ses grands soucis : vois quel honneur pour toi! Mais comment t'assigne-t-il une place dans le monde? Il lit sans doute dans tes destinées. Mais ton passage dans le monde sera pour toi une épreuve, comprends-le, Alexey. Ne crois pas que le starets entende te livrer aux pompes et aux œuvres du siècle...

Le Père Païssi sortit. Alioscha ne doutait pas que le starets ne touchât à ses derniers instants. Peut-être prolongerait-on sa vie d'un jour ou deux. Alioscha décida que, malgré qu'il eût promis de revoir son père, son frère, les Khokhlakov et Katherina Ivanovna, il ne sortirait pas le lendemain du monastère, et resterait auprès du starets jusqu'à sa fin. Il se reprochait amèrement d'avoir pu un seul instant, là-bas, dans la ville, oublier le saint qui gisait sur son lit de mort. Il entra dans la chambre à coucher du starets, s'agenouilla et salua jusqu'à terre le mourant. Le starets dormait doucement; à peine entendait-on sa respiration. Son visage était calme. Retournant dans la chambre voisine, Alioscha, sans se déshabiller, s'étendit sur un étroit divan couvert de cuir, où il passait depuis longtemps les nuits. Mais avant de s'endormir, il se jeta à genoux et fit de longues prières. Dans sa ferveur, il demandait à Dieu de dissiper ses troubles, de lui rendre la paix dont il jouissait naguère. Tout à coup, il sentit dans sa poche la petite enveloppe rose que Katherina Ivanovna lui avait fait remettre. Il tressaillit, mais termina sa prière; puis, après quelques hésitations, il déchira l'enveloppe. Elle contenait un petit billet à lui adressé, et signé : Liza; c'était de cette même jeune fille, mademoiselle Khokhlakov, qui se moquait de lui, dans la matinée, devant le starets.

« Alexey Fédorovitch, je vous écris en secret de tout le monde, même de maman, et je sais que cela est mal; mais je ne peux plus vivre sans vous faire savoir ce qui est né dans mon cœur, et ce que personne autre que nous deux ne doit savoir, au moins pendant quelque temps. Mais comment vous dire ce que je veux vous dire ? On dit que le papier ne rougit pas; je vous jure que c'est faux, et que lui et moi nous sommes tout rouges. Cher Alioscha, *je vous aime;* je vous aime depuis notre enfance, depuis Moscou, alors que vous étiez bien différent de ce que vous êtes, et je vous aime pour toute la vie. Vous êtes l'élu de mon cœur. Il faut que nous passions notre vie ensemble jusqu'à nos vieux jours, à condition, bien sûr, que vous quittiez le monastère. Quant à notre âge, nous attendrons autant que la loi l'exige. Alors je serai guérie, je marcherai, je danserai, il n'y a pas de doute à cela. Vous voyez que j'ai tout calculé. La seule chose que je ne puisse prévoir, c'est

l'opinion que vous aurez de moi après avoir lu cette lettre.
Je ris toujours, je plaisante, et ce matin encore je vous ai
fâché. Mais je vous assure que tout à l'heure, en prenant
la plume, j'ai prié devant l'image de la sainte Vierge en
pleurant presque. Mon secret est entre vos mains. Demain,
quand vous viendrez, je ne sais même pas si je pourrai
vous regarder. Ah! Alexey Fédorovitch, qu'arrivera-t-il
si je ne puis m'empêcher d'éclater de rire en vous regardant? Vous me croirez folle! Mais je vous en prie, ami,
si vous avez de la pitié pour moi, ne me regardez pas
trop en face quand vous viendrez, car rien ne pourra
peut-être m'empêcher de rire en vous voyant dans votre
longue robe. Rien qu'en y pensant, il faut que je fasse un
effort pour rester sérieuse. Quand vous serez entré, ne
me regardez donc pas tout de suite; regardez maman ou
la fenêtre.

« Voilà ma lettre d'amour écrite. Mon Dieu! qu'ai-je
fait? Aliocha, ne me méprisez pas; si c'est mal, si cela
vous peine, pardonnez-moi. Ma réputation maintenant
dépend de vous. Je sens que je vais pleurer. Au revoir
jusqu'à cette entrevue *terrible.*

« LIZE.

« *P. S.* — Aliocha, venez absolument, absolument,
absolument.

« LIZE. »

Aliocha lut cette lettre deux fois avec étonnement.
Il resta songeur, puis sourit de plaisir, doucement, puis
tressaillit; ce sourire lui avait paru coupable. Il remit la
lettre dans l'enveloppe sans se hâter, fit un signe de croix

et se coucha. Tout son trouble intérieur était dissipé.

« Seigneur ! garde-les tous ; protége les malheureux et les révoltés, conduis - les, rectifie leurs voies. Tu es l'amour, tu peux à tous dispenser la joie ! » murmura-t-il en faisant des signes de-croix ; puis il s'endormit du sommeil des innocents.

DEUXIÈME PARTIE

LIVRE IV

LES AMOURS D'ALIOSCHA.

I

Alioscha s'éveilla avant l'aube. Le starets était sorti de son assoupissement. Bien qu'il se sentît très-faible, il voulut se lever et s'asseoir dans un fauteuil. Il était en pleine possession de ses facultés; son visage rayonnait de joie intérieure; son regard était extrêmement affable.

— Peut-être ne verrai-je pas la fin de ce jour, dit-il à Alioscha.

Les moines se réunirent dans la cellule du starets.

Le jour commençait.

Le starets parlait beaucoup : il semblait vouloir dire, à cette heure suprême, tout ce qu'il n'avait pu dire durant sa vie, moins pour donner des enseignements que pour partager avec ceux qu'il aimait l'étrange joie de ses derniers instants. Mais il fut bientôt fatigué. Il ferma les yeux, puis les rouvrit, et appela Alioscha.

Il n'y avait plus dans la cellule que le Père Païssi, le

Père archiprêtre Iossif et le novice Porfiry. Le starets regarda fixement Alioscha et lui demanda tout à coup :

— Est-ce que les tiens t'attendent, mon fils?

Alioscha parut embarrassé.

— On a peut-être besoin de toi? Tu as dû promettre à quelqu'un d'aller le voir aujourd'hui?

—En effet...A mon père...à mes frères...à d'autres encore.

— Tu vois! Vas-y tout de suite et ne te chagrine pas. Je ne mourrai point avant d'avoir prononcé devant toi les dernières paroles qu'entendront de moi les vivants. C'est à toi que je les léguerai, mon fils, à toi, mon cher fils, car je sais que tu m'aimes. Et maintenant va rejoindre ceux qui t'attendent.

Alioscha se soumit, quoiqu'il lui fût très-pénible de quitter son auguste ami en un tel moment. Mais la promesse du starets de lui léguer comme un testament ses dernières paroles emplissait d'enthousiasme l'âme du novice. Il se hâta, pour en finir au plus tôt avec ses affaires dans la ville et revenir au monastère.

II

Alioscha se dirigea d'abord vers la maison de son père. Chemin faisant, il se rappela que Fédor Pavlovitch lui avait recommandé d'entrer à l'insu d'Ivan. « Pourquoi? se demandait Alioscha. S'il veut me dire quelque chose en secret, pourquoi s'en cacher? Il est probable que l'émotion l'aura empêché de s'expliquer hier. »

Il fut pourtant satisfait quand Marfa Ignatievna (Grigory était malade) lui dit qu'Ivan Fédorovitch était sorti depuis une couple d'heures.

— Et mon père ?

— Il est levé, il prend son café.

Alioscha entra. Le vieux se tenait assis auprès d'une table : vêtu d'un paletot usé, les pieds dans des pantoufles, il feuilletait distraitement des papiers d'affaires. Il avait le visage fatigué ; son front, où s'étaient formées de grandes cicatrices, était couvert d'un foulard rouge. Son nez, très-enflé, très-écorché, donnait à son visage un aspect particulièrement méchant. Le vieux le savait lui-même, et il jeta un mauvais regard à Alioscha.

— Le café est froid, dit-il d'un ton sec, je ne t'en offre pas. Je n'ai que de la oukha pour tout potage. Je ne suis visible pour personne ; pourquoi es-tu venu ?

— Je suis venu m'enquérir de votre santé, dit Alioscha.

— Oui, d'ailleurs, hier, je t'avais prié de venir. Sottises, tout cela ! Ce n'était pas la peine de te déranger. Je savais bien que tu allais accourir...

Il parlait sur le ton le plus maussade. Il finit par se lever et examina soucieusement sa figure pour la quarantième fois peut-être depuis le matin. Il arrangea avec soin son foulard rouge.

— Un foulard rouge... c'est mieux ! Le foulard blanc a tout de suite... un air d'hôpital, dit-il sentencieusement. Eh bien, que fait ton starets ?

— Il va très-mal, il mourra peut-être aujourd'hui, dit Alioscha.

Fédor Pavlovitch n'entendit même pas la réponse.

— Ivan est sorti, dit-il. Il cherche à souffler à Mitia sa fiancée. C'est pour cela qu'il reste ici.

— Vous l'a-t-il dit lui-même?

— Depuis longtemps, il y a trois semaines de cela. Ce n'est pas pour m'assassiner qu'il est venu, et il a un but...

— Que dites-vous? pourquoi parlez-vous ainsi? dit avec angoisse Alioscha.

— Il ne me demande pas d'argent, d'ailleurs il n'aura rien. Moi, mon cher Alexey, j'ai l'intention de vivre le plus longtemps possible, que chacun se le tienne pour dit, et j'ai besoin de tous mes kopeks, car plus je vivrai, plus il m'en faudra, continua-t-il en marchant à grands pas à travers la chambre, les mains enfoncées dans les poches de son paletot taché et déchiré. Je n'ai que cinquante-sept ans, j'ai toutes mes forces et je compte en avoir pour une vingtaine d'années encore; or, je vieillirai, je deviendrai laid, les femmes ne viendront plus volontiers, — et il me faudra de l'argent! C'est pourquoi j'en amasse le plus possible. C'est pour moi tout seul, mon cher Alexey Fédorovitch, sachez-le bien! car je ne changerai pas de vie, jusqu'à la fin, sachez-le bien... On est mieux dans la boue... Tout le monde me blâme, et pourtant tout le monde mène en secret la vie que j'affiche au grand jour. Quant à ton paradis, Alexey, je n'en veux pas, entends-tu? D'ailleurs, ton paradis est inconvenant pour un homme bien élevé. — en admettant qu'il y ait un paradis! On s'endort pour ne plus s'éveiller, voilà mon opinion. Souvenez-vous de moi, oubliez-moi, ça m'est égal. Voilà ma philosophie. Hier, Ivan a très-bien parlé là-dessus; nous étions soûls. D'ailleurs, c'est un hâbleur, Ivan, un faux savant!..

Alioscha écoutait en silence.

— Pourquoi ne me parle-t-il pas? Et quand il lui arrive de m'adresser la parole, pourquoi fait-il des mines dégoûtées? C'est un misérable, ton Ivan! Et Grouschka, je l'épouserai tout de suite, si je veux... Quand on a de l'argent, il suffit de vouloir, on a tout. C'est bien ce dont Ivan a peur : il voudrait m'empêcher d'épouser Grouschka, et il pousse Dmitri à la prendre. Comme s'il avait quelque chose à gagner en tout ceci! Que j'épouse ou que je n'épouse pas, il n'aura rien. Mais voilà : si Dmitri épouse Grouschka, Ivan épouse la riche fiancée de Dmitri! Voilà ses calculs! Un misérable, ton Ivan!

— Comme vous êtes irrité! C'est la suite d'hier. Vous feriez bien de vous recoucher.

— Tu oses me dire cela! Mais, va, je ne me fâche pas contre toi. D'Ivan je ne le supporterais pas, je n'ai jamais eu de bonté qu'avec toi : pour tous les autres je suis méchant.

— Vous n'êtes pas méchant, vous êtes aigri, dit Alioscha en souriant.

— Écoute. Je voulais faire mettre en prison ce brigand de Mitka aujourd'hui même. Je ne sais pas encore quel parti je prendrai. Il est vrai qu'aujourd'hui le respect qu'on doit aux parents passe pour un préjugé, mais les lois, même celles de notre temps, ne permettent pas encore de traîner un père par les cheveux, de le frapper au visage à coups de botte et de le menacer, par-dessus le marché, devant témoins, de venir le tuer. Si je voulais, je pourrais donc le faire arrêter.

— Mais vous ne voulez pas; non, vous ne le voulez pas!

—Ivan m'en a dissuadé. J'aurais fait peu de cas d'Ivan, mais il y a autre chose...

Et il se pencha vers Alioscha pour continuer à voix basse :

— Si je le mettais en prison, ce misérable, *elle* le saurait et irait aussitôt le voir : tandis que si elle apprend aujourd'hui qu'il m'a à moitié tué, moi, vieillard affaibli, elle l'abandonnera peut-être et viendra prendre de mes nouvelles... Voilà comme elle est! Je la connais bien... Veux-tu du cognac? Prends du café froid, je t'y verserai deux doigts de cognac, c'est excellent.

— Non, merci. Je préfère ce petit pain, dit Alioscha en prenant sur la table un petit pain français de trois kopeks qu'il mit dans la poche de sa soutane. Et je vous conseille de ne pas boire de cognac aujourd'hui.

— Oui, cela irrite, mais rien qu'un petit verre...

Il ouvrit un buffet, se versa un verre, referma le buffet et remit la clef dans sa poche.

— C'est tout. Un petit verre ne me tuera pas.

— Vous voilà meilleur!

— Hum! je n'ai pas besoin de cognac pour t'aimer. Je ne suis méchant qu'avec les méchants. Vagnka ne veut pas aller se promener à Tchermachnia, pourquoi? Il veut m'espionner, savoir combien je donnerai à Grouschegnka quand elle viendra. Tous des misérables! D'ailleurs, je le renie, Ivan. D'où vient-il! Il n'a pas l'âme comme toi et moi. Il compte sur ma fortune. Mais je ne laisserai pas même de testament, sachez-le bien! Quant à Mitka, je l'écraserai comme un cafard. Je le ferai craquer sous ma pantoufle comme un cafard, ton Mitka! Je dis *ton* Mitka, parce que je sais que tu l'aimes. Mais tu peux l'aimer, je n'ai pas peur de toi. Ah! si Ivan l'aimait, je craindrais pour moi... Mais Ivan n'aime personne; Ivan n'est pas notre homme. Les gens comme lui ne sont pas de notre monde. C'est de la poussière des chemins... Le vent soufflera sur les chemins, et il n'y aura plus de poussière... Hier, une lubie m'a passé par la tête quand je t'ai dit de venir aujourd'hui. Je voulais m'enquérir par ton intermédiaire si Mitka consentirait, le va-nu-pieds, le misérable, pour mille ou deux mille kopeks, à quitter cette ville pour cinq ans, ou mieux encore, pour trente-cinq ans, — et sans Grouschka. Hé?

— Je... je lui demanderai... murmura Alioscha. Si peut-être vous donniez trois mille roubles, peut-être il...

— Halte! C'est inutile maintenant. J'ai changé d'avis. C'est une sotte idée. Je ne donnerai rien, mais là, ri-en! J'ai besoin de mon argent. J'écraserai Mitka comme un cafard. Ne va pas lui donner des espérances, au moins! D'ailleurs, toi-même, tu n'as rien à faire ici, va-t'en. Cette Katherina Ivanovna, sa fiancée, qu'il m'a empêché de voir, l'épousera-t-elle, oui ou non? Tu es allé hier chez elle, je crois.

— Elle ne l'abandonnera pour rien au monde.

— C'est toujours ces misérables, ces noceurs, qu'aiment les tendres barichnias! Elles ne valent rien, ces pâles barichnias, va! Ah! s'il s'agissait... Parbleu, si j'avais sa jeunesse et ma figure de jadis, — car j'étais mieux que lui, à vingt-huit ans, — je triompherais comme lui! Ah! le gaillard! Mais il n'aura pas Grouschegnka, il ne l'aura pas... je le réduirai en poussière!

Il s'exaltait.

— Va-t'en! tu n'as rien à faire ici, répéta-t-il d'un ton rude.

Alioscha s'approcha pour lui dire adieu et le baisa sur l'épaule.

— Qu'as-tu donc? dit le vieux un peu étonné. Nous nous reverrons. Crois-tu me dire adieu pour toujours?

— Non pas, c'est... sans autre intention.

— C'est bon, dit le vieillard. — Écoute, écoute! cria-t-il comme Alioscha s'en allait. Viens un de ces jours manger la oukha. J'en ferai faire d'excellente, promets-moi de venir, dès demain, entends-tu?

Aussitôt qu'Alioscha fut sorti, Fédor Pavlovitch revint à son buffet et se versa encore un demi-verre.

III

« Dieu soit loué! mon père ne m'a pas demandé des nouvelles de Grouschegnka », pensait Alioscha en se rendant chez madame Khokhlakov, « car j'aurais été obligé de lui raconter la rencontre d'hier... Mon père est irrité et méchant. Il faut absolument que je voie aujourd'hui même Dmitri. »

Et tout absorbé par ses réflexions mélancoliques, il allait sans regarder où il marchait. Tout à coup, il fit un faux pas, butta contre une pierre et tomba si malheureusement qu'il se blessa à la main droite. Il se releva, un

peu honteux de sa maladresse, entoura de son mouchoir
sa main d'où le sang coulait en abondance, et reprit son
chemin.

Mais cet incident donna un autre cours à ses pensées.
Au lieu, comme on aurait pu s'y attendre, que la douleur
physique les assombrît encore, il se sentait dans l'âme
une paix inattendue, et un sourire détendait ses traits
fatigués, — le même sourire, discrètement joyeux, qu'il
avait eu en achevant de lire la lettre de Liza...

Quelques minutes après, il entrait chez les Khokhlakov,
qui habitaient une des maisons les plus élégantes de la ville;
madame Khokhlakov accourut à la rencontre d'Alioscha.

— Savez-vous que Katherina Ivanovna est chez nous?

— Quelle heureuse rencontre! s'écria Alioscha. Je lui
avais promis d'aller la voir aujourd'hui.

— Je sais tout! Je connais tous les détails de ce qui
s'est passé hier, avec cette vile créature. C'est tragique!
A sa place... Je ne sais ce que j'aurais fait à sa place!
Avouez que votre frère est étonnant! Il est ici actuelle-
ment... allons, je m'embrouille, ce n'est pas le terrible
Dmitri, c'est Ivan Fédorovitch que je veux dire. Il a pré-
sentement avec elle une conversation solennelle. Et si
vous saviez ce qui se passe entre eux! C'est terrible!
Quelle invraisemblable histoire! Ils se rendent malheureux à plaisir, sans savoir pourquoi. Je vous attendais,
j'avais besoin de vous voir; je ne peux plus supporter cela,
je vais tout vous dire. Mais voici l'important... ah! j'allais
oublier! Pourquoi Liza a-t-elle eu une crise nerveuse dès
qu'elle a entendu dire que vous arriviez?

— Maman, c'est vous qui avez une crise maintenant,

ce n'est plus moi! dit de la chambre voisine la voix aiguë de Liza.

On sentait qu'elle faisait effort pour ne pas éclater de rire.

— Ce ne serait pas étonnant, Liza, avec tout le mauvais sang que tu me fais faire! Du reste, elle est malade, Alexey Fédorovitch; elle a eu la fièvre toute la nuit. Avec quelle impatience j'attendais le matin, qui devait nous amener le docteur Herzenschtube! Il dit qu'il n'y comprend rien, qu'il faut attendre. C'est toujours la même chanson! Et dès que vous êtes entré dans la maison, elle a jeté un cri et elle a voulu être portée dans sa chambre.

— Maman, je ne savais pas du tout qu'il venait; ce n'est pas à cause de lui que j'ai voulu rentrer chez moi...

— Voilà un mensonge, Liza! Julie est venue te dire que c'était Alexey Fédorovitch. Elle le guettait depuis assez longtemps!

— Chère maman, ce n'est pas malin de votre part, ce que vous faites là! Si vous voulez dire quelque chose de plus spirituel, dites à M. Alexey Fédorovitch que ce n'est pas bien malin à lui non plus d'oser se montrer aujourd'hui, quand hier tout le monde s'est moqué de lui.

— Liza, tu es par trop hardie; je t'assure que tu m'obligeras à prendre des mesures sévères à ton égard. Qui donc pourrait se moquer de lui? Je suis si contente de le voir! J'ai tant besoin de lui! Ah! Alexey Fédorovitch, je suis très-malheureuse!...

— Qu'avez-vous donc, chère maman?

— Tes caprices, Liza, ton inconstance, ta maladie, crois-tu que tout cela ne soit rien? Ces nuits de fièvre! et le terrible Herzenschtube! l'éternel, l'éternel, l'éternel Herzenschtube! et enfin tout!... Et cette tragédie, là, dans le salon! je ne puis supporter cela; je vous le déclare d'avance, je ne le puis pas! Et une comédie mêlée à une tragédie... ah!... Dites-moi, le starets Zossima ira-t-il jusqu'à demain? O Dieu! que devenir? je ferme sans cesse les yeux et je me dis que tout n'est que sottise! sottise!

— Je vous prie, interrompit Alioscha, de me donner un linge pour panser ma main. Je me suis blessé, et cela me fait beaucoup souffrir.

Alioscha défit son bandage. Le mouchoir était plein de sang. Madame Khokhlakov poussa un cri et ferma les yeux.

— Dieu! quelle blessure! c'est horrible!

Liza, ayant aperçu à travers une fente le mouchoir ensanglanté, ouvrit brusquement la porte.

— Entrez! entrez ici! cria-t-elle impérieusement. O Dieu! pourquoi restiez-vous là debout sans rien dire? Mais il aurait pu perdre tout son sang, maman! Et comment vous êtes-vous blessé ainsi? De l'eau! de l'eau! Il faut laver la blessure! mettez vos doigts dans l'eau froide... Vite! de l'eau, maman! Dans un bol! Mais plus vite donc! cria-t-elle avec un mouvement nerveux.

— Il faudrait peut-être envoyer chercher Herzenschtube, proposa madame Khokhlakov.

— Maman, vous me ferez mourir avec votre Herzenschtube! Pour qu'il vienne dire : « Je n'y comprends rien, il faut attendre » ? De l'eau! de l'eau! maman, par Dieu! allez vous-même chercher Julie qui se cache je ne sais où et n'est jamais là quand on a besoin d'elle. Mais plus vite, maman, ou je meurs!...

— Mais ce n'est rien! s'écria Alioscha effrayé de leur terreur.

— Maman, donnez-moi de la charpie, de la charpie, et cette eau pour les coupures, comment s'appelle-t-elle ? Vous l'avez là... là... vous savez où est le flacon? Dans votre chambre à coucher, l'armoire à droite : il y a un grand flacon et de la charpie.

— Tout de suite, Liza, mais ne crie pas et ne t'inquiète pas! Vois avec quelle fermeté Alexey Fédorovitch supporte la douleur! Où donc vous êtes-vous blessé ainsi, Alexey Fédorovitch?

Elle sortit sans attendre la réponse.

— Tout d'abord, répondez-moi, commença aussitôt Liza : où avez-vous osé vous blesser ainsi? Je vous parlerai ensuite de toute autre chose ; allons, dites !

Alioscha, comprenant que les instants étaient précieux, raconta très-vite ce qui lui était arrivé. Liza joignit les mains.

— Est-il possible! est-il possible, à votre âge, de ne pas encore savoir marcher? s'écria-t-elle avec colère. Vous êtes un gamin, et le plus gamin des gamins! Autre chose maintenant. Pouvez-vous, Alexey Fédorovitch, malgré votre douleur, parler raisonnablement de choses insignifiantes?

— Parfaitement; je ne sens presque plus mon mal.

— C'est parce que votre doigt est dans l'eau. Il faut la changer tout de suite, elle s'échaufferait. Julie, va chercher un morceau de glace à la cave et un nouveau bol d'eau... Maintenant qu'elle est partie, parlons d'affaires, et vite, mon cher Alexey Fédorovitch. Veuillez me rendre ma lettre tout de suite, car maman peut rentrer d'un instant à l'autre, et je ne veux pas...

— Je ne l'ai pas sur moi.

— Ce n'est pas vrai! Je savais bien que vous me feriez ce mensonge! Elle est dans votre poche. J'ai tant regretté toute cette nuit cette plaisanterie! Rendez-moi ma lettre à l'instant! rendez-la-moi!

— Je l'ai laissée chez moi.

— Mais enfin! vous ne pouvez pas ne pas me prendre pour une toute petite fille, après cette lettre si sotte, si niaise! Je vous prie de me pardonner cette bêtise!... Mais rapportez-moi ma lettre, si vraiment vous ne l'avez pas sur vous. Aujourd'hui même! je la veux absolument aujourd'hui même.

— C'est impossible aujourd'hui, je vais au monastère, et je ne pourrai revenir de deux, trois ou quatre jours peut-être, car le starets...

— Quatre jours! Écoutez. Avez-vous beaucoup ri de moi?

— Pas le moins du monde.

— Pourquoi donc?

— Parce que je vous ai crue sincère.

— Mais vous m'offensez!

— Pas du tout, les choses s'accompliront comme vous l'avez décidé: quand le starets Zossima sera mort, je quitterai le monastère, j'achèverai mes études, je passerai mes examens, et dès que nous aurons l'âge exigé par la loi, nous nous marierons. Je vous aimerai toujours, quoique je n'aie pas encore eu le temps d'y penser jusqu'ici. Mais j'ai réfléchi que je ne trouverai jamais une femme meilleure que vous, et le starets m'ordonne de me marier.

— Mais je suis un monstre! On me roule sur un fauteuil, dit Liza en riant.

Ses joues s'empourprèrent.

— Je vous soignerai. Mais je suis certain qu'à cette époque vous serez guérie.

— Vous êtes fou! dit nerveusement Liza. Vous échafaudez un projet sérieux sur une plaisanterie! — Mais voici maman, très à propos peut-être. Maman, comme vous êtes lente! Est-il possible de rester si longtemps? Et voici Julie aussi qui apporte de la glace.

— Ah! Liza, ne crie pas, je t'en prie, c'est l'important, ne crie pas! J'ai de tes cris... par-dessus la tête! Mais que faire? Tu as fourré la charpie ailleurs! J'ai cherché, cherché!... Je soupçonne que tu l'as fait exprès.

— Comme si j'avais pu prévoir qu'il viendrait avec un doigt coupé! Peut-être, d'ailleurs, si je l'avais prévu, aurais-je fait exprès... Maman, vous devenez très-spirituelle.

— Bon, spirituelle! Mais comme tu parles, Liza! quelle conduite! Oh! cher Alexey Fédorovitch, ce n'est pas telle ou telle chose qui me tue; c'est le tout, c'est l'ensemble...

— Assez, maman, assez, dit en riant Liza; donnez plutôt la charpie et l'eau. C'est de l'acide de plomb, Alexey Fédorovitch, un excellent remède. Maman, imaginez-vous qu'il est tombé par terre; il ne sait pas encore marcher! Quel petit bonhomme! Dites-moi un peu, n'est-ce pas un vrai gamin? Peut-il se marier, après cela, maman? Car imaginez-vous qu'il veut se marier! Il est même déjà marié! N'est-ce pas ridicule? n'est-ce pas terriblement risible?

Liza éclatait de son rire nerveux en regardant malicieusement Alioscha.

— Voyons, Liza, à quel propos parler de mariage? Cela
ne te regarde pas... Comme elle vous a bien pansé, Alexey
Fédorovitch! Je n'aurais jamais pu si bien faire! Souffrez-
vous encore ?

— A présent, pas trop.

— Katherina Ivanovna vient d'apprendre votre arrivée,
Alexey Fédorovitch, et elle désire vivement vous voir.

— Ah! maman, allez-y toute seule. Il ne peut pas encore y aller, il souffre trop.

— Je ne souffre pas du tout, je peux très-bien y aller...

— Comment! vous vous en allez? Ah! c'est comme ça!

— Mais qu'est-ce que cela fait? Dès que j'aurai fini là-
bas, je reviendrai, et nous causerons tant que vous voudrez. J'ai hâte de voir Katherina Ivanovna, afin de pouvoir
rentrer aujourd'hui même au monastère.

— Maman, emmenez-le le plus vite possible. Alexey
Fédorovitch, ne prenez pas la peine de me revoir après
Katherina Ivanovna; allez tout droit à votre monastère,
c'est là que votre vocation vous appelle. Moi, je vais dormir; je n'ai pas dormi de la nuit.

— Ah! Liza, que tout cela est ridicule! Mais, au fait,
si tu te couchais réellement?

— Je resterai encore quelques minutes, trois, cinq
même, murmura Alioscha.

— Même cinq! Emmenez-le donc, maman! C'est un
monstre!

— Liza, tu es folle! Allons-nous-en, Alexey Fédorovitch,
elle est trop capricieuse aujourd'hui. Je crains de l'irriter
encore. Oh! quelle plaie qu'une femme nerveuse, Alexey
Fédorovitch! Mais peut-être a-t-elle réellement sommeil...

Comme votre présence l'a vite endormie, et quel bonheur!

— Ah! maman, vous êtes aimable! Que je vous embrasse pour cela, maman; venez!

— Et moi aussi, Liza, je vais t'embrasser... Écoutez, Alexey Fédorovitch, fit-elle d'un air important et mystérieux en s'en allant avec Alioscha, je ne veux pas vous influencer, lever les voiles de ce mystère; mais entrez, et vous allez vous-même voir ce qui se passe. C'est terrible! La plus fantastique des comédies... Elle aime votre frère Ivan Fédorovitch, et elle veut se persuader que c'est votre frère Dmitri qu'elle préfère. C'est terrible, vous dis-je. J'entrerai avec vous, et, si on le permet, je resterai.

I V.

Cependant, l'entretien au salon touchait à sa fin. Katherina Ivanovna était très-animée; mais sa physionomie exprimait une résolution énergique. Ivan Fédorovitch se leva en voyant entrer madame Khokhlakov et Aliocha. Aliocha regarda la jeune fille avec inquiétude : « Je vais donc savoir le mot de toutes ces énigmes », pensait-il. Depuis un mois, il entendait dire de tous côtés qu'Ivan aimait Katherina Ivanovna et voulait la souffler à Mittia. Cela semblait monstrueux à Aliocha. Il aimait ses deux frères et s'effrayait de leur rivalité. Mais Dmitri lui-même ne lui avait-il pas déclaré, la veille, qu'il était ravi des desseins d'Ivan et qu'il tâcherait de l'aider à les réaliser? Comment? En

épousant Grouschegnka ! Alioscha considérait ce parti
comme désespéré, ayant cru jusque-là que Katherina Ivanovna aimait Dmitri passionnément. Pouvait-elle aimer un
homme comme Ivan ? Non ; c'était Dmitri qu'elle aimait,
précisément pour le mal autant que pour le bien qui
était en lui. Mais durant la scène de Grouschegnka, ses
opinions avaient changé. Et voilà que l'affirmation caté-
gorique de madame Khokhlakov : que Katherina Ivanovna
aimait Ivan et se leurrait d'un amour forcé pour Dmitri,
un amour de reconnaissance, corroborait les nouvelles impressions d'Alioscha. « Peut-être est-ce vrai ; mais alors
quelle est la situation d'Ivan ? » Alioscha sentait instinc-
tivement qu'un caractère comme celui de Katherina Ivanovna avait besoin de domination : or, cette domination
pouvait s'exercer sur Dmitri, non pas sur Ivan. « Et si elle
n'aimait ni l'un ni l'autre ! » pensa-t-il tout à coup. Il se
rendait nettement compte de toute l'importance d'une
telle rivalité entre les deux frères. « Que les reptiles se
mangent entre eux ! » avait dit Ivan. Mais qui plaindre ?
que souhaiter ? Il les aimait tous deux !

En voyant Alioscha, Katherina Ivanovna dit vivement à
Ivan qui se disposait à sortir :

— Un instant ! je veux avoir l'opinion d'Alexey Fédorovitch. J'ai une très-grande confiance en lui. Madame
Khokhlakov, restez aussi.

Elle fit asseoir Alioscha auprès d'elle.

— Vous êtes tous mes amis, les êtres que j'aime le plus
au monde, commença-t-elle d'une voix vibrante d'émotion. Vous, Alexey Fédorovitch, vous avez été témoin de
cette scène terrible. Vous n'avez pas vu cela, Ivan Fédo-

rovitch! Écoutez, Alexey Fédorovitch, je ne sais même plus si je l'aime maintenant, lui. J'ai pitié de lui : mauvaise marque d'amour! Si je l'aimais, peut-être le haïrais-je après cela; mais avoir pitié!

Sa voix tremblait, des larmes brillaient dans ses yeux. Alioscha tressaillit. « Elle est sincère », pensait-il, « et... elle n'aime plus Dmitri. »

— C'est cela! c'est bien cela! s'écria madame Khokhlakov.

— Attendez, ma chère. Je ne vous ai pas encore dit la résolution que j'ai prise cette nuit. Je sens que c'est un parti bien grave, mais je sais que je n'y renoncerai jamais pour rien au monde!... Mon cher, mon bon, mon précieux conseiller, lui qui connaît si bien le cœur humain, mon meilleur ami, Ivan Fédorovitch, m'approuve en tout et loue ma décision... Il la connaît.

— Oui, je l'approuve, dit Ivan Fédorovitch d'une voix douce et ferme.

— Mais je désire qu'Alioscha... — pardonnez-moi de vous parler si familièrement, Alexey Fédorovitch, — je désire qu'Alexey Fédorovitch me dise à son tour si j'ai raison ou tort; je pressens, Alioscha, mon frère, car vous êtes mon frère! s'écria-t-elle avec emportement en prenant dans ses mains ardentes la main froide d'Alioscha, je pressens que votre approbation m'apaiserait complétement, et je me soumettrai volontiers à ce que vous aurez décidé.

— Je ne sais ce que vous allez me demander, dit Alioscha en rougissant. Je sais seulement que je vous aime, et que je souhaite votre bonheur plus vivement que le mien même... Mais je ne suis pas au courant de toute cette affaire..., s'empressa-t-il d'ajouter, on ne sait pourquoi.

— C'est une affaire d'honneur et de devoir, Alexey Fédorovitch; c'est quelque chose de plus encore peut-être, oui, plus encore que le devoir lui-même! Je vous dirai tout en deux mots : s'il épouse cette... créature, ce que je ne pourrais jamais lui pardonner, *je ne l'abandonnerai pourtant pas,* je ne l'abandonnerai jamais! fit-elle avec une exaltation maladive. Non pas que je sois résolue à le suivre, à l'importuner de mes soins, à le faire souffrir! Point. Je m'en irai dans une autre ville, n'importe où, mais je ne cesserai pas de m'intéresser à lui. Quand il sera malheureux, — ce qui ne tardera certainement pas, — qu'il vienne à moi. Je serai pour lui une amie, une sœur : une sœur seulement, certes, toujours, mais une sœur aimante, qui lui ai sacrifié toute ma vie. Je réussirai ainsi à me faire comprendre de lui et à obtenir sa confiance! s'écria-t-elle avec une sorte de fureur. Je serai pour lui le Dieu qu'il priera à genoux, et c'est le moins qu'il me doive pour effacer sa trahison et tout ce que j'ai souffert hier grâce à lui. Et qu'il sache que je resterai éternellement fidèle à la parole une fois donnée, malgré ses infidélités et ses trahisons. Je serai..... je deviendrai le chemin de son bonheur pour toute sa vie! pour toute sa vie! Voilà ma décision. Ivan Fédorovitch l'approuve hautement.

Elle étouffait. Peut-être aurait-elle voulu parler avec plus de dignité, plus de *naturel*. Elle s'était exprimée avec trop de précipitation, sans adresse. C'était chez elle comme une satisfaction d'orgueil qu'elle avait cherchée pour se revancher de l'humiliation de la veille. Tout à coup son visage s'assombrit, il y avait de la méchanceté dans l'éclat de ses yeux.

— C'est, en effet, ma pensée, dit Ivan. Toute autre aurait tort d'agir ainsi : vous avez raison. Vous êtes sincère, d'une sincérité absolue, et c'est justement pourquoi vous avez raison...

— Mais c'est un mouvement passager ! interrompit madame Khokhlakov, c'est le ressentiment d'hier.

L'excellente dame n'avait pu se retenir de faire cette observation, d'ailleurs très-juste.

— Eh ! oui ! interrompit à son tour Ivan, avec une sorte d'emportement.

Il était évidemment irrité de l'observation de madame Khokhlakov.

— C'est cela, reprit-il, chez une autre ce ne serait en effet qu'un mouvement passager. Mais avec l'âme de Katherina Ivanovna, c'est pour la vie. Ce qui pour les autres n'est qu'une promesse faite à la légère est un engagement sacré pour elle. Votre vie, Katherina Ivanovna, se consumera désormais dans une douloureuse contemplation de vos vertus. Mais la souffrance finira par se calmer, votre dévouement sera très-adouci par la satisfaction que le devoir accompli verse dans les âmes orgueilleuses.

Il parlait d'un ton âpre, ironique, et sans même prendre la peine de cacher son ironie.

— O Dieu ! que tout cela est faux ! s'écria de nouveau madame Khokhlakov.

— Alexey Fédorovitch, parlez ! je suis impatiente de vous entendre, dit Katherina Ivanovna.

Elle éclata en sanglots.

Aliocha se leva.

— Ce n'est rien, ce n'est rien, reprit-elle tout en pleurant. C'est l'émotion... c'est l'insomnie... mais avec des amis comme votre frère et vous, je garde confiance... car je sais... que vous ne m'abandonnerez jamais.

— Malheureusement, demain même il faudra que je parte pour Moscou. Je vous laisserai pour longtemps, et malheureusement encore ce voyage ne peut être remis, dit tout à coup Ivan Fédorovitch.

— Demain? à Moscou! s'écria Katherina Ivanovna bouleversée, mais... mon Dieu!... que c'est heureux! s'exclama-t-elle d'une voix changée.

Son visage ne gardait déjà plus aucune trace de larmes, ce n'était déjà plus la jeune fille blessée et désolée : c'était la femme maîtresse d'elle-même.

— Ce n'est pas de votre départ que je me félicite, reprit-elle avec le sourire charmant d'une mondaine. Un ami comme vous ne pouvait, d'ailleurs, me supposer une telle pensée. Je serais au contraire désolée de ne plus vous voir...

Elle prit les mains d'Ivan Fédorovitch et les serra vivement.

— Mais je me réjouis de pouvoir faire connaître par vous à ma tante et à ma sœur dans quelle situation je suis. Vous saurez concilier la franchise avec tous les ménagements nécessaires. Vous ne pourriez vous imaginer combien j'étais malheureuse hier et ce matin : je ne savais comment leur écrire cela. Mais ma lettre devient très-simple et très-facile à faire, puisque c'est vous qui la leur expliquerez. Voilà de quoi je m'estime si heureuse, de cela seulement, croyez-moi..... Je cours écrire cette lettre, conclut-elle brusquement, en faisant un mouvement vers la porte.

— Et Alioscha ! Et l'opinion d'Alexey Fédorovitch que vous désiriez tant connaître ! s'écria madame Khokhlakov avec une intonation sarcastique.

— Je ne l'ai pas oublié, dit Katherina Ivanovna en s'arrêtant. Mais pourquoi êtes-vous si malveillante pour moi en un tel moment, ma chère ? continua-t-elle avec amertume. J'ai toujours la même pensée; son opinion m'est peut-être plus précieuse encore que tout à l'heure : je ferai ce qu'il dira... Mais qu'avez-vous, Alexey Fédorovitch ?

— Je n'aurais jamais pu m'imaginer cela, dit Alioscha d'un ton de reproche.

— Quoi donc ?

— Il part pour Moscou, et vous vous écriez : Quel bonheur ! et vous l'avez fait exprès ! et aussitôt vous avez expliqué que ce n'était pas de son départ que vous vous félicitiez, qu'au contraire vous regrettez de perdre un ami... et là encore vous jouiez la comédie... comme sur un théâtre.

— Sur un théâtre ! Comment ? Que dites-vous ? s'écria Katherina stupéfaite et fronçant les sourcils en rougissant.

— Vous affirmez que vous regrettez en lui un ami, et pourtant vous insistez sur le bonheur que vous cause son départ !

— Mais de quoi parlez-vous ? je ne comprends pas !

— Je ne sais pas moi-même. Je suis comme illuminé d'une lumière soudaine. Je sais que ce que je dis est mal, mais je parlerai quand même, continua-t-il d'une voix tremblante. Vous n'aimez pas Dmitri... Vous ne l'avez jamais aimé... D'ailleurs, Dmitri ne vous a pas aimée lui-même... dès le commencement... Il vous estime, voilà tout. Vraiment, je ne sais comment j'ai l'audace... mais il faut bien que quelqu'un ose dire la vérité... car personne ici n'ose la dire.

— Quelle vérité? s'exclama Katherina Ivanovna avec violence.

— La voici, murmura Aliôscha. (Il avait les sensations et l'expression d'un homme qui se précipite d'une hauteur.) Appelez Dmitri, qu'il vienne ici prendre votre main et celle de mon frère Ivan, et qu'il les joigne! Car vous faites souffrir Ivan parce que vous l'aimez, et vous vous torturez vous-même, en vous imposant pour Dmitri un amour qui vous est à charge... Vous vous êtes juré à vous-même de l'aimer!

Aliôscha se tut.

— Vous... vous... vous êtes fou! fit Katherina Ivanovna, pâle, les lèvres contractées.

Ivan Fédorovitch éclata de rire et se leva.

— Tu t'es trompé, mon bon Aliôscha, dit-il avec une physionomie qu'Aliôscha ne lui connaissait pas encore, une expression juvénile, naïve, naïvement sincère. Jamais Katherina Ivanovna ne m'a aimé. Elle sait depuis long-temps que je l'aime, quoique je ne lui ai jamais parlé de mon amour. Elle le savait, mais elle ne m'aimait pas. Je n'ai même pas été son ami, jamais, pas un instant; son orgueil lui suffit, elle n'a pas besoin de mon amitié. Elle me souffre maintenant auprès d'elle pour se venger sur moi des incessantes offenses de Dmitri, depuis leur première rencontre... Car même cette première rencontre est restée dans sa mémoire comme un souvenir d'offense. Ma part fut de l'entendre dire des paroles d'amour adressées à un autre. Je pars donc, et restez convaincue, Katherina Ivanovna, que vous n'avez jamais aimé que Dmitri Fédorovitch Karamazov. Plus il vous offensait, plus vous l'aimiez, tel qu'il est, tel qu'il est précisément, à cause même de ses offenses. S'il devenait meilleur, vous vous détourneriez de lui, vous cesseriez de l'aimer. Vous aimez en lui l'héroïsme de votre dévouement aux prises avec son infidélité. Tout cela, par orgueil. Oh ! cela ne va pas sans beaucoup d'humiliations, bien des affronts ; mais humiliations et affronts sont encore des prétextes pour votre orgueil. Je suis trop jeune, je vous aime trop, j'aurais mieux fait de ne vous rien dire, de vous quitter silencieusement. Vous seriez moins offensée, peut être. Mais je vais loin et je ne reviendrai pas... C'est donc pour toujours... J'ai tout dit. Adieu, Katherina Ivanovna. Ne soyez pas fâchée contre moi. Je suis cent fois plus puni que vous, puni par ce seul fait que je ne vous reverrai plus. Adieu. Je ne veux pas prendre votre main. Vous m'avez trop fait souffrir et trop consciemment pour que je puisse pardonner à cette heure. Plus tard, peut-être, mais maintenant... je ne veux pas prendre votre main. *Den Dank, Dame, begehr ich nicht* [1], ajouta-t-il avec un sourire forcé.

Il sortit sans même saluer la maîtresse de la maison.

— Ivan ! cria Aliocha éperdu, en courant à la suite de

---

[1] Je n'ai pas besoin de votre reconnaissance, madame.

son frère, reviens, Ivan! Mais non, il ne reviendra pour rien au monde! reprit-il avec désolation, et c'est ma faute... Il reviendra, pourtant! oui, oui, il reviendra, un jour...

Katherina Ivanovna se retira dans une pièce voisine...

— Vous n'avez rien à vous reprocher, vous avez agi comme un ange, dit madame Khokhlakov. Je ferai tous mes efforts pour empêcher Ivan Fédorovitch de partir.

La joie rayonnait sur le visage de l'excellente dame. Elle prit Alioscha par la main et l'emmena dans le vestibule.

— Elle est orgueilleuse, elle ne veut pas vous avouer la vérité, elle se débat contre elle-même, mais c'est une âme bonne, charmante, généreuse. Mon cher Alexey Fédorovitch, nous toutes, ses deux tantes, Liza et moi, depuis un mois nous nous efforçons de la persuader d'abandonner Dmitri Fédorovitch qui ne l'aime pas, et d'épouser Ivan Fédorovitch, ce savant et cet excellent cœur, dont elle est passionnément aimée.

— Mais elle semble offensée par les paroles que j'ai osé dire!

— Ne croyez pas à la colère des femmes, Alexey Fédorovitch! Je suis pour les hommes, moi, contre les femmes!

— Maman, vous lui donnez de mauvais conseils! dit la voix aigrelette de Liza.

— Non, c'est moi qui ai fait tout le mal! répétait Alioscha, inconsolable.

— Au contraire, je vous dis que vous avez très-bien agi, comme un ange! comme un ange!

— Maman, en quoi a-t-il agi comme un ange? fit de nouveau Liza.

— Je me suis tout à coup imaginé, reprit Alioscha, comme s'il n'eût pas entendu la voix de Liza, qu'elle aimait Ivan, et je n'ai pu m'empêcher de le lui dire. Que va-t-il arriver?

— Mais de qui parlez-vous? cria Liza. Maman, voulez-vous me faire mourir? Je vous interroge, et vous ne me répondez pas!

Une domestique entra dans le vestibule.

— Katherina Ivanovna se trouve mal... Elle pleure... une crise nerveuse...

— Qu'y a-t-il donc? continuait Liza désespérée. Maman! c'est moi qui vais avoir une crise!...

— Tais-toi, Liza, au nom de Dieu! laisse-moi!

Madame Khokhlakov courut au secours de Katherina Ivanovna.

— Pour rien au monde, cria Liza, je ne veux vous voir, Alexey Fédorovitch, pour rien au monde. Parlez-moi à travers la porte. Qu'est-ce qu'on dit? Vous êtes devenu un ange? Comment avez-vous mérité cet honneur? Voilà tout ce que je veux savoir.

— C'est une folie qui m'a mérité cet honneur, Liza, adieu.

— Je vous défends de vous en aller ainsi, cria-t-elle.

— Liza, j'ai une peine réelle, je vais revenir, mais croyez-moi, j'ai un chagrin véritable, véritable!...

Il sortit en courant.

LIVRE V

POUR ET CONTRE.

I

Alioscha se rendit au monastère : il était anxieux de savoir comment allait le starets. Le vieillard était retombé dans son assoupissement, le médecin assurait aux moines qu'ils n'avaient, pour plusieurs heures au moins, aucune catastrophe à redouter. Alioscha les quitta donc de nouveau et retourna chez madame Khokhlakov.

La crise de Katherina Ivanovna avait abouti à une prostration profonde. Maintenant, elle délirait. On avait envoyé chercher Herzenschtube et les tantes.

— Allez voir Liza, dit madame Khokhlakov. Liza ! continua-t-elle en s'approchant de la chambre de sa fille, je t'amène Alexey Fédorovitch.

— Merci, maman. Entrez, Alexey Fédorovitch.

Alioscha entra. Liza le regarda d'un air embarrassé et rougit jusqu'aux oreilles. Elle était honteuse, et comme on fait d'ordinaire en ce cas, elle se mit à parler de toute autre chose que de ce qui la préoccupait le plus en cet instant. Mais tout à coup elle se pencha vers Alioscha et lui dit :

— Allez donc voir à la porte si maman ne nous écoute pas.

Alioscha obéit, ouvrit la porte.

— Personne, Liza, il n'y a personne.

— Approchez-vous donc, Alexey Fédorovitch, dit-elle en rougissant encore. Donnez-moi votre main, c'est cela. Je dois vous faire une confession. Ma lettre d'hier était sérieuse.

Elle cacha son visage entre ses mains, puis, reprenant la main d'Alioscha, elle la baisa trois fois de suite précipitamment.

— Ah! Liza, c'est bien! s'écria Alioscha tout joyeux. Je savais bien que c'était sérieux.

— Ah! vraiment? Si sûr? fit-elle en repoussant la main d'Alioscha tout en la retenant.

Elle rougissait de plus en plus et riait de bonheur.

— Je lui baise la main, et il trouve cela « bien »!

Alioscha était confus.

— Je voudrais vous plaire toujours, Liza, mais je ne sais comment faire, murmura-t-il en rougissant à son tour.

— Alioscha, mon cher, que vous êtes froid et fat! Voyez-vous ça! il a daigné me choisir comme épouse, et le voilà tranquille! Il était sûr que je lui avais écrit sérieusement! Quelle fatuité!

— Est-ce donc mal d'avoir cru ce que vous me disiez?

— Ah! Alioscha, mais non! C'est même très-bien, dit-elle en le regardant avec tendresse.

Alioscha restait debout, sa main dans celle de Liza. Tout à coup il se pencha et la baisa sur la bouche.

— Eh! qu'est-ce que c'est? qu'avez-vous? s'écria Liza.

Alioscha était complétement désorienté.

— Pardonnez-moi, si ce n'est pas comme cela qu'il faut faire... C'est peut-être très-mal, ce que j'ai fait... mais vous dites que je suis froid, et moi..... je vous ai embrassée. Mais je vois que j'ai eu tort...

Liza se mit à rire, et cacha de nouveau son visage dans ses mains.

— Et avec cette robe, encore! dit-elle en riant.

Mais brusquement elle redevint sérieuse, presque triste.

— Non, Alioscha, pas encore de baisers! Nous avons le temps... Dites-moi plutôt comment vous, si grave, si intelligent, vous voulez prendre pour femme une sotte et une malade comme moi. Que je suis heureuse, Alioscha! Car je ne suis pas digne de vous, pas du tout!

— Liza! bientôt je quitterai le monastère, je rentrerai dans le monde et je me marierai. Car il le faut. *Lui-même* me l'a ordonné. Et qui pourrais-je choisir de préférence à vous?... et qui, sauf vous, m'agréerait? Car j'y ai déjà pensé! D'abord nous nous connaissions tout enfants, et puis vous avez beaucoup de qualités qui me manquent. Vous êtes plus gaie que moi, plus naïve, car moi, j'ai déjà compris bien des choses... Ah! vous ne savez pas, je suis aussi un Karamazov! Vous pouvez rire, plaisanter, vous moquer de moi, mais cela me fait plaisir, car vous riez comme une petite fille charmante.

— Alioscha, laissez-moi votre main! Pourquoi l'aviez-vous retirée? dit Liza d'une voix tremblante de joie. Écoutez, quel costume mettrez-vous quand vous quitterez le monastère? Ne riez pas, et n'allez pas vous fâcher, c'est très-important pour moi.

— Je n'y ai pas encore pensé, Liza. Je m'habillerai comme il vous plaira le mieux.

— Je veux que vous vous fassiez faire un veston en velours bleu sombre, un gilet en piqué blanc et un chapeau de feutre gris... Dites donc, vous avez cru, tout à l'heure, que je ne vous aimais pas, quand j'ai renié ma lettre d'hier?

— Non, je ne l'ai pas cru.

— Oh! l'insupportable! l'incorrigible!

— Voyez-vous, je savais que vous m'aimiez, du moins il me semblait bien. Pourtant j'ai fait comme si je vous croyais... comme si je croyais que vous ne m'aimiez plus, pour que ça vous fût... plus commode.

— Voilà qui est pire encore, pire et mieux que tout! Alioscha, je vous aime à la folie! Avant que vous vinssiez, je m'étais dit : Je vais lui demander ma lettre, et s'il me la donne, — comme on pouvait si bien l'attendre de votre part, — cela voudra dire qu'il ne m'aime pas, qu'il ne sait rien, que c'est tout simplement un sot gamin, et que je suis perdue. Mais vous aviez laissé la lettre dans votre cellule, et cela m'a donné du courage. Car vous l'aviez laissée, n'est-ce pas, parce que vous pressentiez que j'allais vous la redemander, et pour n'être pas obligé de me la rendre? N'est-ce pas? n'est-ce pas?

— Pas du tout, Liza, ce n'est pas cela. J'ai la lettre sur moi, et je l'avais déjà tout à l'heure dans cette poche : la voici.

Alioscha tira la lettre de sa poche et la montra de loin à Liza, en riant.

— Seulement vous ne l'aurez pas. Regardez-la à distance.

— Comment ? vous avez menti ? Un moine, mentir !

— Soit, j'ai menti pour ne pas vous rendre votre lettre. Elle m'est trop précieuse ! ajouta-t-il avec émotion. Je la garderai toujours.

Liza le contemplait avec enthousiasme.

— Alioscha, fit-elle à voix basse, voyez donc encore à la porte si maman ne nous écoute pas.

— Oui, Liza, je vais regarder, mais est-ce bien ? Dites ? Pourquoi soupçonner votre mère d'une telle bassesse ?

— Comment, bassesse ? Quelle bassesse ? Parce qu'elle surveillerait sa fille ? Mais c'est un devoir ! il n'y a pas de bassesse ! s'écria Liza tout enflammée. Soyez sûr, Alexey Fédorovitch, que, quand je serai mère, quand j'aurai une fille comme moi, je la surveillerai aussi.

— Vraiment, Liza ? ce n'est pas bien.

— Mon Dieu ! Mais où voyez-vous du mal ? S'il ne s'agissait que d'une conversation quelconque, écouter serait une bassesse. Mais une jeune fille, enfermée avec un jeune homme !... Sachez que je vais vous surveiller dès que nous serons mariés. Je décachetterai toutes vos lettres et je les lirai... Vous voilà prévenu !

— C'est entendu, murmura Alioscha, mais ce n'est pas bien.

— Quelle affectation ! Alioscha, mon cher, ne nous querellons pas déjà ! Je préfère vous dire toute la vérité. Certes, c'est mal d'écouter aux portes, j'ai tort et vous avez raison : n'empêche que j'écouterai toujours, moi.

— Faites ! Vous ne me surprendrez jamais..... dit en riant Alioscha.

— Et encore, m'obéirez-vous ? Il faut aussi d cider cela à l'avance.

— Absolument, Liza, mais pas dans les cas graves. Dans ces cas-là, même si nous ne sommes pas d'accord, je n'agirai jamais que selon ma conscience.

— C'est ce qu'il faut. Sachez alors que moi, au contraire, je suis prête à me soumettre à vous dans les cas graves et dans les autres, je vous le jure dès maintenant, en tout et pour toute la vie ! s'écria Liza avec fougue, et cela joyeusement, heureusement ! Plus encore, je vous jure de ne jamais écouter aux portes, pas une fois, et je ne décachetterai pas vos lettres, car c'est vous qui avez raison. Sans doute je désirerai tout entendre, mais je n'écouterai pas, puisque vous pensez que cela manquerait de noblesse. Vous êtes ma providence. Mais pourquoi êtes-vous si triste depuis quelques jours ? Je sais vos ennuis, mais n'avez-vous pas aussi des tristesses secrètes ? peut-être, eh ?

— Oui, Liza, j'ai une tristesse secrète. Je vois que vous m'aimez, puisque vous avez deviné...

— Quelle tristesse ? A propos de quoi ? Voulez-vous me la confier ? dit-elle avec un sourire suppliant.

— Je vous la dirai... plus tard. Maintenant, vous ne me comprendriez peut-être pas, ou peut-être ne pourrais-je me faire comprendre.

— Je sais qu'il s'agit de vos frères et de votre père.

— Oui, mes frères... dit Alioscha comme absorbé en lui-même.

— Votre frère Ivan Fédorovicth me déplaît, Alexey Fédorovitch.

Alioscha s'étonna, mais ne répondit point.

— Mes frères se perdent, mon père avec eux, et ils en entraînent d'autres dans leur perte. *C'est la force de la terre*[1] spéciale aux Karamazov, comme dit le Père Païssi. *Une force de la terre* énorme, brute. Je ne sais si la Providence daignera brider cette force. Je sais seulement que je suis moi-même un Karamazov... Je suis un moine, un moine!... un moine, disiez-vous tout à l'heure?...

— Oui, je l'ai dit.

— Eh bien, je ne crois peut-être même pas en Dieu.

— Vous? Que dites-vous?

Alioscha ne répondit pas. Il y avait dans ses paroles quelque chose de mystérieux, d'obscur, de trop *spécial* et dont il souffrait certainement.

— Et voilà que mon ami s'en va! Le plus grand, le meilleur des hommes va quitter la terre! Je viens de le revoir au monastère. Il somnole, et bientôt il va s'endormir de l'autre sommeil, et si vous saviez, Liza, comme je suis lié, soudé spirituellement à cet homme! Et voilà que je vais être seul... Je viendrai chez vous, Liza. Nous serons désormais toujours ensemble...

— Oui, ensemble, ensemble, dès aujourd'hui pour toute la vie! Écoutez, embrassez-moi, je vous le permets.

Alioscha l'embrassa.

— Maintenant, allez-vous-en! que le Christ soit avec vous! (Elle fit un signe de croix.) Allez chez *lui* pendant qu'il est encore de ce monde. Je suis cruelle de vous avoir

---

[1] *La force de la terre*, expression russe : la somme d'énergie vitale et de tempérament qui caractérise une famille, une race, un peuple.

retenu. Je prierai pour lui et pour vous. Alioscha, nous serons heureux... Le serons-nous?

— Je crois que oui, Liza.

En sortant de chez Liza, Alioscha ne pensa pas à passer par l'appartement de madame Khokhlakov; mais au moment où il ouvrait la porte, madame Khokhlakov parut. Dès les premiers mots, Alioscha devina qu'elle l'attendait.

— Alexey Fédorovitch, ce sont là des enfantillages, des folies. J'espère que vous n'allez pas les prendre au sérieux. Des bêtises! des bêtises! s'écria-t-elle avec emportement.

— Au moins, ne le lui dites pas, car cela lui ferait mal.

— Voilà une parole sage. Faut-il comprendre que vous-même, par pitié, n'avez pas voulu la contredire?

— Non pas, du tout, c'est très-sérieux; j'étais très-sérieux en lui parlant, répliqua avec fermeté Alioscha.

— Sérieux? C'est impossible. D'abord, je vous refuserai la porte et je m'en irai! et je l'emmènerai! sachez-le!

— Pourquoi? dit Alioscha. C'est encore si loin! Dix-huit mois peut-être à attendre.

— C'est vrai, Alexey Fédorovitch, en dix-huit mois vous pouvez mille fois vous quereller et vous brouiller. Mais je suis si malheureuse! Soit, ce sont des bêtises, mais cela m'inquiète. Je suis comme Famoissa dans la deuxième scène, et vous êtes Tchatski; elle, c'est Sofia [1]. Je suis restée pour vous rencontrer. Dans la comédie aussi, toutes ces choses pathétiques se passent dans l'escalier. J'ai tout entendu, je me contenais à peine. Voilà donc l'explication des crises nerveuses de cette nuit! L'amour pour la

[1] Personnages d'une comédie de Griboïedov : *le Malheur d'avoir trop d'esprit.*

fille, la mort pour la mère! Qu'est-ce que cette lettre?
Montrez-la-moi tout de suite, tout de suite!

— Non, c'est inutile. Dites-moi comment va Katherina
Ivanovna? Je désire beaucoup le savoir.

— Toujours le délire! Elle n'est pas revenue à elle; ses
tantes ne font que jeter des ha! et des ho! Herzenschtube
est venu et s'est tant épouvanté que je ne savais que faire.
J'étais au moment d'envoyer chercher le médecin pour lui.
On l'a emmené dans une voiture... Et pour m'achever, vous
voilà, vous, avec cette lettre! C'est vrai, nous avons encore
dix-huit mois à attendre; mais au nom de votre starets
qui se meurt, montrez-moi cette lettre à moi, à la mère!
Tenez-la, si vous voulez, je la lirai de loin.

— Non, madame, même si elle-même le permettait. Je
viendrai demain, et nous causerons, si vous voulez. Mais
maintenant, adieu.

Et Alioscha se précipita dans l'escalier.

II

Il se hâtait. Une pensée lui était venue au moment où
il faisait ses adieux à Liza : trouver son frère Dmitri qui
semblait se cacher de lui.

Il aurait voulu se rendre au monastère, revoir encore
l'illustre mourant; mais le besoin d'être rassuré sur le sort
de Dmitri l'emporta. Il avait le pressentiment, à chaque
minute plus certain, d'il ne savait quelle imminente catastrophe.

— Que mon bienfaiteur meure sans moi! Du moins, je n'aurai pas à me reprocher toute ma vie d'avoir négligé de sauver une âme quand je pouvais le faire! D'ailleurs, n'est-ce pas encore lui obéir?

Pour surprendre son frère, sans lui laisser les moyens de se dérober, il se proposait d'escalader, comme la veille, la haie, de s'introduire dans le jardin et d'attendre dans le belvédère.

« Et s'il n'est pas là, sans rien dire au maître du jardin je resterai sur ce belvédère jusqu'à la nuit. S'il épie encore l'arrivée de Grouschegnka chez Fédor Pavlovitch, Dmitri ne peut manquer de venir dans le belvédère. »

Tout se passa comme il l'avait prévu. Il s'introduisit dans le belvédère : personne! Il prit la place qu'il avait occupée la veille et attendit.

La journée était belle, le belvédère lui parut toutefois plus triste que la veille. La table verte portait encore la tache ronde du petit verre de cognac. Des pensées indifférentes, comme machinales, obsédaient Alioscha : pourquoi s'était-il assis précisément à sa place de la veille? pourquoi pas ailleurs?... et la tristesse l'envahissait.

Il attendait depuis un quart d'heure à peine, quand tout à coup des accords de guitare résonnèrent non loin de lui. Qui pouvait jouer de la guitare dans un jardin?... et la guitare accompagnait une voix d'homme, une voix aiguë, aigrelette.

Par une force invincible
Je suis cloué auprès de ma bien-aimée.
Que Dieu ga-a-rde
Elle et moi!
Elle et moi!
Elle et moi!

La voix s'arrêta; *tenorino* de laquais et refrain de laquais... Une autre voix, — une voix de femme, — timidement et tendrement :

— Pourquoi ne venez-vous pas plus souvent nous voir, Pavel Fédorovitch? Pourquoi nous méprisez-vous?

— Pour rien, répondit la voix d'homme avec une certaine affabilité, mais non sans hauteur.

Évidemment l'homme *dominait* et la femme *cherchait à l'amadouer.*

— C'est Smerdiakov, pensa Alioscha. La femme doit être la fille du propriétaire de la maison : elle vient en robe à traîne chercher de la soupe chez Marfa Ignatievna.

— J'adore la poésie, quand on la dit bien, reprit la voix de femme. Continuez, je vous prie.

La voix d'homme reprit :

> La couronne du Tzar...
> Que ma chérie se porte bien.
> Que Dieu ga-a-rde
> Elle et moi!
> Elle et moi!
> Elle et moi!

— L'autre jour, c'était bien mieux : vous aviez dit après *la couronne* : *Que ma petite chérie se porte bien;* c'était plus tendre.

— La poésie, sottise! coupa net Smerdiakov.

— Oh! non! j'aime beaucoup les vers.

— Les vers? sottise, pure sottise! Jugez vous-même : parle-t-on jamais en rimes? Si nous parlions tous avec des rimes, même si c'était prescrit par les autorités, pourrions-nous parler longtemps? Les vers, ce n'est pas sérieux, Maria Kondratievna.

— Comme vous êtes intelligent! Où avez-vous appris tout cela? reprit, de plus en plus tendre, la voix de femme.

— J'en saurais plus encore sans le malheur qui me poursuit depuis mon enfance. Sans ce misérable sort qui est le mien, je pourrais tuer en duel quiconque m'insulterait! Mais voilà! je suis né d'une *puante* [1], et je n'ai point de père. Me l'a-t-on assez jeté à la figure, à Moscou! Car Grigory l'a dit à tout le monde. Au marché, ici, on raconte, — et votre mère elle-même, avec son indélicatesse, l'a répété sur tous les tons, — que ma mère avait les cheveux coagulés par la boue, qu'elle n'avait que deux archines [2] de haut... et je hais tout le monde, Maria Kondratievna; je hais toute la Russie!

— Baste! Si vous étiez un jeune sous-officier militaire, ou un petit hussard, vous ne parleriez pas ainsi; vous tireriez votre sabre et vous iriez défendre la Russie.

— Non-seulement je ne veux pas être un « hussard militaire », Maria Kondratievna, mais encore je désire la suppression de tous les soldats.

— Et si l'ennemi vient, qui nous défendra?

— A quoi bon? Jadis, en 1812, lors de la grande invasion de l'empereur Napoléon des Français, le premier, le père de celui d'aujourd'hui [3], si nous avions été conquis, c'eût été très-bien : une nation très-intelligente aurait annexé les possessions d'une nation très-bête, et tout aurait changé.

— Avec ça qu'ils sont meilleurs que nous! Je ne don-

[1] Sens du mot Smerdiactchaïa.
[2] L'archine vaut 0ᵐ,711.
[3] Il ne faut pas oublier que l'action se passe vers 1867, et que, d'ailleurs, le laquais Smerdiakov arrange l'histoire à sa façon.

nerais pas un de nos gentlemen pour trois dandies anglais,
dit doucement Maria Kondratievna, en accompagnant (probablement) ses paroles du plus langoureux regard.

— Chacun son goût.

— Vous êtes comme un étranger parmi nous, le plus
noble des étrangers ! Je vous dis cela simplement, sans
recherche...

— Quant à la débauche, ceux de là-bas et les nôtres, c'est
tout un. Tous des gredins ! Il y a pourtant cette différence,
que là-bas la débauche a des bottes vernies, et qu'ici elle
va pieds nus et s'en trouve d'ailleurs très-bien. Le peuple
russe mérite le fouet, comme le disait si bien Fédor Pavlovitch, quoiqu'il soit fou, et que ses enfants aussi soient
fous.

— Mais ne disiez-vous pas que vous estimiez Ivan Fédorovitch ?

— Oui, et il m'a traité de laquais puant ! Il me prend
pour un révolté, il se trompe. Si j'avais en poche une
certaine somme, il y a longtemps que j'aurais déguerpi.
Dmitri Fédorovitch, pour la conduite, pour l'intelligence,
est le pire des laquais, un sans-le-sou, incapable de quoi
que ce soit ; et pourtant tous l'honorent ! Moi, soit, je ne
suis qu'un gâte-sauce ; mais, avec de la chance, j'aurais
pu fonder à Moscou un café-restaurant, car je suis un
artiste en cuisine, et personne à Moscou, — sauf les étrangers, — ne me vaut. Dmitri Fédorovitch est un va-nu-
pieds, mais qu'il provoque en duel un fils de comte, et le
fils de comte s'alignera avec le va-nu-pieds : pourtant, en
quoi vaut-il mieux que moi ? Est-ce parce que j'ai plus
d'esprit que lui ? Et que d'argent il a jeté par les fenêtres !

— Je crois que le duel est une très-belle chose, observa Maria Kondratievna.

— Pourquoi ?

— Ça fait peur... Quel courage ! Surtout de jolis petits officiers avec des pistolets qui font feu... Quel tableau ! Ah ! s'il était permis aux demoiselles de voir cela ! J'aimerais tant...

— Oui, c'est encore bien quand on tire ; mais quand *on est tiré*... la sensation est sans agrément. Vous prendriez la fuite, Maria Kondratievna.

— Et vous ? vous sauveriez-vous donc ?

Smerdiakov ne daigna pas répondre. Après un court silence, un accord vibra de nouveau, et la voix aigrelette chanta un dernier couplet :

> Malgré tous mes efforts,
> Je tâcherai de m'éloigner,
> Pour joui-i-ir de la vie
> Et vivre dans la capitale !
> Et je ne me lamenterai pas,
> Je ne me lamenterai pas du tout,
> Et je n'ai pas du tout l'intention
> De me lamenter !

Ici arriva un accident imprévu : Alioscha éternua. Un silence se fit sur le banc où le couple était assis. Alioscha se leva et vint aux deux amoureux. C'était en effet Smerdiakov, habillé en gentleman, pommadé, je crois même frisé, chaussé de bottines vernies. La guitare était posée près de lui sur le banc. La dame portait une robe bleu clair avec une traîne de deux archines, une jeune fille pas laide, bien qu'elle eût le visage trop rond et semé de taches de rousseur.

— Mon frère Dmitri va-t-il bientôt venir ? dit Alioscha du ton le plus simple possible.

Smerdiakov se leva lentement ; Maria Kondratievna l'imita.

— Comment puis-je le savoir ? Suis-je son gardien ? répondit Smerdiakov d'une voix posée, nonchalante, — une nuance de mépris dans la voix.

— Je pensais que vous le saviez peut-être.

— Je ne sais rien sur son compte et ne veux rien savoir.

— Mon frère m'a pourtant dit que vous le renseigniez sur tout ce qui se passe chez mon père et que vous lui avez promis de l'avertir quand Agrafeana Alexandrovna viendra.

Un éclair brilla dans les yeux de Smerdiakov.

— Et comment avez-vous pénétré ici ? Il y a une heure que la porte est fermée au verrou, demanda-t-il en regardant fixement Alioscha.

— Eh bien, j'ai escaladé la haie. J'espère que vous m'excusez, dit Alioscha à Maria Kondratievna ; j'avais besoin de voir mon frère le plus tôt possible.

— Oh ! comment donc ! murmura Maria Kondratievna très-flattée. D'ailleurs, Dmitri Fédorovitch entre aussi très-souvent de même.

— Je le cherche, je désire le voir. Sauriez-vous où il est maintenant ?

— Il ne dit pas où il va.

— Je suis ici en visite, reprit Smerdiakov, et même ici l'on ne peut me laisser tranquille ! Encore des questions sur Dmitri Fédorovitch ! Toujours : Qu'est-ce qui se passe ?

qui vient? qui s'en va? Lui-même m'a menacé deux fois
de me tuer.

— Comment? demanda Alioscha.

— Eh! pour Dmitri Fédorovitch, serait-ce une chose
étonnante avec son caractère? Vous avez pu vous-même
l'apprécier hier. « Si, me dit-il, tu laisses passer Agrafeana
Alexandrovna sans me prévenir, et si elle passe la nuit chez
mon père, je te tue. » Je le crains beaucoup, et, sans
cette crainte, je serais peut-être allé le dénoncer aux
autorités.

— Hier, il lui a dit : « Je te pilerai dans un mortier ! »
reprit Maria Kondratievna.

— Ce n'est peut-être qu'une plaisanterie. Si je pouvais
le voir, je lui parlerais aussi à ce propos...

— Voici tout ce que je puis vous dire, déclara brusquement Smerdiakov. Je viens ici souvent en voisin. — Et
pourquoi non? D'autre part, Ivan Fédorovitch m'a envoyé
ce matin de bonne heure chez Dmitri Fédorovitch pour
le prier de venir aujourd'hui dîner avec lui au cabaret de
la place. Je suis venu, mais je n'ai pas trouvé Dmitri Fédorovitch chez lui. Il était déjà huit heures. « Il est venu,
mais il est reparti. » Ce sont les propres termes du propriétaire. On dirait d'une conspiration ! Peut-être sont-ils
maintenant tous deux au restaurant, car Ivan Fédorovitch
n'a pas dîné à la maison. Je vous prie respectueusement
de ne pas leur parler de moi et de ce que je viens de vous
dire, car il serait fort capable de me tuer.

— Ivan a donné rendez-vous à Dmitri au restaurant ?
demanda Alioscha.

— Oui.

— Au restaurant de la *Capitale*, sur la place ?

— Précisément.

— C'est bien possible, réfléchit Alioscha. Merci, Smerdiakov. J'y vais tout de suite.

— Ne me trahissez pas !

— Non, non ; j'entrerai comme par hasard, soyez tranquille.

— Mais où allez-vous ? Je vais vous ouvrir la porte, criait Maria Kondratievna.

— Non, c'est plus court par le parc.

Cette nouvelle avait émotionné Alioscha. Il courut au traktir. Pourtant les convenances ne lui permettaient ni d'entrer avec son costume, ni d'appeler ses frères dans l'escalier. Mais à peine s'approchait-il du traktir qu'une fenêtre s'ouvrit et Ivan cria :

— Alioscha, viens ! tu m'obligeras beaucoup.

— Oui, mais avec cette robe ?

— Je suis dans un cabinet particulier. Monte sur le perron, je vais à ta rencontre.

Un instant après, Alioscha était assis à côté de son frère ; Ivan dînait tout seul.

III

Ivan n'était séparé des autres clients que par un paravent. On entendait le brouhaha, ordinaire dans les traktirs, des appels, des bouteilles qui se débouchaient, des billes de billard. Un orgue jouait dans un coin.

Alioscha savait qu'Ivan n'allait presque jamais dans les traktirs; il en conclut que le rendez-vous avec Dmitri était réel. Pourtant Dmitri ne se trouvait pas là.

— Je vais demander pour toi de la oukha, ou quelque autre chose... Tu ne vis pas de thé, je suppose ?

— Soit, et du thé aussi, dit joyeusement Alioscha; j'ai faim.

— Et des confitures de cerises ? Tu te rappelles, chez Polienov, comme tu les aimais ?

— Ah! tu t'en souviens! Oui, je les aime encore.

Ivan sonna et commanda de la oukha, du thé et des confitures.

— Je me rappelle tout, Alioscha. Tu avais onze ans, j'en avais quinze. Quatre ans, à cet âge-là, font une telle différence qu'ils ne permettent pas la camaraderie..... Je ne sais même pas si je t'aimais. Quand je suis allé à Moscou, dans les premiers temps, je ne pensais pas à toi; puis tu es venu toi-même à Moscou, et nous ne nous sommes rencontrés qu'une fois. Voici quatre mois que je suis ici, et nous n'avons guère causé. Je pars demain, et je songeais tout à l'heure que j'aimerais te voir pour te faire mes adieux. Tu viens à propos !

— Tu désirais beaucoup me voir ?

— Beaucoup. Je veux te connaître et me faire connaître de toi. Nous nous séparerons là-dessus. A mon sens, mieux vaut faire connaissance au moment de se quitter. J'ai bien vu que tu m'examinais jusqu'ici. Tes yeux trahissaient une attente perpétuelle. Je n'aime pas cela, et c'est ce qui m'éloignait de toi. Mais j'ai appris à t'estimer. « Il a de la volonté, ce petit homme », pensais-je.

Je ris, mais je parle sérieusement. N'est-ce pas que tu es volontaire? J'aime cela. Quel que soit leur objet, et même à ton âge, j'aime les volontaires. Tu me sembles avoir de l'affection pour moi, je ne sais pourquoi.

— Oui, je t'aime, Ivan. Dmitri dit : Ivan est un tombeau. Moi, je dis : Ivan est une énigme. Tu es, maintenant encore, une énigme pour moi. Pourtant je commence à lire en toi, depuis ce matin seulement.

— Quoi donc? demanda Ivan en riant.

— Au moins, ne te fâche pas, dit Alioscha en riant aussi.

— Va donc!

— Eh bien, je viens de m'apercevoir que tu es un tout jeune, un tout frais jeune homme comme les autres jeunes hommes de vingt-trois ans. — Ne suis-je pas allé trop loin?

— Au contraire! je suis même étonné d'une coïncidence, dit Ivan avec élan. Croiras-tu que depuis notre rencontre chez elle je n'ai fait que songer à cette extrême jeunesse, à mes vingt-trois ans? Et voilà que tu commences en me parlant de cela! Tout seul ici, je songeais : Si je n'avais plus foi en la vie, si j'étais désespéré par la trahison d'une femme aimée; si j'étais convaincu que tout n'est que désordre, que nous sommes dans un chaos infernal, quand toute l'horreur des désillusions humaines m'investirait, je ne me tuerais pas, je voudrais vivre quand même! J'ai mis mes lèvres à la coupe enchantée, et je ne la laisserai pas avant d'en avoir vu le fond. Du reste, vers trente ans, il est possible que je la rejette sans l'avoir vidée, et j'irai je ne sais où. Mais jusqu'à trente ans, j'en suis sûr, ma jeunesse triomphera de tout, de toute désillusion, de tout dégoût de vivre. Je me suis plus d'une fois demandé s'il y a au monde une douleur capable de vaincre en moi cette soif infinie, cette soif de vivre, indécente peut-être, et je pense qu'il n'y a pas, pour moi, une telle douleur, du moins que je ne la connaîtrai pas avant trente ans. Cette soif de la vie, les moralistes, surtout en vers, des gens tuberculeux et affligés d'un éternel coryza, la déclarent vile. Il est vrai que cette soif est la caractéristique des Karamazov : vivre, coûte que coûte! Elle est en toi aussi. Mais qu'a-t-elle de vil? Il y a encore beaucoup de force centripète dans notre globe, Aliocha. —Vivre! on veut vivre! Je veux vivre en dépit de toute logique! Qu'importe que je croie ou non à l'ordre de choses établi? J'aime les fleurs du printemps naissant, j'aime le ciel bleu, j'aime certaines gens, je ne sais pas toujours pourquoi. — J'aime certains actes héroïques, dont peut-être j'ai perdu l'enthousiasme, mais je les aime par habitude... Voilà la oukha, mange. On la fait bien ici... Je vais en Europe. Oh! je sais bien que je vais visiter un cimetière ; mais c'est le plus précieux des cimetières! Il renferme les restes de précieux morts! Chaque pierre raconte l'histoire d'une vie ardente, atteste la foi profonde d'un héros en son bon droit, en ses luttes, en sa science. Oh! je je veux les baiser, ces pierres, et pleurer sur elles! Convaincu, d'ailleurs, à l'avance, que tout cela n'est qu'un cimetière, rien de plus. Et je ne pleurerai pas de désespoir, mais de bonheur! J'aime les fleurs du printemps et le ciel bleu! Il n'y a pas de logique ici : c'est le cœur qui aime, et c'est le ventre. C'est sa propre jeunesse qu'on

aime... Comprends-tu quelque chose à mon galimatias,
Alioscha?

— Je le comprends trop, Ivan. On voudrait aimer par
le cœur et par le ventre, tu as bien dit; et je suis ravi de
voir en toi cette soif de vivre! s'écria Alioscha. Je pense
qu'il faut aimer la vie avant toute chose.

— Aimer la vie plutôt que le sens de la vie?

— Absolument. Aimer avant de réfléchir, sans logique,
comme tu dis, et, quant au sens, ne s'en occuper qu'ensuite. Il y a longtemps que je me suis dit cela. Mais tu as
aimé la vie : il faut maintenant tâcher de la comprendre,
c'est le salut.

— Voilà déjà que tu songes à mon salut! Suis-je donc
en train de me perdre? Et en quoi consiste ceci : la comprendre?

— Ressuscite tes morts! Peut-être, d'ailleurs, sont-ils
encore vivants. Donne-moi du thé. Je suis content de
causer avec toi, Ivan.

— Oui, je vois que tu es surexcité. J'aime ces pro-
fessions de foi de la part d'un novice. Oui, tu es un
volontaire. Est-il vrai que tu veuilles quitter le monastère?

— Oui, mon starets m'envoie dans le monde.

— Nous nous reverrons alors avant mes trente ans,
quand je commencerai à quitter les bords de la coupe.
Notre père, lui, ne veut pas la laisser avant soixante-dix
ans, quatre-vingts même. Il l'a dit très-sérieusement, tout
bouffon qu'il soit. Il tient ferme à sa sensualité... Il est
vrai qu'après trente ans, je saurai peut-être qu'il n'y a
rien au monde que cela. Mais il est vil de s'y cramponner

jusqu'à soixante-dix ans! Mieux vaut s'arrêter à trente.
On peut conserver une apparence de noblesse en se trompant soi-même... Tu n'as pas vu Dmitri?

— Non; mais j'ai vu Smerdiakov.

Et Alioscha raconta à son frère la rencontre avec Smerdiakov.

Ivan devint aussitôt soucieux.

— Il m'a prié de ne pas dire que je l'avais vu à Dmitri,
ajouta Alioscha.

Ivan fronça les sourcils.

— C'est à cause de Smerdiakov que tu deviens morne?

— Oui. Au diable Dmitri! Je voulais, en effet, le voir;
mais, maintenant, c'est trop tard.

— Et tu pars sitôt, frère?

— Oui.

— Et Dmitri? Comment tout cela finira-t-il? Cela ne
finira pas...

— Et en quoi cela me concerne-t-il? Me l'a-t-on donné
à garder, Dmitri? dit avec irritation Ivan.

Presque aussitôt il sourit amèrement.

— C'est la réponse de Caïn à Dieu. Tu y pensais, hé!
Mais, que diable! je ne peux pas rester ici pour le surveiller! Mes affaires sont faites, je m'en vais. Tu croyais,
comme les autres, que j'étais jaloux de lui, que je voulais lui prendre sa fiancée? Eh! non, j'avais mes affaires.
Elles sont faites, te dis-je; je m'en vais. Tu as bien vu toi-
même, hein!

— Chez Katherina Ivanovna?

— Sans doute. J'ai tout fini d'un coup. Cela ne regarde
pas Dmitri, il n'y est pour rien. J'avais mes propres

affaires avec Katherina Ivanovna... Tu sais toi-même que Dmitri s'est conduit comme s'il était d'accord avec moi. Je ne lui ai rien demandé; c'est lui-même qui me l'a solennellement « transmise ». Il y a de quoi rire ! Alioscha, si tu savais comme je me sens léger, à présent ! Ici, en dînant, je voulais demander du champagne pour fêter ma première heure de liberté. Pouah ! Six mois d'esclavage ! J'en suis quitte ! Hier encore, je n'aurais pu croire qu'il m'en coûterait si peu.

— C'est de ton amour que tu parles, Ivan ?

— Si tu veux, oui, je me suis amouraché d'une pensionnaire, et nous nous sommes mutuellement fait souffrir; mais c'est fini. Tu te rappelles mon pathos ? En sortant, j'ai éclaté de rire; crois-tu cela ? C'est comme je te le dis.

— Tu en parles maintenant encore avec gaieté, remarqua Alioscha en examinant attentivement le visage de son frère.

— Mais comment aurais-je pu savoir que je ne l'aimais pas du tout ? C'est la vérité, pourtant. Mais qu'elle me plaisait ! qu'elle me plaît encore ! et je pars sans peine !... Tu penses peut-être que je fais le fanfaron ?

— Non, peut-être n'était-ce pas un amour.

— Alioscha, dit Ivan en riant, ne raisonne pas sur l'amour, cela ne te convient pas. Et toi, hier, comme tu partais en guerre ! Ha ! ha ! J'ai oublié de t'embrasser pour cela ! « Elle ne savait pas que je l'aime ! C'est moi qu'elle aime, et non pas Dmitri ! » Ha ! ha ! ha ! Tout ce que je lui ai dit était pure vérité. Seulement, il lui faudra peut-être quinze ou vingt ans pour parvenir à comprendre qu'elle n'aime pas Dmitri, et que c'est moi qu'elle aime,

12.

moi qu'elle fait tant souffrir. Peut-être même ne le com-
prendra-t-elle jamais, malgré la leçon d'aujourd'hui. Cela
vaut mieux!... Et moi, je pars pour toujours... A propos,
comment va-t-elle? Qu'est-il arrivé après mon départ?

Alioscha lui raconta la crise de Katherina Ivanovna,
et dit qu'elle avait encore le délire.

— Est-ce qu'elle ne ment pas, cette Khokhlakov?

— Je ne crois pas.

— Il faut prendre de ses nouvelles. Du reste, jamais
personne n'est mort d'une crise de nerfs. Et puis, ce n'est
pas un mal, au contraire. C'est par bonté que Dieu a
donné aux femmes les crises de nerfs. Je n'irai pas chez
elle.

— Tu lui as dit qu'elle ne t'a jamais aimé.

— Exprès. Alioscha, je vais demander du champagne.
Buvons à ma liberté! Non, si tu savais comme je suis
content!

— Non, frère, ne buvons pas. D'ailleurs, je me sens
triste.

— Oui, tu es triste, il y a longtemps que je l'ai remarqué.

— Alors, tu pars décidément demain matin.

— Demain, mais je n'ai pas dit le matin. Il se peut, du
reste, que je parte dès le matin. Aujourd'hui, j'ai dîné ici
exprès pour échapper au vieux, tant il me dégoûte. Pourquoi t'inquiètes-tu tant au sujet de mon départ? Nous
avons encore du temps, toute une éternité.

— Quoi! puisque tu pars demain!

— Qu'est-ce que ça fait? Nous avons toujours le temps
de nous dire ce que nous avons à nous dire, ce qui nous

concerne. Pourquoi me regardes-tu avec étonnement?
Réponds, pourquoi nous sommes-nous rencontrés ici?
Pour parler de Katherina Ivanovna, du vieillard, de
Dmitri, de l'étranger, de la situation fatale de la Russie,
de l'empereur Napoléon... N'est-ce pas pour tout cela?

— Non.

— Alors... tu sais donc toi-même pourquoi? Ah! notre
affaire, à nous, c'est d'abord de résoudre les éternelles
questions, les questions finales; voilà notre souci. Toute
la jeune Russie ne parle que de cela en ce moment, pendant que les vieux s'occupent de questions pratiques.
Pourquoi me regardais-tu avec tant d'anxiété pendant ces
trois mois? Tu voulais me demander si je crois, si je ne
crois pas; voilà ce que me demandaient tous tes regards,
Alexey Fédorovitch, n'est-ce pas?

— Soit, dit en souriant Alioscha : mais tu te moques
de moi en ce moment, frère.

— Moi? Je ne voudrais pour rien au monde chagriner
mon bon petit frère, qui pendant trois grands mois m'a
regardé avec tant d'anxiété. Alioscha, sauf que tu es un
novice, nous sommes deux gamins tout pareils l'un à
l'autre! Comment font la plupart, ou du moins un bon
nombre de gamins russes? Ils vont dans un traktir puant
comme celui-ci et choisissent un coin. Ils ne s'étaient
jamais vus jusque-là; pourtant ils se souviendront l'un de
l'autre quarante ans plus tard. — Eh bien, quelle conversation ont-ils dû avoir dans le traktir? Ils ont parlé
d'idées générales : si Dieu existe, si l'âme est immortelle,
et (ceux qui ne croient pas en Dieu) de socialisme, d'anar-
chie, du renouvellement de l'ordre établi; ce qui est la

même question, vue autrement. Et combien de gamins
russes passent le temps à agiter ces graves questions!
n'est-ce pas vrai ?

— Oui, pour les véritables Russes, ces questions, certes,
sont les plus palpitantes, dit Alioscha avec un sourire doux
et pénétrant, et cela est bien.

— Mais, Alioscha, être Russe, ce n'est pas toujours être
un homme intelligent. Il n'y a rien de plus sot que cet
éternel entretien. Il y a pourtant un certain gamin russe
que j'aime beaucoup... Allons, dis toi-même par où il faut
commencer. Dieu est-il ?

— Comme tu voudras; commence, si tu veux, « par
l'autre bout ». Tu as déjà proclamé hier que Dieu n'existe
pas.

— Je voulais te mettre en colère. Comme tes yeux ont
étincelé alors! Mais, aujourd'hui, je veux te parler très-
sérieusement. Je veux me lier avec toi, Alioscha, car je
n'ai pas d'ami, et je voudrais en avoir. Imagine-toi donc
que peut-être j'admets Dieu, dit Ivan en riant : n'est-ce
pas inattendu, hein ?

— Certes; mais ne plaisantes-tu pas ?

— C'est hier, chez le starets, qu'on aurait pu me reprocher de plaisanter. Vois-tu, mon cher, il y avait au dix-
huitième siècle un vieux pécheur qui a dit : « Si Dieu
n'existait pas, il faudrait l'inventer. » Et en effet, c'est
l'homme qui a inventé Dieu. Cela n'a rien d'étonnant.
Ce qui est étonnant, c'est que cette idée de la nécessité
de Dieu ait pu entrer dans l'esprit d'un animal féroce et
méchant comme l'homme. Car c'est une grande idée, celle-là,
grande, touchante, sage et glorieuse. Quant à moi, je

suis résolu depuis longtemps à ne plus chercher si c'est
Dieu qui a créé l'homme ou l'homme, Dieu. Je ne veux
pas parler des axiomes que les gamins russes ont déduits
des hypothèses européennes. Car ce qui est hypothèse
là-bas devient axiome chez nous, non-seulement chez les
gamins, mais aussi chez les professeurs. Laissons donc
cela : je veux t'expliquer le plus vite possible l'essence de mon être, quel homme je suis. Voilà pourquoi
je dois te déclarer tout d'abord que j'admets Dieu. Mais
note bien que si Dieu existe, s'il a créé la terre, il l'a
faite certainement suivant les principes d'Euclide, et
il n'a mis dans l'esprit de l'homme que la notion des
trois dimensions de l'espace. Pourtant il s'est trouvé, et il
se trouve encore des géomètres et des philosophes qui
mettent en doute que le monde solaire et même tout
l'univers ait été fait suivant les lois d'Euclide. Ils osent
même supposer que deux lignes parallèles qui, suivant les
lois d'Euclide, ne peuvent jamais se rencontrer sur la
terre, se rencontrent peut-être quelque part dans l'infini.
Je suis décidé, puisque je ne puis comprendre cela, à ne
pas m'interroger sur Dieu : car Dieu, lui, comment l'imaginer ? J'avoue modestement que je ne suis pas capable
de résoudre cette question. J'ai foncièrement l'esprit d'Euclide : terrestre. Pourquoi chercher ce qui n'est pas dans
ce monde ? Et à toi aussi, je conseille, mon ami Aliocha,
de ne jamais te poser cette question : Dieu est-il ?
Vaine question pour un esprit qui porte en soi la con-
ception des trois dimensions !... Donc j'admets Dieu, non-
seulement volontiers, mais en lui accordant la sagesse, le
but mystérieux, l'ordre, le sens de la vie ; je crois à l'har-

monie éternelle où nous nous fondrons un jour ; je crois
à la Parole où tend l'univers, et qui est elle-même Dieu...
Suis-je dans la bonne voie, hé ? Imagine-toi donc que cet
univers de Dieu, dans ses résultats définitifs, je ne l'admets pourtant pas. Je sais qu'il existe, et je ne l'admets
pourtant pas. Ce n'est pas Dieu que je n'admets pas, comprends-moi bien, mais le monde qu'il a créé : je ne puis
me résoudre à l'admettre. Je suis convaincu comme un
enfant que les souffrances disparaîtront ; que la comédie
navrante des contradictions humaines disparaîtra comme
un piteux mirage, comme l'invention vile d'un vil esprit,
petit, atomique, l'esprit d'Euclide ; qu'à la fin du monde,
au moment où se révélera l'harmonie éternelle, quelque
chose de si beau, de si précieux se produira que tous les
cœurs en seront épanouis, toutes les indignations cal-
mées, tous les crimes rachetés ; que cela suffira pour faire
pardonner et même justifier tout ce qui est arrivé sur la
terre. — Soit ! soit ! Tout cela se produira, et pourtant je
ne l'admets pas, je ne veux pas l'admettre. Que les
lignes parallèles se rencontrent et que je les voie de
mes yeux se rencontrer, que je les voie et que je sois
forcé de dire : Elles se sont rencontrées ! Pourtant je ne
veux pas l'admettre. Voilà ma thèse, Alioscha ; je te parle
sérieusement. J'ai commencé exprès notre entretien par
des niaiseries, mais je l'ai mené à ma confession : c'est
ce que tu voulais, n'est-ce pas ? La question de Dieu ne
t'intéressait pas ; tu voulais seulement savoir de quels ali-
ments spirituels vivait ton frère aimé. Eh bien, j'ai dit.

Ivan termina sa longue tirade avec une extraordinaire
expression pathétique.

— Et pourquoi as-tu commencé si sottement? demanda Alioscha en le regardant d'un air absorbé.

— D'abord, pour être Russe : les conversations russes sur ce thème doivent commencer bêtement. Et puis, plus c'est bête, plus nous sommes près de notre but, car plus c'est bête, plus c'est clair. La bêtise est concise et ne ruse pas; l'esprit se tortille et se cache. L'esprit est un coquin : il y a de l'honnêteté dans la bêtise. Ma profession de foi t'explique le fond de désespoir que j'ai dans l'âme.

— Me diras-tu pourquoi tu n'admets pas l'univers?

— Certes, ce n'est pas un secret. J'y venais, je n'ai même commencé que pour en venir là. Va, mon petit frère, ce n'est pas toi que je voudrais débaucher, ce ne sont pas tes croyances que je voudrais ébranler. Je voudrais, au contraire, me guérir à ton contact, dit Ivan avec le sourire d'un tout petit enfant.

IV

— Je te dois un aveu. Je n'ai jamais pu comprendre comment on peut aimer son prochain. C'est précisément, à mon avis, le prochain qu'on ne peut aimer : les êtres éloignés, le *lointain*, soit! Mais le prochain! J'ai lu quelque part, à propos d'un saint, « Ioann le Miséricordieux » (un saint, te dis-je), qu'un jour vint chez lui un meurt-de-faim qui lui demanda de le laisser se réchauffer : le saint se coucha avec lui dans le lit, le prit dans ses bras, et se mit à souffler son haleine dans la bouche puante du malheureux que rongeait une horrible maladie. Je suis convaincu que Ioann fit cela avec effort, par un effort factice, comme une obligation qu'il s'imposait lui-même. On ne peut aimer qu'un homme caché, invisible : sitôt qu'il montre son visage, l'amour disparaît.

— Le starets Zossima nous a souvent dit cela, observa Alioscha. Il disait aussi que le visage de l'homme éteint souvent l'amour dans les cœurs expérimentés. Il y a pourtant de l'amour dans l'humanité, un amour presque égal à celui du Christ, Ivan, j'en sais quelque chose...

— Eh bien, moi, je ne le comprends pas encore, et je ne peux pas le comprendre. Nous sommes beaucoup ainsi ; la question est de savoir si ce sont les mauvais sentiments acquis, ajoutés, qui écartent l'amour, ou si cela est dans la nature humaine. A mon avis, l'amour du Christ pour les hommes est une sorte de merveille impossible sur la terre. Il est vrai qu'il était Dieu ; mais nous ne sommes pas des dieux! Supposons, par exemple, que je puis souffrir profondément ; un autre ne peut savoir à quel degré de souffrance je puis parvenir, puisqu'il est un autre que moi ! Et puis, il est rare qu'entre *prochains* on consente à croire à la souffrance l'un de l'autre : comme si la souffrance était une dignité ! Pourquoi ne pas y consentir, pourtant ? qu'en dis-tu ? Peut-être parce que je suis mauvais ou que j'ai le visage d'un sot, ou que j'aurai marché un jour sur le pied de ce prochain-là ! D'ailleurs, il y a souffrance et souffrance. La souffrance qui m'humilie, la faim, par exemple, mon bienfaiteur consentira à l'admettre en moi. Mais dès que ma souffrance s'élève, une

souffrance spirituelle, par exemple, il est bien rare qu'on
me l'accorde! Mon prochain ne voudra pas convenir que
mon visage soit celui que doit, selon lui, avoir un homme
qui souffre pour une idée; il cesse d'avoir pitié de moi,
cela sans méchanceté. Le mendiant, surtout le mendiant
en habit noir, ne devrait jamais se laisser voir; il ne devrait mendier que par la voie de la presse. En esprit, encore, on peut aimer le prochain, de loin : de près, jamais.
Si du moins tout se passait comme sur la scène, comme
dans les ballets, où les pauvres ont des loques en soie, des
dentelles déchirées, et mendient en dansant gracieuse-
ment, on pourrait les supporter, — les regarder, non pas
les aimer. Mais assez là-dessus. Je voulais seulement te
placer à mon point de vue. Je voulais te parler des souffrances de l'humanité en général. Mieux vaut nous restreindre aux souffrances des enfants seulement. D'abord,
on peut aimer les enfants de près, même sales, même
laids (il me semble, pourtant, que les enfants ne sont jamais laids), tandis que les êtres un peu mûrs deviennent
aussitôt repoussants. Ils ont mangé le fruit du mal et du
bien, et sont devenus « semblables à des dieux ». Ils con-
tinuent à le manger! Les petits enfants, au contraire, sont
innocents. Aimes-tu les enfants, Alioscha? Je sais que tu
les aimes, et tu comprends pourquoi je ne veux parler que
d'eux. Ils souffrent beaucoup, eux aussi, certes; c'est pour
leurs pères qu'ils sont punis, leurs pères qui ont mangé
le fruit! Mais quel raisonnement d'un autre monde, in-
compréhensible à l'homme sur la terre! Pourquoi l'innocent souffre-t-il? Remarque bien que les hommes cruels,
sensuels, voraces, les Karamazov, aiment pourtant les

enfants, et souvent jusqu'à la folie. Les enfants, à sept ans,
n'ont encore rien de l'homme. C'est comme une autre nature. J'ai connu un brigand : pendant sa *carrière*, il lui était
arrivé de tuer des enfants; pourtant, en prison, il les aimait étrangement. Par sa fenêtre grillée, il ne regardait
que les enfants qui s'amusaient dans la cour. Il devint
l'ami d'un petit gamin qui venait jouer sous sa fenêtre...
Tu ne sais pas pourquoi je te dis tout cela ?... J'ai mal à la
tête, et je me sens triste.

— Tu as une physionomie singulière, remarqua Alioscha. On dirait que tu perds la tête...

— A propos !... Un Bulgare, naguère, me contait, à Moscou,
continua Ivan comme s'il n'avait pas entendu son frère, —
comment les Turcs, en Bulgarie, violent et égorgent les
femmes et les enfants : ils clouent les oreilles des prison-
niers à une clôture, les laissent ainsi jusqu'au matin, puis
les pendent. On parle parfois de la cruauté de l'homme,
et on la compare à celle des fauves : que c'est injuste pour
ceux-ci! les fauves n'ont pas la cruauté artistique des
hommes. Imagine-toi un bébé encore à la mamelle, dans
les bras de sa mère tremblante; autour d'eux, les Turcs!
Une plaisante fantaisie leur vient : ils caressent l'enfant,
rient pour le faire rire, y réussissent. A ce moment, un
Turc braque sur lui un pistolet à bout portant. L'enfant
rit joyeusement, tend ses petites mains pour saisir le pistolet : tout à coup l'*artiste* presse la gâchette et casse la
tête de l'enfant. C'est esthétique, n'est-ce pas? On dit que
les Turcs aiment beaucoup les douceurs...

— Frère, pourquoi tout cela?

— Je pense que l'homme a créé le diable à son image.

— Comme Dieu, alors?

— Tu sais très-bien placer ton mot, comme dit Polonius dans *Hamlet !* Soit, cela me plaît. Mais il est beau, ton Dieu, si l'homme l'a fait à son image! Tu me demandais tout à l'heure pourquoi je disais tout cela? Vois-tu, je suis un dilettante; je réunis certains détails, tout ce que je trouve dans les journaux et tout ce qu'on me raconte, et cela fait déjà une jolie collection. Eh bien, il n'y a pas mal de *turqueries* en Europe. Il y avait à Genève un certain Richard, un assassin. Il fut pris, jugé et condamné. C'était un enfant adultérin donné par ses parents à des bergers, et il avait été élevé à la façon des bêtes, sans rien apprendre. Il allait presque nu, se passait souvent de manger ; devenu un peu grand, il vola. Il finit par tuer un vieillard pour le dévaliser. Il fut donc condamné à mort. Ah! on n'est pas sentimental là-bas! Dans la prison, prêtres, congréganistes, dames bienfaisantes s'emparent de lui. On lui apprend à lire et à écrire; on lui explique l'Évangile, et, finalement, il avoue solennellement son crime. Alors il s'adresse au tribunal; il lui écrit qu'il est un monstre, que Dieu l'a illuminé. Tout Genève est en émoi; les bigots, les membres des sociétés charitables se précipitent dans sa prison. On l'embrasse, on l'étreint : « Tu es notre frère! la lumière t'a été révélée! » Richard pleure. « Oui, la vérité est descendue en moi! Ma jeunesse a été nourrie des glands des pourceaux. Mais je vais mourir dans le sein de Dieu. » Le dernier jour arrive. Richard, affaibli, recommence à pleurer, et dit : « Voici le plus beau jour de ma vie : je vais à Dieu! — Oui, crient les prêtres, les juges et les dames charitables; c'est le plus

beau jour de ta vie, car tu vas à Dieu ! » Tous se rendent
à l'échafaud. « Meurs, frère, crie-t-on à Richard, meurs
dans le sein de Dieu ! » Et le frère Richard monte à l'échafaud, on le met sous la guillotine et on lui coupe la tête, à
ce bon frère que la sainteté a envahi. — Je trouve cela très-
caractéristique. Les faits sont relatés dans une brochure
française : une traduction russe en a été faite, on l'envoie
partout gratis comme supplément de divers journaux.
D'ailleurs, nous n'avons rien de mieux que cette his-
toire-là. Nekrassov raconte en vers comment un moujik
frappe de son fouet sur les yeux de son cheval, « sur ses
doux yeux ». Nous avons tous vu cela, c'est très-russe.
Le poëte décrit le petit cheval surchargé, empêtré dans la
boue avec sa charrue qu'il n'en peut retirer. Le moujik,
furieux, le frappe, sans comprendre ce qu'il fait, enivré
de la souffrance qu'il inflige. « Tu ne peux, tire pourtant !
Meurs, mais tire ! » La rosse se débat ; il la fouette, il la
fouette, la brute sans défense, il la fouette dans ses deux
yeux où roulent des larmes. Enfin elle tire, elle tire, finit
par dégager la charrue, et s'en va tremblante, n'osant plus
souffler, ne marchant plus que grâce à la force acquise.
Nekrassov nous a fait là une peinture terrible. Mais le
cheval nous a été donné par Dieu pour exercer nos fouets.
Les Tartares nous ont légué le knout à cette fin. Pourtant
on peut fouetter aussi les hommes. Un monsieur distingué
et une « dame » fouettent volontiers avec des verges leur
petite fille de sept ans. Le petit père sourit : les verges
ont des épines, cela se sent mieux. Il s'échauffe à chaque
coup ; c'est un plaisir pour lui. On fouette une minute durant, cinq minutes, dix minutes, de plus en plus volontiers.

L'enfant crie; puis il ne peut plus crier, il étouffe : « Papa! papa! petit papa! » L'affaire va jusqu'au tribunal. On se procure un avocat. Il y a longtemps que les Russes appellent l'*ablocat* [1] conscience vénale. Et l'avocat défend son client : l'affaire est simple! C'est une question d'intérieur : un père fouette sa fille! Quelle honte que cela vienne devant un tribunal! Le jury est convaincu, et rend une sentence de non-lieu. Le public accueille avec des larmes de joie l'acquittement du bourreau. Que n'étais-je là! J'aurais proposé de créer une bourse en faveur de cet excellent homme!... Le joli tableau, hein? J'ai mieux encore, Aliocha. C'est une petite fille de cinq ans que ses père et mère ont prise en haine. « Une famille d'honorables fonctionnaires, instruits et bien éduqués. » C'est un goût assez commun dans l'humanité, celui de torturer les enfants; il va sans dire qu'avec les gens d'âge mûr, ces mêmes barbares, qui mettent les enfants à la question, sont doux, humains, affables. Au fait, c'est peut-être leur façon d'aimer l'enfance! Les enfants sont sans défense : voilà ce qui séduit la cruauté, c'est leur confiance angélique. Ils ne savent où aller, qui appeler, voilà ce qui irrite le sang des méchants. Certes, il y a une bête au fond de chaque homme; chez l'un, c'est un tigre; chez l'autre, un porc, et tous deux jouissent aux cris d'une victime... Donc, ces excellents parents soumirent la fillette à d'horribles tortures : ils la battirent, fouettèrent, piétinèrent sans raison; tout son corps était bleu. Il y avait du raffinement dans leur atrocité : pendant les nuits de gel, ils enfer-

[1] Populaire, pour avocat.

maient la petite dans le cabinet d'aisances, sous prétexte qu'elle ne demandait pas à temps, la nuit, qu'on la fît sortir. Ils lui barbouillaient le visage d'excréments, et sa mère la forçait à les manger, sa mère, sa propre mère ! et cette mère dormait paisiblement aux cris de sa fille ! Comprends-tu ? Vois-tu ce petit être qui ne sait pas encore penser, le vois-tu frapper de ses petits poings sa poitrine haletante et en pleurant des larmes de sang crier vers « le bon Dieu », lui demander secours ? Comprends-tu, novice de ce bon Dieu, comprends-tu le but de tout cela ? On dit que *tout cela* est nécessaire pour établir dans l'esprit de l'homme la distinction du bien et du mal : mais à quoi bon cette diabolique distinction, si elle coûte si cher ? Toute la science du monde ne vaut pas les larmes des enfants. Je ne parle pas des souffrances des adultes; mais ces petits enfants, cette petite fille ! Je te fais souffrir, Alioscha ? Je vois que tu es mal à l'aise. Préfères-tu que je me taise ?

— Non, je veux souffrir, murmura Alioscha.

— Encore un petit tableau par curiosité, il est si caractéristique ! Je viens de lire cela dans une de nos Revues historiques, l'*Arkiv* ou la *Starina* [1], je ne sais plus. C'était au moment le plus dur de notre servitude, dans les commencements du peuple : — Vive le Tzar libérateur [2] ! Un général, de grandes relations, très-riche pomiestchik, de ces individus convaincus qu'ils ont droit de vie et de mort sur leurs subordonnés, vivait dans une de ses pro-

---

[1] *Rousski-Arkiv et Rouskaïa-Starina : l'Archive russe* et l'*Antiquité russe.*
[2] Nom populaire du tzar Alexandre II.

priétés de deux mille âmes, plein de morgue, traitant de
très-haut ses voisins moins fortunés que lui. Il avait des
centaines de chiens dans un chenil et cent garde-chiens.
Un jeune dvorovy[1], âgé de huit ans, avait blessé d'un
coup de pierre à la jambe un des chiens favoris du général.
Le général fit arrêter le coupable chez sa mère. Le gamin
passa la nuit au poste. Le lendemain matin, de bonne
heure, le général, en grand uniforme, monte à cheval
pour aller à la chasse, entouré de ses piqueurs montés
comme lui. On rassemble toute la dvornia[2] *pour faire un
exemple*, et la mère du coupable comparaît devant tout ce
monde. On amène le gamin. La matinée était froide et
brumeuse. Le général ordonne d'ôter à l'enfant ses habits,
jusqu'au dernier. L'enfant grelotte, muet et fou de terreur. « Faites-le courir ! » commande le général. « Cours !
cours ! » lui crient les piqueurs. Le gamin commence à
courir. « Velaut ! » crie le général, et il lance sur lui
toute la meute. Les chiens déchirèrent le gamin en lam-
beaux sous les yeux de sa mère... On a imposé au général
un conseil judiciaire. Fallait-il le fusiller ? Parle, Alioscha.

— Fusiller, dit tout doucement Alioscha, pâle, avec un
sourire convulsif.

— Bravo ! Si tu le dis, toi, c'est que... Ah ! voyez-vous
l'ascète ! Voilà donc le diable que tu as dans le cœur,
Alioscha Karamazov !

— J'ai dit une bêtise, mais...

— Oui, oui, *mais*... Sache, novice, que les bêtises sont
essentielles au monde, que c'est sur elles que le monde

---

[1] Serf pris au service particulier du seigneur.
[2] Domesticité.

est fondé, que rien n'est possible sans elles. Nous savons
ce que nous savons.

— Que sais-tu ?

— Je n'y comprends rien, reprit Ivan comme en rêve ;
mais je n'y veux rien comprendre quant à présent. Je m'en
tiens aux faits, j'ai renoncé à comprendre...

— Pourquoi me soumets-tu à cette épreuve ? Me le
diras-tu, à la fin ?

— Certes ; c'est que tu m'es cher, et je ne veux pas
t'abandonner à l'influence de ton Zossima.

Ivan se tut, et son visage s'assombrit.

— Écoute, reprit-il, j'ai choisi mes exemples parmi les
enfants pour que ce soit plus clair. Les hommes sont cou-
pables. On leur avait donné un paradis et ils ont convoité
le feu du ciel ! Ils ne méritent aucune pitié. Il faut une
sanction aux crimes des hommes, et non pas une sanction
éloignée, reculée jusqu'à la vie future, mais ici même, et
sous nos yeux. Je ne veux pas servir à fumer la terre pour
la préparer aux éclosions futures : je veux voir de mes
propres yeux la gazelle dormir sans peur auprès du lion
et la victime embrasser le meurtrier. C'est sur ce désir-là
que se fondent toutes les religions. Et moi, j'ai la foi ! Mais
les enfants, qu'en ferai-je ? Insoluble question ! Si tous
doivent souffrir pour concourir par leurs souffrances à
l'harmonie éternelle, quelle est la raison des souffrances
des enfants ? Je comprends la solidarité du péché et du
châtiment entre les hommes, mais elle n'existe plus entre
les enfants innocents. Quant à la solidarité du péché ori-
ginel, c'est une vérité qui n'est pas de ce monde, et je
me refuse à la comprendre. « Ils grandiront, dira un mau-

vais plaisant, et auront le temps de pécher ! » Mais ce
gamin de huit ans, il ne péchera plus !... O Alioscha, je
ne blasphème pas. Je comprends combien tressaillira
l'univers quand le ciel et la terre se confondront dans le
même cri de louange, et quand tout ce qui vit ou a vécu
proclamera : « Tu as raison, Seigneur, car ta vérité nous
est enfin révélée ! » quand le bourreau, la mère et l'enfant s'embrasseront en répétant : « Tu as raison, Seigneur ! » Certes, alors tout sera accompli, expliqué ! Mais
c'est contre cet accomplissement que je me révolte ! (Et je
prends mes mesures, à ce sujet, pendant que je suis encore
sur la terre.) Vois-tu, Alioscha, quand je verrai ce moment,
il se peut que je m'écrie avec tous les autres, en regardant la
mère embrasser le bourreau de son enfant : « Tu as raison,
Seigneur ! » mais ce sera contre ma volonté. Je le déclare,
pendant que j'en ai le temps, je me refuse à accepter cette
harmonie universelle ; je prétends qu'elle ne vaut pas une
seule larme d'enfant, parce que cette larme restera toujours sans rachat : et, par ce fait même que cette larme ne
peut être effacée du monde, elle détruit cette harmonie.
Car, comment la racheter ? C'est impossible ! Que les bourreaux souffrent en enfer, qu'importe ? L'enfant aussi a eu
son enfer ! Et puis, qu'est-ce que cette harmonie qui comporte un enfer ? Je veux le pardon, le baiser universel,
l'abolition de la souffrance, et si la souffrance des enfants
sert à compléter la somme de souffrance nécessaire pour
acheter la vérité, je prétends que cette vérité ne vaut pas
le prix dont on la paye. Je ne veux pas que la mère pardonne au bourreau, elle n'en a pas le droit. Qu'elle lui
pardonne ce qu'il lui a fait souffrir à elle, mais non pas ce

qu'il a fait souffrir à l'enfant sous la dent des chiens. Elle n'a pas le droit de pardonner pour son fils, quand bien même son fils le lui ordonnerait. Mais si le droit de pardonner n'existe pas, où est l'harmonie ? Et c'est par amour pour l'humanité que je refuse cette harmonie! J'aime mieux garder mes souffrances non rachetées, *même eussé-je tort.* C'est trop cher pour ma bourse, l'entrée dans cette harmonie-là : je rends mon billet. Or, si je suis honnête, je dois le rendre au plus tôt; c'est ce que je fais. Je ne refuse pas d'admettre Dieu ; mais je lui rends son billet, respectueusement.

— Mais c'est une révolte ! dit Alioscha d'une voix douce.

— Une révolte! Je ne voudrais pas t'entendre dire ce mot-là. Peut-on vivre révolté ? Réponds-moi sincèrement. Imagine-toi que l'avenir de l'humanité dépende de ta volonté ; pour donner le bonheur aux hommes, le pain et la tranquillité, il est nécessaire de mettre à la torture un seul être, le petit enfant qui se frappait la poitrine avec son petit poing, afin de fonder sur ses larmes le bonheur futur : consentirais-tu, à ces conditions, à être l'architecte de ce bonheur-là ? Réponds sans mentir.

— Non, je n'y consentirais pas.

— Eh bien! peux-tu admettre que les hommes, pour qui tu souhaites ce bonheur, consentent à l'accepter au prix du sang de ce petit martyr ?

— Non, je ne puis l'admettre, frère ! dit tout à coup Alioscha, les yeux étincelants. Mais tu viens de demander s'il y a dans le monde entier un *Être* qui aurait le droit de pardonner : cet être existe. Il peut *tout* pardonner, *tout* et pour *tout,* car c'est lui-même qui a versé son sang innocent pour tous et pour tout. Tu l'as oublié. C'est précisément sur lui que se fonde le monument du monde, et c'est à lui de crier : « Tu as raison, Seigneur, car ta vérité nous est révélée. »

— Ah ! oui, c'est le seul Sans péché, le seul innocent ! Non, je ne l'ai pas oublié ; je m'étonne même que tu ne me l'aies pas objecté depuis longtemps, car, d'ordinaire, les tiens commencent par le mettre en cause. Sais-tu, — mais ne ris pas, — j'ai écrit là-dessus un poëme, il y a un an. Si tu as encore dix minutes à perdre avec moi, je vais te le raconter.

— Tu as écrit un poëme !

— Non, je ne l'ai point écrit, dit Ivan en riant. Je n'ai pas fait deux vers dans ma vie. Mais j'ai rêvé ce poëme, et il est gravé dans ma mémoire. Tu seras mon premier lecteur, c'est-à-dire auditeur.

— Je t'écoute.

— Mon poëme s'appelle le *Grand Inquisiteur*; c'est absurde, tu vas voir.

V

D'abord, un mot de préface. L'action se passe au seizième siècle. Tu sais qu'à cette époque on usitait les puissances célestes comme machines poétiques. Je ne parle pas de Dante. En France, les clercs et les moines donnaient des représentations entières où l'on montrait la Madone, les anges, les saints, le Christ et Dieu le Père lui-même. Tout se passait très-simplement. Dans

Notre-Dame de Paris de Victor Hugo, en l'honneur de la
naissance du Dauphin, sous Louis XI, à Paris, on voit
représenter dans les salons de la prévôté une scène
intitulée : *le Bon Jugement de la très-sainte et-gracieuse Vierge
Marie*. Dans ce Mystère, la Madone paraît en personne et
prononce son *bon jugement*. Chez nous, à Moscou, avant
Pierre le Grand, on donnait de temps en temps des représentations analogues dont l'Ancien Testament faisait les
frais. En outre, circulaient alors beaucoup de romans et
de poëmes qui mettaient en scène les saints, les anges et
tout le ciel. Dans nos monastères, on copiait, on tradui-
sait ces poëmes, on en composait même de nouveaux.
C'était du temps des Tartares. Par exemple, nous avons
un petit poëme monastique, probablement traduit du grec :
le Pèlerinage de la Madone à travers les souffrances. Il y a
des tableaux d'une hardiesse dantesque. La Madone visite
l'enfer, et c'est l'archange saint Michel qui la guide. Elle
voit les pécheurs et leurs tortures. Entre autres, il y a une
catégorie très-intéressante de pécheurs dans un lac de feu.
Quelques-uns se noient dans ce lac : ceux-là sont oubliés
de Dieu même. La Madone pleure, tombe à genoux devant
l'autel de Dieu et le supplie de pardonner à tous les
pécheurs, sans distinction. Son entretien avec Dieu est
d'un intérêt que je ne puis rendre. Elle prie, elle insiste.
Dieu lui montre les pieds et les mains cloués de son fils,
et demande à la Mère Douloureuse : « Comment pourrais-je pardonner à ses bourreaux ? » Mais elle ordonne
à tous les saints, à tous les anges, à tous les archanges
de tomber à genoux avec elle et de crier grâce pour
tous les pécheurs, sans distinction. Elle triomphe : toutes

les souffrances de la géhenne cessent, chaque année, du vendredi saint à la Pentecôte, et les pécheurs, du fond de l'enfer, remercient Dieu et crient : « Tu as raison, Seigneur, et ta sentence est juste. » Eh bien, mon petit poëme serait du même genre. Jésus apparaît; il ne dit rien et ne fait que passer. Il y a déjà quinze siècles accomplis depuis qu'il a dit, par la voix de son prophète : « Je reviendrai bientôt. Quant au jour et à l'heure, personne, et pas même le Fils, ne les connaissent. » Telles furent ses paroles avant de disparaître, et l'humanité l'attend toujours avec la même foi, ou plutôt avec une foi plus ardente encore qu'il y a quinze siècles. Mais le diable ne sommeille pas; le doute commence à corrompre l'humanité, à se glisser dans la tradition des miracles. À ce moment, au nord de la Germanie, naissait une hérésie terrible, qui précisément niait les miracles. Les fidèles n'en crurent qu'avec plus de foi. Et l'on attend le Christ, on L'espère, on veut souffrir et mourir comme Lui jadis... Et voilà que l'humanité a tant prié depuis tant de siècles, a tant crié : « Seigneur, daignez nous apparaître! » qu'Il a voulu, dans Sa miséricorde inépuisable, descendre vers ses fidèles.

Et voilà qu'Il a voulu Se montrer, pour un instant au moins, au peuple, à la multitude malheureuse, plongée dans l'abîme du péché, mais qui L'aime d'un amour puéril. Le lieu de l'action est Séville; l'époque, l'Inquisition, ce temps où chaque jour voyait, à la plus grande gloire de Dieu :

Des auto-da-fé superbes
D'horribles hérétiques.

Oh! certes, ce n'est point la venue promise pour la fin

des temps, alors qu'Il apparaîtra tout à coup, dans tout l'éclat de Sa gloire et de Sa divinité, « tel que l'éclair qui vibre à la fois d'Orient en Occident ». Aujourd'hui, Il a voulu seulement faire à Ses enfants une visite, et Il a choisi le lieu et l'heure où flambaient les bûchers. Il a repris cette forme humaine déjà portée quinze siècles auparavant durant trente-trois années.

Le voici qui descend parmi la cendre des bûchers. Précisément hier, le cardinal grand inquisiteur, en présence du Roi, des seigneurs, des chevaliers, des cardinaux et des plus charmantes dames de la cour, devant tout le peuple assemblé, a brûlé un cent d'hérétiques *ad majorem gloriam Dei.* Sans chercher à exciter l'attention, IL marche modestement. Mais tous le reconnaissent.

Ce serait une des plus belles pages du poëme, si je parvenais à bien faire comprendre pourquoi on Le reconnaît. Le peuple, emporté par un irrésistible élan, se presse sur Son passage et Lui fait cortège. Silencieux, avec un sourire plein de compassion, Il traverse les rangs de la foule ; l'amour embrase Son âme ; de Ses yeux émanent la LUMIÈRE, la SCIENCE et la FORCE en rayons ardents qui éveillent l'amour parmi les hommes. Il leur tend les bras, Il les bénit. De Lui, de Ses vêtements même se dégage une vertu qui guérit. Un vieillard, aveugle-né, sort de la foule et crie : « Seigneur, guéris-moi, que je puisse te voir ! » Une écaille tombe de ses yeux et l'aveugle voit. Le peuple verse des larmes de joie et baise la terre où IL a marché. Les enfants jettent des fleurs sur Ses pas et chantent : « Hosanna ! » et le peuple s'écrie : « C'est LUI ! ce doit être LUI ! ce ne peut être que LUI ! »

Il s'arrête sur le parvis de la cathédrale de Séville. Des gens apportent un petit cercueil blanc où repose une enfant de dix-sept ans, la fille d'un des notables de la ville; on se lamente; le corps, dans le cercueil ouvert, repose sur des fleurs.

— Il ressuscitera ton enfant! crie le peuple à la mère en larmes.

L'ecclésiastique, venu pour recevoir le cercueil, regarde avec étonnement et fronce le sourcil.

Mais soudain la mère crie :

— Si c'est TOI, ressuscite mon enfant !

Et elle se prosterne devant LUI. Le cortége s'arrête, on dépose le cercueil sur les dalles; IL le considère avec pitié, et comme jadis, une fois encore, il profère le *talipha koumi* (lève-toi, jeune fille) !

La morte se soulève, s'assied, sourit, ouvre les yeux, regarde alentour avec surprise. Elle a dans les mains le bouquet de roses blanches destiné à sa tombe. Le peuple, saisi de stupeur, s'écrie, pleure.

En cet instant, passe devant la cathédrale le cardinal grand inquisiteur en personne. C'est un vieillard de quatre-vingt-dix ans, haut de taille, droit, d'une ascétique maigreur. Les yeux sont profondément enfoncés dans l'orbite, mais ils luisent d'une flamme que la vieillesse n'a pas éteinte. Oh! il n'a plus le costume d'apparat qu'il portait hier, tandis qu'on brûlait les ennemis de l'Église; — non, maintenant il a de nouveau endossé sa vieille soutane de moine. Ses sinistres collaborateurs et les estafiers du Saint-Office le suivent à distance respectueuse. Il s'arrête à l'aspect de la foule et observe de loin. Il a assisté à toute la scène : le cercueil déposé devant l'étranger, la résurrection de la jeune fille, il a tout vu, et son visage s'assombrit. Il fronce ses épais sourcils blancs, et ses yeux luisent d'un éclat funeste. Il LE désigne du doigt aux estafiers, et ordonne de le saisir : telle est sa puissance et telle l'habitude du peuple de se soumettre en tremblant devant lui qu'aussitôt la foule s'écarte, un silence de mort règne, et les sbires L'appréhendent et L'emmènent. Comme un seul homme, tout ce peuple s'incline jusqu'à terre devant le vieillard qui le bénit sans parler et reprend son chemin. Les estafiers conduisent le prisonnier à la prison de la sainte Inquisition; IL est enfermé dans une cellule étroite et ténébreuse. La journée s'achève : c'est la nuit, une nuit espagnole, sans lune, chaude, étouffante. L'atmosphère est saturée de l'odeur des lauriers et des citronniers. Tout à coup, dans les ténèbres, la porte de fer du cachot s'ouvre : entre le grand inquisiteur lui-même, une lampe à la main. Il s'avance avec lenteur. Il est seul. La porte se referme derrière lui. Il s'arrête sur le seuil, et longuement, durant deux minutes, il considère le prisonnier. Enfin il s'approche doucement, dépose la lampe sur la table et parle.

— C'est TOI? TOI?

Mais il n'attend pas la réponse et se hâte de poursuivre :

— Ne parle pas, tais-toi. D'ailleurs, que dirais-tu? Je le sais trop bien, ce que tu dirais. Mais tu n'as pas le droit d'ajouter un seul mot à ce que tu as déjà dit. Pourquoi es-tu venu nous déranger? Car tu nous déranges, tu le sais bien. Mais sais-tu ce qui arrivera dès demain? Je t'ignore, je ne veux pas savoir si tu es LUI ou seulement son apparence ; mais, qui que tu sois, demain je te condamnerai, et tu périras dans les flammes comme le plus criminel des hérétiques, et tu verras ce même peuple, qui tout à l'heure te baisait les pieds, s'empresser, sur un signe de moi, d'apporter des fagots à ton bûcher. Le sais-tu ? Peut-être, — ajoute le vieillard, songeur, sans cesser d'épier du regard le prisonnier.

— Je ne comprends pas bien ce que cela signifie, Ivan, observa en souriant Alioscha, qui jusqu'alors avait écouté sans interrompre. Est-ce une fantaisie, ou une erreur du vieillard, quelque quiproquo ?

Ivan éclate de rire.

— Tiens-toi à ta dernière hypothèse, si tu es corrompu par le réalisme moderne au point que tu ne puisses rien admettre de surnaturel. Un quiproquo, dis-tu ? Soit. Cela s'explique, d'ailleurs, poursuivit-il en riant de nouveau ; mon inquisiteur a quatre-vingt-dix ans et son idée a pu le rendre fou depuis longtemps. Il se peut aussi qu'il ait été fortement impressionné par l'aspect du prisonnier. Enfin, c'est peut-être un simple délire, le songe d'un vieillard qui touche à sa dernière heure et dont le cerveau est encore ébranlé par le spectacle récent de l'auto-da-fé de cent hérétiques. Mais, fantaisie, quiproquo, songe, qu'importe ? Ce qu'il faut seulement retenir, c'est que l'inquisiteur révèle pour la première fois ce qu'il a tu pendant toute sa vie.

— Et le prisonnier ne dit rien ?

— Ne doit-il pas se taire, en tout cas ? Le vieillard lui-même ne lui a-t-il pas fait remarquer qu'il n'a pas le droit d'ajouter un mot à ses anciennes paroles? C'est peut-être le trait caractéristique du catholicisme romain, selon moi, du moins : « Tout a été transmis par TOI au Pape, c'est donc du Pape désormais que tout dépend ; nous n'avons que faire de TOI, ne viens pas nous déranger. » C'est la doctrine des Jésuites, je l'ai lue dans leurs livres. « As-tu le droit de nous révéler un seul des secrets du monde d'où tu viens? » lui demande mon vieillard, et il fait lui-même la réponse : « Non, tu n'en as pas le droit, puisque cette révélation s'ajouterait à celle que tu fis jadis, et que par là tu compromettrais cette liberté que toi-même prêchas. Toutes tes révélations nouvelles ne pourraient que gêner la liberté de la foi humaine, puisqu'elles constitueraient, aux yeux des hommes, autant de miracles : cependant, il y a quinze siècles, tu prônais au-dessus de tout cette liberté de la foi. N'as-tu pas dit bien souvent : « Je vous ferai libres. » Tu les as vus, les hommes libres, ajoute brusquement le vieillard. Ah ! cela nous a coûté cher, reprend-il en le regardant avec sévérité; mais enfin nous avons accompli cette œuvre en ton nom. L'établissement de la liberté nous a coûté quinze siècles de rude tâche; mais c'est fait, et bien fait. Tu ne me crois pas? Tu jettes sur moi un doux regard, sans même me faire l'honneur de t'indigner. Mais sache que jamais les hommes ne se sont crus plus complétement libres qu'aujourd'hui, depuis qu'ils ont déposé leur liberté à nos pieds. Cela, il est vrai, c'est notre œuvre : est-ce la liberté que tu rêvais ?

— Voilà encore que je ne comprends pas, interrompit Alioscha; il fait de l'ironie ? il plaisante ?

— Non pas ! Il se loue d'avoir supprimé la liberté pour rendre les hommes heureux. « Car c'est aujourd'hui pour la première fois (il parle, naturellement, de la fondation de l'Inquisition) qu'on peut songer au bonheur des hommes. L'être humain est naturellement révolté : est-ce que des révoltés peuvent être heureux ? Tu étais averti, les conseils ne t'ont pas manqué, mais tu ne les as pas écoutés; tu t'es privé du seul moyen réel de donner du bonheur aux hommes, mais tu nous as légué la besogne, tu nous as promis, tu nous as solennellement confié le droit de lier et de délier; tu ne penses pas, j'espère, à nous retirer ce droit. Pourquoi donc es-tu venu nous déranger ? »

— Que signifient ces mots : « Les conseils ne t'ont pas manqué » ? demanda Alioscha.

— Mais c'est le point capital où le vieillard doit insister ! « L'Esprit terrible et intelligent, l'Esprit de la négation et du néant, reprend-il, t'a parlé dans le désert, et les Écritures attestent qu'il t'a « tenté ». Est-ce vrai? et pouvait-on rien dire de plus profond que ce qui te fut dit dans les trois questions, ou, pour employer le langage des Écritures, dans les trois « tentations » que tu as repoussées ? S'il y eut jamais miracle authentique, foudroyant, c'est celui des trois tentations ! Le fait seul que ces trois questions aient pu être posées est par lui-même un miracle. Supposons qu'elles aient été effacées du Livre, qu'il faille les inventer, les imaginer de nouveau pour les y replacer. Supposons que, dans ce but, on réunisse tous les sages de la terre, hommes d'État, princes de l'Église, savants, philosophes, poëtes, et qu'on leur dise : — Cherchez, trouvez trois questions qui non-seulement correspondent à la grandeur de l'événement, mais encore expriment en trois mots, en trois phrases humaines, toute l'histoire de l'humanité future, — crois-tu que ce congrès de toutes les intelligences terrestres pourrait imaginer quoi que ce soit d'aussi haut, d'aussi fort que les trois questions de l'intelligent et puissant Esprit ? Ces questions révèlent par elles seules que tu n'eus pas affaire, ce jour-là, à un esprit humain, contingent : c'était l'Esprit Éternel, Absolu. Toutes les histoires ultérieures de l'humanité étaient prédites et condensées dans ces trois mots ; ce sont les trois formes où se concrètent toutes les contradictions de l'histoire de notre espèce. Cela n'était pas encore évident, l'avenir était encore inconnu ; mais quinze siècles se sont passés, et nous voyons bien que tout était prévu dans la TRIPLE QUESTION : c'est notre histoire. Décide donc toi-même : qui avait raison ? Toi, ou celui qui t'interrogea ? Rappelle-toi...

Voici la première question, — le sens, sinon le texte : « Tu veux te présenter au monde les mains vides, annonçant aux hommes une liberté que leur sottise et leur méchanceté naturelles ne leur permettent pas de comprendre, une liberté épouvantable, — car pour l'homme et pour la société il n'y eut jamais rien d'aussi épouvantable que la liberté ! mais vois ces pierres dans ce désert aride : change-les en pains, et tu verras l'humanité courir après toi comme un troupeau, reconnaissante, soumise, craignant seulement que ta main se retire et que les pains redeviennent pierres. » Mais toi, tu n'as pas voulu priver l'homme de la liberté, tu as repoussé la tentation : « Car que deviendrait l'humanité si l'obéissance était achetée avec des pains ? » Tu as répondu que l'homme ne vit pas

seulement de pain; — mais tu ne savais pas que l'esprit
de la terre, au nom de ce pain de la terre, devait se
dresser contre toi, te livrer bataille et te vaincre! et tous
le suivront en criant : « Qui est semblable à cette bête?
elle nous a donné le feu du ciel! » Des siècles passe-
ront, et l'humanité proclamera par la bouche de ses savants et de ses sages qu'il n'y a pas de crimes, et, par
conséquent, pas de péché; qu'il n'y a que des affamés.
— « Nourris-les, si tu veux qu'ils soient vertueux! »
Ce cri sera la devise de ceux qui se lèveront contre
toi, ils l'inscriront sur leur drapeau; et ton temple sera
renversé, et à sa place un nouvel édifice s'élèvera, une
autre tour de Babel, qui sans doute ne sera pas plus
achevée que la première : pourtant, tu aurais pu épargner
aux hommes ce nouvel effort et mille ans de souffrances;
— car ils viendront à nous, après avoir peiné mille ans à
construire leur tour! ils nous chercheront sous terre, dans
les catacombes où nous serons cachés (on nous persécu-
tera, on nous martyrisera encore); ils nous découvriront
et crieront vers nous : « Du pain! ceux qui nous avaient
promis le feu du ciel ne nous l'ont pas donné. » Et c'est
nous qui achèverons leur Babel : il n'y manquait que
du pain et nous leur en donnerons. Et nous leur en donnerons en ton nom! Nous savons mentir, nous parlerons
en ton nom. Eh! ne mourraient-ils pas de faim, sans nous?
Est-ce leur science qui les nourrira? Point de pain tant
qu'ils auront la liberté! Mais ils finiront par nous l'apporter, leur liberté, par la déposer à nos pieds : « Des
chaînes et du pain! » Ils comprendront que la liberté
n'est pas compatible avec une juste répartition du pain

terrestre entre tous les vivants, parce que jamais, — jamais ! — ils ne sauront faire le partage entre eux ! Ils se convaincront aussi qu'ils sont indignes de la liberté : faibles, vicieux, sots et révoltés comme ils sont. Tu leur promettais le pain du ciel : de grâce ! peux-tu comparer ce pain-là avec celui de la terre, la race humaine étant la chose vile et incorrigiblement vile qu'elle est ? Tu pourras, avec ton pain du ciel, attirer et séduire des milliers d'âmes, voire des dizaines de milliers ; mais, et les millions et les dizaines de milliers de millions qui n'auront pas le courage de préférer ton pain du ciel à celui de la terre ? Ne serais-tu le Dieu que des grands et des forts ? Et les autres, ces grains de sable de la mer, les autres qui sont faibles, mais qui t'aiment, ne sont-ils à tes yeux que de vils instruments dans les mains des grands et des forts ? Ils nous sont pourtant chers, à nous, ces êtres faibles : ils finiront, tout vicieux et révoltés qu'ils soient, par se laisser dompter, ils nous admireront, nous serons leurs dieux ; nous qui aurons consenti à prendre sur nous le poids de leur liberté et à régner sur eux, — tant la liberté finira par leur faire peur ! et nous nous appellerons « disciples de Jésus », nous régnerons en ton nom, — sans te laisser approcher de nous. Cette imposture constituera notre part de souffrance, car il nous faudra mentir. — Voilà le sens de la première des trois questions. Elle recélait le secret du monde : tu l'as dédaigné ! Tu mettais la liberté au-dessus de tout, alors que, en acceptant les pains, tu aurais satisfait l'éternel et l'unanime désir de l'humanité : « Donnez-nous un maître ! » Car il n'y a pas de souci plus constant et plus cuisant, pour l'homme libre, que celui de chercher un objet

ou un être devant qui s'incliner. Mais il ne veut s'incliner
que devant une force incontestable, qui puisse rassembler
tous les humains dans la communion du respect, et ce
n'est pas l'objet d'un culte particulier que réclame chacun
de ces lamentables êtres : c'est un culte universel, c'est
une religion commune ! Et ce besoin de la communauté
dans l'adoration est le principal tourment de l'individu
aussi bien que de l'humanité tout entière, depuis le commencement des siècles. C'est pour réaliser cette chimère
qu'ils se sont exterminés par le glaive. Chaque peuple
s'est fait un Dieu, et chaque peuple a dit à son voisin :
« Quitte tes dieux, adore les miens ou meurs ! » Et il en
sera ainsi jusqu'à la fin du monde : les dieux peuvent disparaître de la terre, l'humanité recommencera pour des
idoles ce qu'elle a fait pour les dieux. Tu n'ignorais pas
ce secret fondamental de la nature humaine, et pourtant
tu as repoussé le drapeau, l'unique et le sûr drapeau
qu'on t'offrait et qui t'aurait seul assuré l'hommage incon-
testé de tous les hommes, ce drapeau du pain terrestre :
tu l'as repoussé au nom du pain du ciel et de la liberté,
et vois ce que tu fis ensuite, — toujours au nom de la
liberté ! Il n'y a pas, je te le répète, en l'homme, de plus
cuisant souci que celui de chercher au plus tôt à qui déléguer
la liberté qu'apporte en naissant cette misérable créature.
Cependant, pour obtenir cet hommage de la liberté des
hommes, il faut leur donner la paix de la conscience. Le pain
t'en offrait le moyen : l'homme s'inclinera devant toi, si tu lui
donnes du pain, parce que le pain est une chose incontestable ; mais si, en même temps, un autre que toi s'empare
de la conscience humaine, certes, alors, l'homme laissera

là même ton pain pour suivre qui sut lui donner la paix
de la conscience. En cela, tu avais raison; le secret de
l'existence humaine consiste dans un motif de vivre. Si
l'homme ne se représente pas fortement pourquoi il doit
vivre, il se détruira plutôt que de continuer cette vie
inexplicable, fût-il entouré d'une immense provision de
pain. Mais quel parti as-tu tiré de cette vérité que tu
avais surprise? Tu as élargi la liberté des hommes, au
lieu de la confisquer. Avais-tu donc oublié que l'homme
préfère à la liberté de choisir entre le bien et le mal la
paix, fût-ce la paix de la mort? Eh! sans doute, rien ne
plaît tant à l'homme que le libre arbitre; rien aussi ne le
fait tant souffrir. Et au lieu de principes solides qui pus-
sent pacifier à jamais la conscience humaine, tu as composé ta doctrine de tout ce qu'il y a d'extraordinaire, de
vague, de conjectural, de tout ce qui dépasse les forces des
hommes, et, par là, tu fis comme si tu ne les aimais
pas, toi qui mourus pour eux! En élargissant sa liberté,
tu as introduit dans l'âme humaine de nouveaux éléments
d'indestructible souffrance. Tu voulais être aimé d'un
libre amour, librement suivi. Au lieu de la dure loi
ancienne, l'homme devait, d'un cœur libre, désormais,
choisir entre le bien et le mal, sans rien pour le guider,
que ton image : mais comment n'as-tu pas compris qu'il
finirait par contester même ton image et même ta vérité,
se sentant accablé sous le poids de ce fardeau terrible, le
libre choix? Il criera que la vérité n'est pas en toi; car
pourquoi, si tu avais possédé la vérité, aurais-tu laissé tes
enfants dans une telle perplexité, en proie à tant de pro-
blèmes insolubles? Tu as donc préparé toi-même ta ruine :

n'accuse que toi. Était-ce là ce qu'on te proposait ? Il y a
sur la terre trois forces qui seules peuvent soumettre à
jamais la conscience de ces faibles révoltés, — cela pour
leur bien; — ce sont : le miracle, le mystère, l'autorité.
Tu les as repoussées toutes trois. L'Esprit terrible t'avait
placé sur le faîte du temple et t'avait dit : « Veux-tu
savoir si tu es le Fils de Dieu ? Précipite-toi en bas, car il
est écrit que les anges te prendront sur leurs ailes : tu
sauras alors si tu es le Fils de Dieu, et tu prouveras ainsi
ta foi en ton Père. » Tu as repoussé la proposition, tu ne
t'es pas précipité en bas du temple. Oh ! sans doute, tu
affirmas par là même la sublime fierté d'un Dieu : mais
les hommes, ces faibles, ces impuissants, ne sont pas des
dieux ! Tu savais que, si tu avais seulement tenté de te
précipiter en bas du temple, tu aurais aussitôt perdu ta
foi en ton Père, tu aurais jonché des débris de ton corps,
— à la grande joie du Tentateur, — cette terre que tu
venais sauver. Mais, je te le répète, y a-t-il beaucoup
d'êtres semblables à toi ? As-tu pu admettre un seul instant que les hommes seraient capables de comprendre ta
résistance à cette tentation ? La nature humaine n'est point
telle qu'elle puisse repousser le miracle et se satisfaire de
la libre élection du cœur, dans ces instants terribles où les
questions vitales exigent une réponse ! Oh ! tu savais que
ton héroïque silence serait conservé dans les Livres et
retentirait au plus loin des âges, aux dernières limites de
la terre ! Oh ! tu espérais que l'homme t'imiterait et se
passerait de miracles comme un Dieu ! Mais, comme
l'homme n'est pas de force à se passer de miracles, il en
invente; il s'incline devant les prodiges des magiciens, les

I.   14

enchantements des sorcières, — tout révolté, hérétique
et athée qu'il puisse être. Et tu n'es pas descendu de la
croix quand on te criait par dérision : « Descends de la
croix et nous croirons en toi! » Cette fois encore, tu n'as
pas voulu asservir l'homme au miracle, parce que tu
veux de lui une libre croyance, libre et non pas violentée
par le prestige du merveilleux. C'est un amour libre qu'il
te fallait, et non pas les transports serviles d'un esclave
terrifié. Mais ici, comme partout, tu te faisais de l'homme
une idée trop haute : il est esclave, quoiqu'il ait été créé
rebelle! Vois et juge, après quinze siècles écoulés : Qui
as-tu élevé jusqu'à toi? Je le jure, l'homme est plus faible
et plus vil que tu ne pensais! Peut-il, peut-il accomplir
ce que tu as accompli? Tu as eu pour lui trop d'estime
et trop peu de pitié, tu as trop exigé de lui, — toi pourtant qui l'aimais plus que toi-même. Il fallait l'estimer
moins et lui imposer de moindres devoirs. Il est faible et
lâche. Qu'importe qu'aujourd'hui il s'insurge partout contre
notre autorité et s'enorgueillisse de sa révolte? C'est une
vanité d'écolier. Va, les hommes sont des gamins : ils
s'insurgent contre leur régent et le mettent à la porte
de la classe. Mais cette mutinerie aura un terme, elle
coûtera cher aux mutins. Ils peuvent renverser les temples
et ensanglanter le sol : tôt ou tard, ils comprendront l'inu-
tilité d'une révolte qu'ils ne sont pas capables de soutenir.
Ils verseront de sottes larmes; mais, enfin, ils comprendront qu'en les créant rebelles, on s'est moqué d'eux. Ils
le crieront avec désespoir, et ce blasphème accroîtra leur
misère, la nature humaine n'étant pas de taille à supporter le blasphème : elle finit toujours par le châtier

elle-même. Ainsi, l'inquiétude, le doute et le malheur, voilà le lot des hommes libérés par tes souffrances. Ton prophète dit qu'il a vu dans sa vision symbolique tous ceux qui avaient part à la première résurrection et qu'ils étaient douze mille pour chaque génération. Pour être si nombreux, il fallait donc qu'ils eussent une nature plus que humaine! Ils ont porté ta croix, ils ont vécu des dizaines d'années dans un désert aride et nu, mangeant des sauterelles et des racines; — et certes, tu peux t'enorgueillir de ces fils de la liberté, du libre amour, qui ont fait en ton nom un volontaire, un magnifique sacrifice d'eux-mêmes. Mais, rappelle-toi, ils n'étaient que quelques milliers, et c'étaient plutôt des dieux que des hommes : et le reste? Est-ce leur faute, aux autres, aux faibles humains, s'ils n'ont pas eu la force surnaturelle des forts ? Est-ce la faute de l'âme faible, si elle ne peut supporter des dons si terribles? N'es-tu donc venu que pour les élus? C'est un mystère alors, nous ne pouvons le comprendre, et, puisque c'est un mystère, nous avions le droit de le prêcher, d'enseigner aux hommes que ce n'est ni la liberté ni l'amour qui importent, mais le mystère, le mystère auquel ils doivent se soumettre sans raisonner, fût-ce contre leur conscience. C'est ce que nous avons fait. Nous avons corrigé ton œuvre; nous l'avons fondée sur le *miracle*, le *mystère* et l'*autorité*. Et les hommes se sont réjouis d'être de nouveau menés comme un troupeau et délivrés enfin du don fatal qui leur avait causé tant de souffrances. Parle, avons-nous bien fait? Se peut-il qu'on nous reproche de ne pas aimer l'humanité ? N'avons-nous pas, seuls, conscience de sa faiblesse, nous qui l'avons,

par égard pour les fragilités de sa nature, autorisée même
à pécher, pourvu qu'elle nous en demandât la permission? Pourquoi restes-tu silencieux? Pourquoi te bornes-tu
à me regarder de tes pénétrants et doux yeux? Je ne
t'aime pas et je ne veux pas de ton amour; je préfère ta
colère! Et pourquoi dissimulerais-je avec toi? Je sais à
qui je parle, tu connais ce que j'a à te dire, je le lis
dans tes yeux : pourquoi donc te cacherais-je notre secret?
Peut-être précisément veux-tu l'entendre de ma bouche?
Écoute alors : nous ne sommes pas avec *Toi*, nous sommes
avec *Lui*... voilà notre secret. Il y a longtemps de cela, —
huit siècles! — que nous ne sommes plus avec *Toi*, mais
avec *Lui*. Depuis juste huit siècles, nous avons reçu de lui ce
dernier don que tu avais repoussé avec indignation, alors
qu'il t'avait montré tous les royaumes de la terre : nous
avons accepté, nous, Rome et le glaive de César, et nous
nous sommes déclarés les maîtres de la terre. Pourtant,
notre conquête n'est pas tout à fait achevée. Oh! l'affaire
n'est qu'au début; il y a loin encore avant l'achève-
ment; la terre a longtemps encore à souffrir; mais nous
atteindrons notre but, nous serons César, et nous pen-
serons alors au bonheur universel. Et *Toi* aussi, tu
aurais pu prendre le glaive de César : pourquoi as-tu
refusé le dernier don? En acceptant, tu donnais aux
hommes tout ce qu'ils cherchent sur la terre : un maître,
un dépositaire de leur conscience et aussi un être
qui leur fournit les moyens de s'unir pour ne plus faire
qu'une grande fourmilière, car le besoin de l'union universelle est le troisième et dernier tourment de l'humanité. Toujours l'humanité, dans son ensemble, tendit à

l'unité mondiale. Plusieurs peuples ont été grands et glorieux : plus ils ont été grands et glorieux, et plus ils ont souffert, sentant plus fortement que les autres peuples le besoin de l'union universelle. Les grands conquérants, les Timour et les Gengis-Kan, qui ont parcouru la terre comme un ouragan dévastateur, exprimaient, eux aussi, sans en avoir conscience, cette tendance des peuples vers l'unité. En prenant la pourpre de César, tu aurais fondé l'empire universel et donné la paix à l'humanité. Car à qui appartient-il de régner sur les hommes, sinon à celui qui est maître de leurs consciences, et qui tient leur pain dans ses mains ? Nous avons donc pris le glaive de César, et, ce faisant, nous t'avons repoussé; nous sommes allés à *Lui*. Oh ! il y aura encore des siècles de libertinage intellectuel, de pédanterie et d'anthropophagie, — car ils finiront par l'anthropophagie, après avoir élevé leur tour de Babel sans nous. Mais alors la bête viendra à nous en rampant, et léchera nos pieds et les arrosera de larmes de sang. Et nous nous assiérons sur la bête, et nous élèverons en l'air une coupe où sera écrit le mot Mystère. Et alors, seulement alors, commencera pour les hommes le règne de la paix et du bonheur. Tu es fier de tes élus, mais tu n'as qu'une élite : nous donnerons le repos à tous. Et même en cette élite, même parmi ces *Forts* marqués pour être des élus, combien ont fini par se lasser d'attendre, combien ont porté et porteront encore ailleurs les forces de leur esprit et l'ardeur de leur cœur, combien finiront par user contre TOI de cette liberté que tu leur donnes ? Nous donnerons, nous, le bonheur à tous, nous abolirons les révoltes et les tueries engen-

drées par la liberté. Oh! nous les convaincrons qu'ils ne
seront vraiment libres qu'après nous avoir confié leur
liberté. Mentirons-nous? Nous dirons vrai, et ils sauront
bien eux-mêmes que nous dirons vrai, lassés qu'ils seront
des doutes et des terreurs qui accompagnent nécessairement ta liberté. L'indépendance, la libre pensée et la
science les auront égarés dans de telles ténèbres, épou-
vantés par de tels prodiges, fatigués de telles exigences,
que les moins doux et les moins dociles d'entre eux se
tueront eux-mêmes; d'autres, indociles aussi, mais faibles
et violents, s'égorgeront mutuellement; et d'autres encore,
troupeaux de lâches et de misérables, se traîneront à nos
pieds en criant : « Oui, vous aviez raison! vous seuls pos-
sédiez son secret et nous revenons à vous : sauvez-nous
de nous-mêmes! » Sans doute, les pains qu'ils recevront
de nous, ils verront bien que nous les leur prenons pour les
leur partager, ces pains obtenus par leur propre travail
sans aucun miracle; ils verront bien que nous ne chan-
geons pas les pierres en pains! mais ce qui, en vérité,
leur fera plus de plaisir que le pain même, ce sera de le
recevoir de nous! Car ils n'auront certes pas oublié qu'autrefois le pain se changeait en pierre entre leurs mains;
ils remarqueront que, depuis qu'ils sont retournés à nous,
les pierres redeviendront des pains. Ils comprendront défi-
nitivement la valeur de la soumission! Et tant qu'ils ne
l'auront pas comprise, ils souffriront. Qui, réponds-moi,
qui a le plus contribué à cette intelligence? Qui a divisé
le troupeau et l'a dispersé à travers des chemins inconnus? Les brebis se rejoindront, le troupeau rentrera dans
l'obéissance, et ce sera pour toujours. Alors nous donne-

rons aux hommes le bonheur qui sied à de débiles créatures, un bonheur fait de pain et d'humilité. Oui, nous
leur enseignerons l'humilité, — contre toi qui leur en-
seignas l'orgueil. Nous leur prouverons qu'ils sont débiles, qu'ils sont de faibles enfants, mais que le bonheur
des enfants a de particulières douceurs. Ils deviendront
timides, ils ne nous perdront plus du regard, et, tout
tremblants, se serreront contre nous comme des poussins
s'abritent sous l'aile de leur mère. Ils nous admireront en
nous craignant et seront fiers eux-mêmes à la pensée de
toute l'énergie et de tout le génie qu'il nous aura fallu
pour dompter tant de rebelles invétérés. Ils auront peur
de notre colère, et leurs yeux, comme ceux des enfants
et des femmes, seront des fontaines de larmes. Mais combien aisément, au moindre signe de nous, passeront-ils
de la tristesse au rire, à la joie douce des enfants! Sans
doute, nous les astreindrons au travail; mais nous leur
ferons, pour leurs heures de loisir, une vie organisée
comme les jeux des enfants, mêlée de chansons, de danses,
de chœurs innocents. Oh! nous leur permettrons même
le péché, — ils sont si faibles! Et ils nous aimeront comme
des enfants, parce que nous leur permettrons le péché.
Nous leur dirons que tout péché commis avec notre permission sera pardonné, et c'est par amour que nous leur permettrons de pécher, car nous prendrons sur nous la peine
de ces péchés et leur en aurons laissé le plaisir! Ils nous
adoreront comme des bienfaiteurs, nous qui aurons pris sur
nous la peine de leurs péchés! Ils nous diront tout, et, suivant qu'ils seront plus ou moins obéissants, nous leur permettrons ou leur défendrons de vivre avec leurs femmes

ou leurs maîtresses, d'avoir des enfants ou de n'en pas avoir,
— et ils nous obéiront avec joie. Ils nous soumettront les
plus pénibles secrets de leur conscience, et nous décide-
rons en tout et pour tout, et ils recevront nos sentences
avec allégresse, parce qu'elles les délivreront du cruel
souci de choisir eux-mêmes et de se déterminer librement.
Tous les millions d'êtres, ainsi, seront heureux, sauf une
centaine de mille : sauf nous, les dépositaires du secret.
Car nous serons malheureux. Les heureux se compte-
ront par millions de millions, et il y aura cent mille
martyrs de la connaissance, exclusive et maudite, du
bien et du mal. Ils mourront paisiblement, ils s'étein-
dront doucement en ton nom, et, au delà de la tombe, il
ne verront que la mort. Pourtant, nous garderons le
secret; nous les leurrerons, pour leur bonheur, d'une récompense éternelle dans le ciel. Car, s'il y a un autre
monde, il n'est certes pas fait pour des êtres comme eux.
On vaticine que tu reviendras, entouré de tes élus, de tes
héros, et que tu vaincras : nous dirons que tes héros
n'ont sauvé qu'eux-mêmes, et nous aurons, nous, sauvé
le monde entier. On dit que la fornicatrice, assise sur la
bête et tenant dans ses mains *la coupe du mystère*, sera
déshonorée et que les faibles se révolteront encore, dé-
chireront sa pourpre et dévoileront son corps impur.
Mais je me lèverai alors et je te montrerai les milliers de
milliers d'heureux qui n'ont pas connu le péché. Et nous,
qui, pour leur bonheur, aurons assumé le poids de leurs
fautes, nous nous dresserons devant toi, disant : « Juge-
nous, si tu le peux et si tu l'oses! » Je ne te crains pas.
Je suis allé au désert, moi aussi; moi aussi, j'ai vécu de

sauterelles et de racines; moi aussi j'ai béni la liberté que
tu donnas aux hommes et j'ai rêvé d'être compté parmi
les Forts. Mais j'ai tôt abdiqué ce rêve, j'ai renoncé à
ta folie pour m'aller joindre aux groupes de ceux qui cor-
rigèrent ton œuvre. J'ai laissé les fiers pour aller faire le
bonheur des humbles.

Ce que je te dis se réalisera : notre empire s'élèvera.

Je te répète que demain, sur un signe de moi, tu verras
un troupeau soumis apporter des charbons ardents au
bûcher où je te ferai mourir, parce que tu es venu nous
déranger. Qui, en effet, mérita plus que toi le bûcher?
Demain, je te brûlerai. *Dixi.*

Ivan s'arrêta. Il s'était exalté en parlant; tout à coup,
il éclata de rire.

Aliocha avait écouté sérieusement, avec une émotion
extrême. Plusieurs fois il avait voulu interrompre son
frère et s'était retenu.

— Mais... c'est un non-sens! Ton poëme est la louange
et non pas la condamnation de Jésus! Qui croira ce que
tu dis à propos de la liberté? Est-ce ainsi qu'il faut la
comprendre? Est-ce la doctrine de l'Église orthodoxe?
Rome peut-être, et encore! les pires des catholiques, les
inquisiteurs, les Jésuites!... D'ailleurs, quel personnage
fantastique, ton inquisiteur! Quels sont ces péchés as-
sumés pour les autres hommes? Quels sont ces dépositaires de mystères qui prennent pour eux l'anathème et
laissent le bonheur à l'humanité? Quand a-t-on vu cela?
Nous connaissons les Jésuites; on en dit du mal, mais
sont-ils ce que tu dis? Nullement!... C'est l'armée avec
laquelle Rome pense asservir le monde au commandement

impérial du Pape... Voilà leur idéal. Il n'y a là aucun mystère, aucune haute tristesse... Le plus simple désir de
régner, la plus vile soif de bonheur terrestre, une sorte
de servage futur avec ceci de particulier qu'ils seront,
eux, les *pomiestchiks*, voilà tout. Ils ne croient peut-être
pas en Dieu. Ton inquisiteur est de fantaisie...

— Arrête, arrête! dit en riant Ivan. Comme tu t'é-
chauffes! De fantaisie, dis-tu? Soit, et certes! Pourtant,
crois-tu donc vraiment que tous ces mouvements catholiques des derniers siècles ne constituent qu'un effort
d'asservissement terrestre? N'as-tu pas pris cette croyance
au Père Païssi?...

— Non, non, au contraire; le Père Païssi a parlé une
fois dans ton sens... Du moins... Certes, pas du tout la
même chose... se reprit Alioscha.

— C'est un précieux renseignement, malgré ton « pas
du tout la même chose ». Mais pourquoi les Jésuites et les
inquisiteurs se seraient-ils unis seulement pour le bonheur matériel? Ne peut-il se rencontrer parmi eux un
seul martyr capable de noble et grande souffrance, et qui
aimerait l'humanité? Suppose qu'il s'en rencontre un seul,
un seul dans le genre de mon vieil inquisiteur, qui a vécu
de racines dans le désert et s'est obstiné à vaincre ses
sens pour se rendre libre, pour s'élever jusqu'à la perfection; pourtant il a toujours aimé l'humanité : tout à coup
il voit clair, il comprend qu'il pourrait, lui, atteindre au
bonheur céleste, mais... et les autres millions d'humains?
Ils resteront à jamais mal équilibrés, trop faibles pour se
servir de leur liberté. Ils se révolteront : mais jamais les
pauvres âmes ne pourront terminer leur Tour et ce n'est

pas pour de telles oies que le grand idéaliste a rêvé son harmonie. Voilà pourquoi mon inquisiteur revient sur ses pas et... se rallie aux hommes intelligents. Ne peux-tu comprendre cela ?

— A qui se rallier ? A quels hommes intelligents ? Ils n'ont aucune intelligence, aucun mystère. L'athéisme, voilà leur secret ! Ton inquisiteur ne croit pas en Dieu.

— Eh bien, et puis ? Tu y es enfin ! et en effet, l'athéisme, voilà son secret ; mais quelle souffrance, même pour un homme comme lui qui a consumé sa vie en sacrifices dans le désert, et qui n'a pas pu se défaire de son amour pour l'humanité ! Au déclin de ses jours, il se convainc clairement que seul le conseil du grand et terrible Esprit pourrait, au moins dans une certaine mesure, établir un ordre acceptable pour les débiles révoltés, « ces êtres avortés, ces dérisions vivantes ». Que si l'on parvient à se convaincre que l'Esprit a indiqué la vraie voie, ce terrible *Esprit de mort et de ruine*, il faut accepter, dès lors, le mensonge pour toute vérité, l'hypocrisie pour toute règle de conduite, et mener les hommes, en connaissance de cause, vers la mort et la ruine, en les trompant durant toute la route, parce que ces piteux aveugles ne voient pas où on les mène et se croient heureux. Remarque-le : mon vieillard ment au nom de Celui en qui, pourtant, il avait cru si ardemment pendant toute une vie. N'est-ce pas là une souffrance noble et grande ? Mais qu'un seul homme tel que lui soit à la tête de cette armée « qui ne veut que le pouvoir et le bonheur terrestre », n'est-ce pas assez pour une tragédie ? Je te parle franchement : je crois que mon inquisiteur se reproduit toujours

parmi ceux qui sont à la tête du mouvement. Qui sait ?
peut-être y en avait-il parmi les premiers évêques de Rome.
Qui sait? peut-être ce maudit vieillard, qui, à sa façon,
aime si obstinément l'humanité, est-il perpétué et, maintenant encore, représenté par quelqu'un de ces grands
vieillards qui conservent le Mystère et le gardent contre
les malheureux et les faibles, afin de les rendre heureux.
Cela est nécessairement et cela doit être. Il me semble
même que chez les francs-maçons il y a quelque mystère
de ce genre, et c'est pourquoi les catholiques haïssent tant
les francs-maçons : ils voient en ces « sociétés secrètes »
une concurrence et la dissémination de l'idée unique,
tandis qu'il ne faut qu'un seul troupeau sous un seul pas-
teur... D'ailleurs, en défendant ma pensée, j'ai l'air d'un
écrivain inférieur à tes critiques... Assez là-dessus.

— Tu es peut-être toi-même un franc-maçon, s'écria
tout à coup Alioscha. Tu ne crois pas en Dieu, ajouta-t-il
avec une profonde tristesse.

Il lui semblait lire de l'ironie dans le regard de son
frère.

— Comment finit ton poëme ? reprit-il en baissant les
yeux. Finit-il là ?

— Je voulais le finir ainsi : l'inquisiteur se tait, il
attend pendant quelques instants la réponse du prisonnier.
Ce silence lui est pénible. Le prisonnier l'a constam-
ment écouté en le regardant bien en face, avec un doux
et fixe regard, évidemment décidé à ne rien répondre.
Le vieillard voudrait entendre de son prisonnier une
parole, fût-ce la plus amère, la plus terrible, — et voilà
que le prisonnier s'approche en silence du vieillard et

baise doucement les lèvres exsangues du nonagénaire.
C'est toute la réponse ! Le vieillard tressaille, ses lèvres
tremblent; il va à la porte, l'ouvre et dit : « Va-t'en et
ne reviens plus... Ne reviens plus jamais, jamais ! » Et il
le laisse sortir dans les ténèbres de la ville. Le prisonnier
s'en va.

— Et le vieillard ?

— Le baiser brûle son cœur, mais il garde sa conviction.

— Et toi aussi, tu restes avec lui ! s'écria amèrement
Alioscha.

Ivan se mit à rire.

— Mais quelles bêtises, Alioscha ! C'est un poëme dénué
de sens, l'ouvrage d'un inexpérimenté ! Pourquoi le prendre au sérieux ? Penses-tu que je vais chez les Jésuites me
mettre à l'unisson avec ceux qui corrigent Son œuvre ?
Bon Dieu ! cela me regarde-t-il ? Je te l'ai déjà dit : que
j'aille jusqu'à trente ans, et puis je briserai mon verre !

— Et les petites feuilles printanières, et les tombeaux
vénérables, et le ciel bleu, et la femme aimée ? Comment
vivras-tu ? Qu'aimeras-tu donc ? Comment vivre avec tant
d'enfer au cœur et dans la tête ! Oui, tu vas les rejoindre...
ou bien te tuer...

— Il y a pourtant en moi une force qui pourra me retenir, dit Ivan avec un froid sourire.

— Laquelle ?

— Celle des Karamazov... la force que les Karamazov
doivent à la bassesse de leur nature.

— C'est-à-dire la débauche, étouffer l'âme dans la
boue, n'est-ce pas ? n'est-ce pas ?

I.   15

— Soit, oui !... Peut-être y échapperai-je jusqu'à trente ans ; mais ensuite...

— Mais comment pourras-tu y échapper ? C'est impossible, avec tes idées !

— Eh ! toujours en Karamazov !

— « Tout est permis », n'est-ce pas ?

Ivan fronça le sourcil et pâlit.

— Tu as saisi au vol, hier, ce mot dont Mioussov s'est tant offensé... et que Dmitri a si naïvement répété. Soit, tout est permis, je ne me rétracte pas ; d'ailleurs, la formule de Mitegnka est assez bonne.

Alioscha le considérait en silence.

— Je pensais, tout en faisant mes préparatifs de départ, que je n'ai que toi au monde, reprit Ivan d'une voix profonde. Mais je vois maintenant que dans ton cœur non plus il n'y a pas de place pour moi, mon cher novice. Je ne renie pas la formule de Dmitri, et c'est pour cela que tu me renies, toi, n'est-ce pas ?

Alioscha vint à lui et le baisa doucement sur les lèvres.

— C'est un plagiat ! s'écria Ivan transporté : tu as pris cela dans mon poëme. Je te remercie pourtant. Maintenant partons, il est temps pour toi et pour moi.

Ils sortirent. Sur le perron, ils s'arrêtèrent.

— Écoute, Alioscha, dit Ivan d'une voix ferme. Si j'ai la force d'aimer encore les feuilles du printemps, je ne le devrai qu'à ton souvenir. Il me suffira de savoir que tu es ici, quelque part, pour aimer encore la vie. Si tu veux, prends cela pour une déclaration d'amitié. Adieu, voici ton chemin, voilà le mien. Assez, entends-tu, assez ! C'est-à-dire que, même si je ne partais pas demain, — ce qui est impossible, — même si nous devions nous rencontrer encore, plus un mot au sujet de ces choses, je t'en prie expressément. Ne parlons plus de Dmitri non plus, jamais, je te le demande, jamais ! répéta-t-il avec irritation. Tout est dit, tout est fini. De mon côté, je te promets que, lorsque la trentième année sera venue, lorsque sonnera l'heure de jeter la coupe, je viendrai te parler encore, où que je sois, fût-ce en Amérique. D'ailleurs, j'aurai un grand intérêt à te revoir alors. C'est une promesse solennelle. Nous nous disons adieu pour sept, pour dix ans peut-être. Va chez ton *pater seraphicus*. Il se meurt, je crois ? Tu m'en voudrais s'il mourait sans te revoir. Adieu ; embrasse-moi encore une fois, et maintenant va-t'en !...

Ivan se détourna brusquement et partit sans regarder en arrière. Ce départ ressemblait à celui de Dmitri. Cette observation passa comme une flèche dans l'esprit attristé d'Alioscha. Il suivit quelques instants du regard son frère. Tout à coup, il remarqua qu'Ivan marchait en se dandi-nant, et qu'il avait l'épaule gauche plus haute que la droite. Alioscha fit demi-tour, et s'en alla presque en cou-rant au monastère.

La nuit tombait. Alioscha se sentait rempli d'inquié-tude, c'était comme un pressentiment. Un souffle s'éleva, et les sapins centenaires se balançaient, mornes, autour de lui, quand il entra dans la forêt qui conduit au monas-tère. Il courait toujours.

— *Pater seraphicus* .. où a-t-il pris cela ?... Ivan, pauvre Ivan, quand te reverrai-je ?... Voici le monastère, Sei-gneur ! Oui, c'est lui, c'est le *pater seraphicus* qui me sauvera.

Plusieurs fois, dans la suite, il se demanda comment il avait pu, en quittant Ivan, oublier si complètement Dmitri. Car ne s'était-il pas promis, quelques heures auparavant, de le revoir, quand bien même il lui faudrait ne pas retourner avant la nuit au monastère ?

VI

Ivan Fédorovitch se dirigea vers la maison de son père. Une sorte d'alanguissement insupportable l'envahissait et augmentait à chaque pas. Ce n'était pas la sensation elle-même qui l'étonnait, mais c'était de ne pouvoir la définir...

Il essaya de ne pas penser. Mais rien n'y fit. Ce qui l'irritait le plus, c'est que cet état singulier restait extérieur à son âme; il le sentait. Un être, un objet se dessinait devant lui, comme il arrive parfois que quelque chose se dresse devant les yeux durant une conversation animée, quelque chose dont on s'irrite sans en avoir conscience et qu'on ne remarque qu'au moment où on l'écarte, comme, par exemple, un objet qui n'est pas à sa place, un mouchoir tombé à terre, un livre qui manque à son rayon, etc. Enfin, Ivan Fédorovitch, de plus en plus irrité, parvint à la maison paternelle; à quinze pas de la petite porte, il leva les yeux et devina seulement alors le motif de son inquiétude. Sur un banc, près de la porte cochère, Smerdiakov était assis, prenant le frais. Ivan Fédorovitch comprit aussitôt que c'était lui, ce Smerdiakov, qui était *assis dans son âme.*

« Ce misérable vaut-il donc la peine que je m'inquiète tant de lui » ? pensa-t il avec rage.

En effet, depuis quelque temps, il avait pris en grippe Smerdiakov. Peut-être cette sorte de haine n'était-elle devenue si aiguë que parce qu'elle succédait à une sorte de sympathie. Il l'avait d'abord trouvé très-original et il causait volontiers avec lui, étonné de cet esprit inquiet, sans comprendre le motif de cette inquiétude. La question de Smerdiakov : comment la lumière n'a été créée que le quatrième jour, puisque les étoiles datent du premier, égayait Ivan. Mais il s'était bientôt convaincu que Smerdiakov ne pensait pas uniquement aux étoiles et qu'il lui fallait autre chose. On devinait en lui un amour-propre blessé. C'est ce qui commença à éloigner Ivan. Puis survinrent les événements que nous avons décrits. Smerdiakov en parlait parfois avec animation, mais sans jamais dire ce qu'il désirait pour lui-même. Il questionnait, il faisait des allusions, mais ne s'expliquait jamais et s'interrompait toujours au moment le plus animé. Ce qui exaspérait Ivan, c'était la familiarité croissante que Smerdiakov lui témoignait. Non pas qu'il fût impoli, au contraire ; mais il s'était établi une façon de solidarité entre Ivan et Smerdiakov, comme s'ils avaient conclu un pacte ignoré des autres mortels. Toutefois, Ivan avait été longtemps sans comprendre la vraie cause de son dégoût ; il ne l'avait devinée que dans les tout derniers temps.

Il voulut d'abord passer sans rien dire à Smerdiakov ; mais celui-ci s'était déjà levé et lui faisait comprendre

par signe qu'il avait quelque chose de particulier à lui
dire. Ivan Fédorovitch s'arrêta, le considéra, — et le fait de
s'être arrêté, au lieu de passer comme il aurait voulu le
faire, le bouleversa. Il jeta un regard irrité sur la figure
du skopets.

L'œil gauche de Smerdiakov souriait, semblant lui dire :
« Pourquoi t'arrêtes-tu ? C'est que tu sais bien que nous
avons, nous autres, des intérêts communs ! — Débarrasse
le chemin, misérable ! Qu'y a-t-il de commun entre nous ? »
pensait Ivan, tandis que, à son propre étonnement, il dit
tout au contraire, et d'une voix douce, comme soumise :

— Est-ce que mon père dort déjà ?

Mais ce qu'il n'eût pu prévoir, c'est qu'il s'assit sur le
banc. Il se rappela, par la suite, qu'il avait, à ce moment,
tressailli d'effroi. Smerdiakov se tenait debout en face de
lui, les mains au dos, et le regardant avec assurance,
presque avec sévérité.

— Il dort, dit-il sans se presser. Je m'étonne de vous
voir, monsieur, ajouta-t-il après un silence, en affectant
de baisser les yeux et en jouant avec le gravier du bout
de l'un de ses pieds chaussés de bottines vernies.

— Qu'est-ce qui t'étonne ? demanda sèchement Ivan
Fédorovitch en s'efforçant de se contenir.

Il s'avouait avec dégoût qu'il était très-curieux de connaître la pensée de Smerdiakov et qu'il ne s'en irait pour
rien au monde avant d'avoir satisfait sa curiosité.

— Pourquoi n'allez-vous pas à Tchermachnia ? dit Smerdiakov avec un sourire familier.

« Pourquoi je souris ? Tu dois le comprendre, si tu es
un homme d'esprit », disait son œil gauche.

— Pourquoi je ne vais pas à Tchermachnia?

— Fédor Pavlovitch vous en a tant prié, reprit Smerdiakov après un nouveau silence.

— Que diable! parle plus clairement. Que veux-tu? s'écria Ivan Fédorovitch avec emportement.

Smerdiakov « changea de pied », se redressa et continua à regarder Ivan avec son éternel sourire.

— Rien de particulier... C'était pour parler...

Nouveau silence.

Ivan Fédorovitch se rendait très-bien compte qu'il aurait dû se lever, se fâcher... Mais le silence de Smerdiakov semblait précisément dire : « Voyons, vas-tu te fâcher? » Enfin, Ivan fit un mouvement pour se lever. Smerdiakov soupira et se hâta de reprendre, d'un ton ferme :

— Une terrible situation que la mienne, Ivan Fédorovitch. Je ne sais que faire.

Ivan Fédorovitch se rassit.

— Ils sont comme deux enfants. Je parle de votre père et de votre frère Dmitri Fédorovitch. Fédor Pavlovitch va se lever et me demander : « N'est-elle pas venue? Pourquoi n'est-elle pas venue? » Et ainsi jusqu'à minuit passé. Et si Agrafeana Alexandrovna ne vient pas, — elle n'en a peut-être pas même l'intention, — il recommencera demain : « Pourquoi n'est-elle pas venue? Quand viendra-t-elle? » Comme si c'était de ma faute! Et de l'autre côté, dès que la nuit tombe, votre frère arrive, armé : « Prends garde, misérable gâte-sauces! Si tu la laisses passer sans m'avertir, c'est toi que je tuerai le premier! » Et tous les jours de même. Parfois, je crains pour ma vie.

— Pourquoi t'es-tu fourré là dedans? Pourquoi as-tu commencé à te faire l'espion de Dmitri?

— Comment faire autrement? Je me taisais, je ne disais rien; c'est lui-même qui m'a mis dans ses confidences, et depuis il me menace de mort! Je suis sûr que demain j'aurai une crise, une longue crise.

— Quelle crise?

— Mais une longue, très-longue crise. Elle durera plusieurs heures, peut-être un jour, peut-être deux. Une fois, elle a duré trois jours, trois jours sans connaissance! Fédor Pavlovitch a envoyé chercher Herzenstube. Il m'a fait mettre de la glace sur la tête. J'ai failli mourir.

— Mais on dit qu'il est impossible de prévoir les crises d'épilepsie. Comment peux-tu donc savoir que ce sera demain? demanda Ivan Fédorovitch avec une curiosité mêlée de colère.

— C'est vrai.

— Cette crise n'a été si longue que parce que tu étais, cette fois, tombé du grenier.

— Mais j'y monte tous les jours, je peux donc en tomber demain. Et si ce n'est pas au grenier, je tomberai à la cave. J'y vais aussi tous les jours.

— Tu baragouines là quelque chose que je ne puis comprendre, dit Ivan à voix basse, sur un ton menaçant. N'as-tu pas l'intention de feindre une crise pour trois jours?

Smerdiakov, qui regardait la terre et jouait du bout du pied droit, changea encore de pied, leva la tête et dit en souriant :

— Si je pouvais feindre, — ce n'est pas difficile quand on en a l'expérience, — j'aurais bien le droit d'employer ce moyen pour sauver ma vie, car, une fois malade, même si Agrafeana Alexandrovna venait, on ne pourrait me reprocher de n'avoir pas averti.

— Que diable! tu crains toujours pour ta vie! Les paroles de Dmitri ne sont que les paroles d'un homme emporté, rien de plus. Il ne te tuera pas! il ne te tuera pas!

— Il me tuerait comme une mouche, très-bien! avant les autres! Je crains davantage encore qu'on m'accuse de complicité s'il faisait quelque... bêtise à son père.

— Pourquoi t'accuserait-on de complicité?

— Mais parce que je lui ai fait savoir en secret... les signaux.

— Quels signaux? Que le diable t'emporte! parle donc clairement!

— Je dois avouer, traîna Smerdiakov avec une tranquillité pédantesque, qu'il y a un secret entre moi et Fédor Pavlovitch. Depuis quelques jours, vous savez cela, il s'enferme à l'intérieur dès que la nuit tombe. Vous rentrez de bonne heure, vous montez chez vous et vous ne savez peut-être pas avec quel soin il se barricade pour la nuit. Grigory lui-même ne pourrait se faire ouvrir qu'en faisant reconnaître sa voix. Mais Grigory ne vient pas. C'est moi maintenant qui sers Fédor Pavlovitch. Donc, il s'enferme, et moi, d'après ses ordres, je passe la nuit à l'office. Il m'est défendu de m'endormir avant minuit : il faut que je surveille ce qui se passe dans la cour pour voir si Agrafeana Alexandrovna ne vient pas, car Fédor Pavlovitch est fou d'attente. « Dès qu'elle viendra, accours et frappe à la porte ou à la fenêtre avec la main, douce-

ment les deux premières fois, puis trois fois plus vite,
toc, toc, toc. J'ouvrirai. » Nous avons un autre signal
pour les cas extraordinaires : deux fois vite, toc, toc, puis,
après un silence, une fois fort. Si donc Agrafeana Alexandrovna venait et si elle était enfermée avec Fédor Pavlovitch, il faudrait absolument, au cas où Dmitri Fédorovitch arriverait alors, donner le signal, le signal que Fédor
Pavlovitch croit connu de lui et de moi seulement : or ce
signal est connu de Dmitri Fédorovitch.

— Pourquoi? C'est toi qui le lui as appris? Comment
as-tu osé ?

— Parce que j'ai peur de lui, et pour qu'il sache que
je ne le trompe pas.

— Eh bien! si tu penses qu'il veuille entrer en se ser-
vant de ce signal, empêche-le !

— Et si j'ai ma crise? En admettant que j'ose l'empêcher : car il est si violent !...

— Que le diable t'emporte! Pourquoi es-tu si sûr que
tu auras ta crise demain? Tu te moques de moi !

— Comment oserais-je me moquer de vous! Est-ce le
moment de rire? J'ai un pressentiment, voilà tout.

— Si tu es couché, c'est Grigory qui veillera. Préviens-
le, il ne laissera pas entrer.

— Mais je n'ose pas dire à Grigory ce secret sans la permission du barine ! Et puis Grigory est malade et Marfa
Ignatievna lui prépare sa potion, un très-ancien remède,
une sorte de liqueur dont elle a le secret, très-forte, faite
d'une herbe inconnue. Elle donne ce remède à Grigory trois
fois par an : elle prend une serviette, l'imprègne de cette
liqueur et lui frictionne le dos pendant une demi-heure,

jusqu'à ce qu'il en ait la peau rougie et même gonflée. Et ce qui reste dans le verre, elle le lui fait boire, tout en priant pour lui. Elle en prend elle-même un peu. Et tous deux, en gens qui ne boivent jamais, tombent sur place et s'endorment pour très-longtemps. A leur réveil, Grigory est rétabli et Marfa Ignatievna a mal à la tête. Donc, si demain Marfa Ignatievna donne ce remède à Grigory, ils ne pourront entendre Dmitri Fédorovitch et le laisseront entrer, parce qu'ils dormiront.

— Que chantes-tu là? Tout cela semble arrangé comme exprès : toi, tu auras ta crise; les deux autres seront sans connaissance! Est-ce que tu ne désires pas, au fond?...

Ivan fronça les sourcils.

— Comment aurais-je pu arranger tout cela? Tout dépend de Dmitri Fédorovitch seul. S'il veut agir, il agira; sinon, je n'irai pas le chercher pour le pousser chez son père.

— Mais pourquoi viendrait-il, si Agrafeana Alexandrovna, comme tu le dis toi-même, ne vient pas? s'écria Ivan Fédorovitch pâle de colère. Tu dis toi-même que cette femme ne viendra pas chez lui, et moi j'ai toujours considéré comme imaginaires les espérances du vieux. Pourquoi donc Dmitri viendrait-il? Parle! je veux connaître le fond de ta pensée.

— Mais vous pouvez comprendre vous-même pourquoi il viendra. A quoi bon ici *ma pensée?* Il viendra par méchanceté ou par défiance. Précisément parce que je serai malade, il viendra pour voir par lui-même. Puis, il sait très-bien que Fédor Pavlovitch a un paquet de trois mille roubles tout prêt, un paquet scellé de trois sceaux, noué d'un petit ruban et où est écrit de sa propre main : « Pour

mon ange Grouschenka, si elle veut venir. » Trois jours
après, il a ajouté : « Pour mon petit poulet. »

— Quelles inepties! cria Ivan Fédorovitch hors de lui.
Dmitri ne tuera pas son père pour le voler! Il aurait pu le
tuer hier, quand il cherchait Grouschenka chez lui.....
Il est fou... Mais il ne volera pas.

— Il a besoin d'argent, un extrême besoin, Ivan Fédorovitch. Vous ne pouvez savoir à quel point il en a besoin,
dit tranquillement Smerdiakov. D'ailleurs, il considère ces
trois mille roubles comme sa propriété. Si Agrafeana Alexandrovna y consent, Fédor Pavlovitch l'épousera. Son amant,
le marchand Samsonov, lui dirait « que ce ne serait pas
bête ». Et certes, elle préférera le père au fils, qui n'a
pas d'argent. Donc, si Fédor Pavlovitch épouse Agrafeana
Alexandrovna, ni à Dmitri Fédorovitch, ni à vous, ni à
Alexey Fédorovitch il ne restera un rouble à la mort de
votre père; si, au contraire, votre père meurt maintenant, rien de tout cela n'arrivera; vous aurez chacun
quarante mille roubles tout de suite, puisqu'il n'a pas
encore fait son testament... Dmitri Fédorovitch sait tout
cela pertinemment...

Le visage d'Ivan Fédorovitch se contracta. Il rougit.

— Pourquoi donc me conseilles-tu de partir? Que
veux-tu dire par là? Quand je serai parti, ici, chez nous,
il se passera quelque chose...

Il haletait.

— Parfaitement, dit d'un ton posé Smerdiakov, en regardant fixement Ivan Fédorovitch.

— Comment, *parfaitement?* dit Ivan Fédorovitch faisant
effort pour se contenir et les yeux pleins de menaces.

— C'est par pitié pour vous que je dis cela. Moi, à votre place, j'abandonnerais tout, répondit Smerdiakov avec désinvolture.

Un silence.

— Tu m'as l'air d'être un fameux idiot, et certainement... tu es le dernier des misérables !...

Il se leva, fit quelques pas. Mais tout à coup il s'arrêta et revint à Smerdiakov. Alors se passa quelque chose d'étrange : Ivan Fédorovitch se mordit les lèvres, serra les poings et peu s'en fallut qu'il se jetât sur Smerdiakov. L'autre s'en aperçut, tressaillit et fit un bond en arrière. Mais Ivan Fédorovitch se dirigeait déjà vers la porte.

— Je pars demain pour Moscou, si tu veux le savoir, au point du jour, voilà tout ! cria-t-il avec rage.

Par la suite, il s'étonna d'avoir dit cela à Smerdiakov.

— C'est ce que vous avez de mieux à faire, repartit l'autre, comme s'il ne trouvait rien de surprenant dans le langage d'Ivan. Seulement, peut-être pourrait-on vous rappeler de Moscou ici par télégramme, dans un cas extraordinaire.

Ivan Fédorovitch se retourna de nouveau vers Smerdiakov : un changement soudain s'était produit en lui; toute sa nonchalante familiarité avait disparu; tout son visage exprimait une attente et une attention extrêmes, mais comme soumises. « N'ajouteras-tu rien ? » lisait-on dans son regard, qui dévorait Ivan Fédorovitch.

— Et de Tchermachnia, ne pourrait-on m'appeler aussi dans quelque cas extraordinaire ? hurla Ivan Fédorovitch.

— A Tchermachnia aussi... on pourra vous inquiéter... murmura Smerdiakov à demi-voix, sans cesser de regarder Ivan dans les yeux.

— Seulement, Moscou est loin, et Tchermachnia est près. Est-ce pour économiser l'argent du voyage, que tu insistes tant pour Tchermachnia? ou me plains-tu d'avoir à faire un trop grand détour?

— Justement... murmura Smerdiakov d'une voix hésitante, avec un sourire vil et en se disposant à se rejeter de nouveau en arrière.

Mais au grand étonnement de Smerdiakov, Ivan Fédorovitch éclata de rire. Il avait déjà franchi le seuil, et Smerdiakov l'entendait encore. Celui qui l'aurait vu en cet instant n'aurait pas pris ce rire pour un signe de joie. Mais lui-même n'aurait pu expliquer ce qu'il sentait. Il marchait machinalement...

VII

Il parlait de même.

Rencontrant Fédor Pavlovitch dans le salon, il lui cria aussitôt : « Je vais chez moi, et non pas chez vous... Au revoir! » et il passa sans même regarder son père. Peut-être s'exagérait-il en ce moment son dégoût pour le vieux et ne s'en cachait-il pas assez. Cette insolence étonna Fédor Pavlovitch lui-même. Il avait pourtant quelque chose de très-pressé à dire à son fils et l'attendait même à cet effet. Mais, ainsi repoussé, il se tut et le suivit d'un regard ironique jusqu'à ce que Ivan eût disparu.

— Qu'a-t-il donc? demanda-t-il vivement à Smerdiakov qui venait d'entrer.

— Il est fâché, qui peut savoir pourquoi ? répondit évasivement Smerdiakov.

— Au diable sa fâcherie ! Donne le samovar et va-t'en. Rien de neuf ?

Et les questions dont Smerdiakov se plaignait recommencèrent. Quelques minutes après, toute la maison était fermée. Le vieillard se mit à marcher de long en large dans la chambre, en proie à toute la fièvre de l'attente, *espérant* les cinq coups convenus et regardant parfois les fenêtres sombres. Mais il ne voyait rien, que la nuit.

Il était déjà très-tard, Ivan ne dormait pas, il réfléchissait. Il sentait qu'il perdait toute notion exacte des choses. Il était torturé d'étranges désirs ; ainsi tout à coup, à plus de minuit, une force invincible le poussait à descendre, à ouvrir la porte, à entrer dans l'office pour battre Smerdiakov. Il n'eût pu dire pourquoi, sinon parce qu'il détestait ce domestique. D'autre part, une inexplicable, une vile timidité l'envahissait ; ses forces physiques mêmes l'abandonnaient, la tête lui tournait. Son cœur se serrait, il haïssait tout le monde en cet instant, même Alioscha et même lui-même. Il ne pensait plus à Katherina Ivanovna. Il songeait : « Moscou ! Mais quelle sottise ! c'est une fanfaronnade, tu n'iras pas ! » Puis il sortit sur le palier et écouta Fédor Pavlovitch marcher ; il l'écouta pendant cinq longues minutes, avec une anxiété poignante ; son cœur battait, la respiration lui manquait...

Tout s'était tu. Vers deux heures, Fédor Pavlovitch s'était couché. Ivan aussi se coucha et s'endormit d'un sommeil pesant, sans rêves. Il se réveilla à sept heures. En ouvrant les yeux, il se sentit une énergie extraordi-

naire, se leva vivement, s'habilla et se mit à boucler sa
malle. Quand tout fut prêt, — c'était neuf heures, —
Marfa Ignatievna vint lui demander s'il prendrait le thé
chez lui, ou s'il descendrait.

Il descendit, presque joyeux, quoiqu'il y eût dans ses
gestes quelque chose de fébrile. En saluant son père, il lui
demanda de ses nouvelles et lui déclara, sans attendre sa
réponse, qu'il partait dans une heure pour Moscou. Le vieux
ne manifesta aucun étonnement, négligea même de se
chagriner par convenance à propos de ce départ.

— Ah! voilà comme tu es! Tu ne m'as pas dit cela hier.
N'importe! Veux-tu me faire un plaisir? Passe par Tchermachnia. Cela ne fera pas un grand détour.

— Permettez, je ne puis. Il y a quatre-vingts verstes jusqu'au chemin de fer, et le train de Moscou part à sept
heures du soir. J'ai juste le temps.

— Eh bien, tu iras demain ou après-demain. Aujourd'hui
va à Tchermachnia. Qu'est-ce que cela te fait? Je serai
plus tranquille. Si je n'avais pas affaire ici, j'irais moi-
même, c'est très-pressé. Mais tu sais qu'il se passe ici des
choses... Vois-tu, j'ai là-bas un bois à vendre. Un marchand
offre onze mille roubles. On m'écrit qu'il ne passera qu'une
semaine à Tchermachnia. Tu irais négocier la chose avec lui.

— Eh bien, écrivez à votre correspondant, ils s'entendront ensemble.

— Mon correspondant ne saura pas; c'est un pope, il ne
connaît rien aux affaires. Il faut du nez là dedans, le
marchand est un coquin!

— Mais, moi non plus, je n'entends rien à ces sortes
d'affaires.

— Au contraire, tu peux me servir à merveille, je vais t'expliquer...

— Eh! je n'ai pas le temps, laissez-moi.

— Eh! Ivan, rends-moi ce service, je m'en souviendrai. Mais vous êtes sans cœur, tous! Qu'est-ce que cela peut te faire, un jour ou deux? Où vas-tu? A Moscou? Bast! Moscou ne va pas s'écrouler! J'aurais bien envoyé Alioscha, mais il est trop jeune...

— Alors vous me poussez vous-même à cette maudite Tchermachnia, dit Ivan avec un sourire mauvais.

Fédor Pavlovitch ne remarqua pas, ou ne voulut pas remarquer ce jeu de physionomie.

— Tu y vas! Tu y vas! Je vais te donner tout de suite un mot d'écrit.

— Je ne sais pas si j'irai, je déciderai tout cela en route.

— Pourquoi, en route? Décide-toi tout de suite, mon ami...

Le vieux était plein de joie. Il écrivit aussitôt un billet, envoya chercher les chevaux. Puis on servit à manger. Fédor Pavlovitch était ordinairement expansif dans ses moments de joie. Mais, cette fois, il semblait se contenir : pas un mot à propos de Dmitri Fédérovitch, ni à propos du départ de son second fils. « Je le gênais », pensait Ivan.

En accompagnant son fils, le vieux s'agita comme s'il eût voulu se jeter à son cou. Mais Ivan lui tendit la main, pour prévenir cette étreinte. Le vieux comprit.

— Avec Dieu! avec Dieu! répétait-il du haut du perron. Tu reviendras! Je serai toujours heureux de te revoir. Que le Christ soit avec toi!

Ivan Fédérovich monta en voiture.

— Adieu, Ivan ! Ne garde pas mauvais souvenir de moi, lui cria son père pour la dernière fois.

Tous sortirent pour les derniers adieux, Smerdiakov, Marfa et Grigory. Ivan leur donna dix roubles à chacun. Smerdiakov accourut pour ranger le tapis.

— Vois-tu... je pars pour Tchermachnia... dit tout à coup Ivan, avec un sourire « inégal ».

— C'est qu'on dit vrai : il y a plaisir à parler avec un homme intelligent, répondit Smerdiakov en le regardant bien en face.

La voiture partit. Ivan regardait avec avidité les champs, les collines, les arbres, les bandes d'oies sauvages dans le ciel clair. Il éprouva un singulier bien-être. La pensée d'Alioscha, puis celle de Katherina Ivanovna lui revinrent : il sourit doucement, souffla sur ces fantômes chers et ils s'évanouirent. « Plus tard », pensa-t-il.

Les chevaux allaient vite. On brûla un relai.

« Il y a plaisir à parler avec un homme intelligent ? Que signifie... » Sa respiration devint pénible.

« Pourquoi lui ai-je dit que j'allais à Tchermachnia ? »

Au relai suivant, il descendit. Il était encore à douze verstes de Tchermachnia.

— N'allons pas à Tchermachnia, frères, dit-il aux yamtchiks ; pourrais-je encore être à sept heures à la gare ?

— Tout juste. Faut-il atteler ?

— Attèle ! Quelqu'un de vous ira-t-il à la ville, demain ?

— Oui, Mitri.

— Ne peux-tu pas, Mitri, me rendre le service d'aller chez mon père, Fédor Pavlovitch Karamazov, pour lui dire que je ne suis pas allé à Tchermachnia ?

— Pourquoi pas? Nous connaissons Fédor Pavlovitch depuis longtemps.

— Eh bien, voici un pourboire, car, peut-être oublierait-il de t'en donner, dit Ivan en riant.

— Merci, barine, je ferai votre commission...

A sept heures, Ivan montait en wagon. — Pour Moscou!

« Arrière tout le passé! Que je n'en entende plus parler! Dans un nouveau monde, vers un nouveau ciel, sans tourner la tête! »

Mais son âme était pleine de tristesse. Il passa la nuit à réfléchir. Le train volait et, le matin seulement, en arrivant à Moscou, Ivan reprit ses esprits.

« Je suis un misérable »! se dit-il.

Fédor Pavlovitch, resté seul, se sentit très-heureux. Il était en train de boire du cognac, quand se passa une chose très-désagréable pour tout le monde, et surtout pour lui : Smerdiakov tomba sur l'escalier de la cave. Par bonheur, Marfa Ignatievna l'entendit à temps et reconnut son cri d'épileptique. On le trouva au fond de la cave, dans d'horribles convulsions, l'écume aux lèvres. On appela les voisins et on le retira avec peine. Fédor Pavlovitch, tout effrayé, aidait lui-même. Le malade ne revenait pas à lui. La crise cessa, puis recommença. C'était comme l'année précédente, lors de sa chute au grenier. On envoya chercher le médecin, qui arriva aussitôt. En examinant le malade, il conclut que c'était une crise extraordinaire, qu'il y avait du danger, que, pour le moment, *il n'y comprenait rien*, mais que, le lendemain matin, si le remède n'avait pas agi, il essayerait d'un autre traitement. Cn porta le malade à l'office, dans une petite chambre à côté de celle de Grigory et de Marfa Ignatievna.

Vers le soir, un nouvel ennui. Grigory, indisposé depuis deux jours, s'alita.

Fédor Pavlovitch but son thé et s'enferma. Il était dans une grande agitation. C'était précisément ce soir-là qu'il comptait sur la visite de Grouchegnka. Du moins, Smerdiakov lui avait assuré, le matin même, qu'elle avait promis de venir. Le cœur du vieillard battait violemment. Il allait çà et là dans ses pièces vides, écoutant, épiant. Il était sur ses gardes, car Dmitri Fédérovitch pouvait le surveiller, et quand Grouchegnka frapperait à la fenêtre, — car Smerdiakov avait assuré à Fédor Pavlovitch qu'elle connaissait ce signal, — il faudrait se hâter d'ouvrir, pour ne pas la laisser dans le vestibule, de peur qu'elle prît peur. Il était très-inquiet, Fédor Pavlovitch. Mais, jamais il n'avait joui d'une espérance aussi douce, aussi voluptueuse. « Ce n'était plus une espérance : il était presque sûr que, cette fois-ci, elle viendrait! »

TROISIÈME PARTIE

LIVRE III

ALIOSCHA

I

Alioscha, en entrant dans la cellule du starets, s'arrêta
stupéfait. Au lieu du moribond, peut-être du mort qu'il
craignait de voir, il l'aperçut assis dans un fauteuil, très-
fatigué, mais la physionomie respirant la gaieté et la fermeté. Il causait avec des visiteurs. Il n'était levé que depuis un quart d'heure. Les visiteurs avaient attendu son
réveil, le Père Païssi leur ayant assuré que « le maître » se
lèverait certainement et s'entretiendrait avec « ceux qu'il
aimait », comme il l'avait lui-même annoncé le matin...
Sa fin survint d'une manière très-inattendue. Certes, tous
ses amis savaient que l'événement était proche, mais il
n'auraient pu croire que cela dût être si soudain, ayant vu
le saint vieillard, quelques instants auparavant, si dispos,
si animé. Ils espéraient un changement favorable, au moins
un mieux de quelque durée. Cinq minutes encore avant

sa mort, on ne se doutait de rien. Mais il sentit tout à coup une douleur aiguë dans la poitrine, pâlit et appuya ses mains sur son cœur. Tous l'entourèrent aussitôt, et lui, souriant au milieu de ses souffrances, glissa de son fauteuil, se mit à genoux, baissa la tête jusqu'au sol, étendit les mains et, baisant la terre et priant, rendit doucement, joyeusement son âme à Dieu.

La nouvelle se répandit aussitôt dans le monastère. Les plus intimes amis du mort et ceux que leurs dignités rapprochaient le plus de lui lui rendirent les derniers devoirs, selon de très-anciens usages. Les autres Pères se réunirent dans la chapelle.

Avant le jour la nouvelle était connue dans la ville. C'était le sujet de toutes les conversations. Dès le matin, on accourut en foule au monastère.

Ici survint un événement extraordinaire. Le corps du saint se décomposa avec une rapidité anormale, dès l'après-midi. On ne manqua pas de dire que l'esprit du mal s'était emparé de lui. Les Pères se rappelaient entre eux les innovations du starets dans l'administration des sacrements, en particulier de la confession, qu'il faisait faire devant lui en commun et à voix haute. Mais la foule espérait que l'illustre défunt serait plus longtemps que les simples mortels respecté par les lois ordinaires de la nature. Cette déception fut presque un scandale. Alioscha, plus que personne, était douloureusement impressionné.

« Comment! celui qui devait être élevé au-dessus de tous les hommes, celui-là, au lieu de la gloire qui lui était due, était renversé, déchu de sa grandeur! Pourquoi? »

Cette question le troublait. Il ne pouvait supporter cet affront infligé au juste entre les justes et ce reniement de la foule légère qu'il avait dominée de si haut. Qu'aucun miracle ne se soit produit, que l'attente générale ait été trompée, passe encore! Mais pourquoi cette honte, cette « décomposition précipitée », comme disaient les méchants moines, « qui devance la nature? Où est donc la Providence? Où est sa main en tout ceci »? et le cœur d'Alioscha saignait. Ce qui était frappé en lui, c'était son amour pour son vénérable maître. De tristes idées se faisaient jour dans son esprit. Il se ressouvenait encore avec douleur de sa conversation avec son frère Ivan. Non pas que le fondement même de ses croyances fût ébranlé : il aimait toujours Dieu, mais il lui adressait de muets reproches. Une sorte de rage montait en lui et prenait le dessus parmi tous ses sentiments.

La nuit était proche. Rakitine, qui entrait dans le petit bois, aperçut Alioscha sous un arbre, étendu la face contre terre, immobile. Il vint à lui, l'appela.

— C'est toi, Alexey?... Est-ce toi qui...

Il n'acheva pas, il voulait dire : « Est-ce toi qui te laisses si aisément et si profondément décourager? »

Alioscha ne leva pas la tête, mais Rakitine, à un certain mouvement, comprit qu'il avait été entendu.

— Qu'as-tu donc? continua-t-il.

Un sourire ironique plissait ses lèvres.

— Écoute! je te cherche depuis plus de deux heures! Que fais-tu donc ici? Regarde-moi, au moins!

Alioscha leva la tête, s'assit contre l'arbre. Il ne pleurait pas, mais son visage trahissait une grande souffrance; il avait dans le regard l'éclair d'une irritation profonde.

— Comme tu as le visage changé! Tu as perdu ta fameuse sérénité... Quelqu'un t'aurait-il offensé?

— Laisse-moi, dit Alioscha sans le regarder, et avec un geste désespéré.

— Oh! oh! comme nous sommes! Voilà que nous crions comme les autres mortels, nous, un ange! Tu m'étonnes, Alioscha, je te le dis franchement.

Alioscha le regarda enfin, mais d'un air distrait.

— Est-ce vraiment parce que ton vieillard pue, que tu es dans cet état? Croyais-tu donc vraiment qu'il allait faire des miracles?

— Je le croyais, je le crois et je veux le croire, et je le croirai toujours! s'écria Alioscha furieux. Que veux-tu de plus?

— Rien du tout, mon petit pigeon. Que diable! Mais les écoliers de treize ans n'y croient plus! Du reste, ça m'est égal. Alors te voilà fâché avec le bon Dieu, hein? On ne l'a pas traité comme son grade le méritait? On ne l'a pas décoré? Eh! vous autres!...

Alioscha regarda Rakitine en fermant à demi ses yeux où passait un nouvel éclair. Mais ce n'était pas contre Rakitine qu'il était irrité.

— Je ne me révolte pas contre Dieu. Mais je n'accepte pas son univers, dit-il avec un sourire gêné.

— Comment? tu n'acceptes pas son univers? dit Rakitine songeur. Quelle est cette lubie?

Alioscha ne répondit pas.

— Laissons là ces bêtises. Au fait! — As-tu mangé aujourd'hui?

— Je ne me rappelle pas, je crois avoir mangé.

— Il faut reprendre des forces; tu as le visage défait, tu fais pitié. On m'a dit que tu n'as pas dormi de la nuit. Il y a eu « scéance » chez vous? Et puis toutes ces cérémonies, ces manigances... Il faudrait au moins manger quelques racines... ou quelques sauterelles... Attends, j'ai un saucisson dans ma poche. Mais tu n'en voudras peut-être pas?

— Donne.

— Hé! hé! Alors c'est la révolution complète, les barricades? Très-bien, viens chez moi, je boirais volontiers un coup de vodka; je suis très-fatigué. Bien sûr, tu n'iras pas jusqu'à la vodka? Qui sait pourtant?

— Donne toujours.

— Hé! hé! voilà qui est étrange! N'importe, le saucisson et la vodka ne sont pas à dédaigner.

Alioscha se leva sans parler et suivit Rakitine.

— Si ton frère Vagnetchka te voyait, c'est lui qui serait étonné! A propos, sais-tu qu'il est parti ce matin pour Moscou?

— Je le sais, dit Alioscha d'un ton indifférent.

— Encore à propos... j'ai écrit à la Khokhlakov l'affaire du starets. Elle m'a répondu « qu'elle ne se serait jamais attendue à cela de sa part ». Elle est irritée, comme toi. Sais-tu, dit-il tout à coup d'une voix insinuante, où nous ferions bien d'aller?

— Où tu voudras.

— Allons chez Grouschegnka, hé? veux-tu? dit Rakitine tout tremblant d'attente.

— Soit, dit Alioscha tranquillement.

Cette réponse était si inattendue pour Rakitine qu'il fit un bond en arrière. Il saisit la main d'Alioscha et l'entraîna rapidement, craignant qu'il changeât de résolution. C'était beaucoup moins pour plaire à Grouschegnka que dans un double but qu'il agissait de la sorte : d'abord il se délectait d'avance à la pensée de voir un « juste » *tomber*, puis il y avait un intérêt matériel : Grouschegnka lui avait promis une certaine somme, s'il parvenait à lui amener Alioscha.

II

Grouschegnka venait de recevoir la lettre par laquelle le capitaine polonais, son amant, — dont nous avons entendu parler chez Katherina Ivanovna, — avertissait de sa prochaine arrivée son ancienne maîtresse. Cet homme, après avoir abandonné Grouschegnka, s'était marié, et elle avait été longtemps sans rien savoir de lui. Mais il était devenu veuf et, ayant appris que Grouschegnka avait amassé un certain capital, il s'était décidé à l'épouser. Grouschegnka, tout à l'aise qu'elle fût, vivait simplement, servie par deux bonnes, une vieille femme et une jeune fille. Elle devait partir le soir de ce même jour pour Mokroïé, un village des environs, le même où elle avait « fait la fête » avec Dmitri : c'était là que l'attendait le capitaine.

Les deux jeunes gens la trouvèrent dans son salon, étendue sur deux grands coussins, les mains sous la tête, immobile. Elle portait une robe de soie noire et, sur les épaules, un fichu en dentelle qui lui seyait à ravir, épinglé d'une broche en or massif. Elle semblait attendre quelqu'un. Son visage était pâle, ses lèvres brûlantes, elle frappait du bout de son pied droit le bras du divan. Du vestibule ils l'entendirent demander d'une voix épeurée : « Qui est là ? — Ce n'est pas lui », dit la jeune bonne.

« Qu'y a-t-il donc »? se demandait Rakitine en introduisant Aliocha dans le salon. Grouschegnka s'était levée, le visage encore pâle de peur. Une épaisse natte de ses cheveux pendait en dehors du fichu et tombait sur son épaule droite. Elle n'y prit pas garde et n'arrangea pas sa coiffure avant d'avoir reconnu les visiteurs.

— Ah! c'est toi, Rakitka! Comme tu m'as fait peur! Avec qui es-tu? Seigneur! Ah! tu me l'amènes? s'écria-t-elle en apercevant Aliocha.

— Fais-nous donc apporter de la lumière, dit Rakitine de l'air d'un familier.

— Certainement!... Fénia, des bougies!... Tu prends bien ton temps pour me l'amener!

Elle se tourna vers la glace et se mit à ranger ses cheveux. Elle semblait mécontente.

— Je tombe mal, hein? demanda Rakitine comme piqué.

— Tu m'as effrayée, voilà tout, dit Grouschegnka en se retournant avec un sourire vers Aliocha. N'aie pas peur de moi, mon cher petit Aliocha. Je suis enchantée de te voir. Je croyais que c'était Mitia qui enfonçait la porte. Vois-tu, je l'ai trompé tout à l'heure et il m'a juré qu'il me croyait, mais je le trompais : je lui ai dit que j'allais chez mon vieux faire des comptes, toute la soirée durant.

(Je vais chez lui toutes les semaines pour faire ses comptes.)
Mitia l'a cru. Mais je suis rentrée aussitôt. J'attends une
nouvelle. Comment Fénia vous a-t-elle laissés entrer. Fénia,
hé! cours à la porte cochère et regarde si Dmitri Fédorovitch n'est pas caché quelque part. J'ai mortellement
peur de lui.

— Il n'y a personne, Agrafeana Alexandrovna. J'ai
regardé. J'ai peur, moi aussi.

— Et les volets sont-ils fermés? Baisse aussi les rideaux.
Il verrait la lumière. Je crains aujourd'hui surtout ton
frère Mitia, Alioscha.

— Grouschegnka parlait très-haut, avec une intense
expression d'inquiétude.

— Et pourquoi le crains-tu tant aujourd'hui? demanda
Rakitine. Tu ne le crains pas tant d'ordinaire, tu le fais
tourner comme tu veux.

— Je te dis que j'attends une nouvelle que Mitegnka
ne doit pas connaître.

— Pourquoi es-tu si belle aujourd'hui?

— Tu est trop curieux, Rakitine! Je te dis que j'attends
une nouvelle; quand elle sera venue je m'envolerai, tu ne
me verras plus. C'est pour cela que je me suis faite si belle.

— Et où t'envoleras-tu?

— Si tu en savais trop, tu vieillirais trop vite [1].

— Vois-tu comme elle est gaie!... Je ne l'ai jamais vue
ainsi...

— Mais pourquoi te parlerais-je, quand j'ai pour hôte un
prince... Alioscha, mon cher petit Alioscha, je n'en crois

---

1. Locution russe.

pas mes yeux. Je n'aurais jamais cru que tu serais venu.
Le moment est mauvais, mais je suis contente tout de
même. Assieds-toi sur le divan, ici, mon jeune astre. Eh!
Rakitka, que n'es-tu venu hier plutôt! Enfin, je suis
contente tout de même. Peut-être cela vaut-il mieux
ainsi.

Elle s'assit près d'Alioscha et le regarda avec joie. Elle
était sincèrement heureuse. Ses yeux brillaient, elle souriait. Alioscha ne s'attendait pas à une aussi bonne récep-
tion.

— Dieu! qu'il se passe des choses extraordinaires
aujourd'hui! Que je suis heureuse! D'ailleurs je ne sais
pourquoi.

— Comme si tu ne le savais pas! dit Rakitine en souriant. Tu avais une raison pour me répéter sans cesse :
Amène-le! amène-le!

— Oui, j'avais un but, mais ça m'a passé... Ce n'est
plus le moment... Assieds-toi donc aussi, Rakitka. Je me
sens très-bonne aujourd'hui. Pourquoi donc es-tu si triste,
Alioscha? As-tu peur de moi?

— Il a un chagrin. On n'a pas accordé le grade...

— Quel grade?

— Son vieillard pue.

— Comment? il pue? Quelle bêtise! Tu dis toujours des
saletés... Tais-toi, imbécile! Alioscha, laisse-moi m'asseoir
sur tes genoux, comme cela.

Elle se leva en riant, sauta sur les genoux d'Alioscha
comme une chatte amoureuse, en enlaçant son cou tendrement.

— Je vais te faire passer ton chagrin, mon petit dévôt.

Me permets-tu réellement de rester sur tes genoux? Si cela te déplaît, je vais me lever.

Aliocha se taisait. Il n'osait bouger. Il ne répondait pas, il était comme paralysé. Mais ce n'était pas la sensation qu'on aurait pu prévoir et que supposait Rakitine, qui l'observait avec sensualité. La tristesse dont son âme était pleine submergeait toutes ses sensations et, s'il avait pu se rendre compte de son état, il aurait compris lui-même qu'il était inaccessible à toute séduction. Néanmoins la nouveauté même d'une telle impassibilité l'étonnait. Cette femme, cette « terrible » femme, non-seulement ne l'effrayait pas, lui qu'auparavant l'idée même de la femme épouvantait, mais il en avait une sorte de curiosité extraordinaire.

— Soyons sérieux! dit Rakitine. Donne-nous du champagne. Tu sais que tu me le dois.

— C'est vrai. Tu sais, Aliocha, que je lui ai promis du champagne par-dessus le marché, s'il t'amenait. Fénia, apporte la bouteille que Mitri a laissée. Je suis triste... Mais n'importe! Je vais vous faire servir du champagne! Pas pour toi, Rakitine, tu n'es qu'un champignon! Mais pour lui! J'ai autre chose en tête; mais n'importe, je veux boire avec vous.

— Mais quelle est donc cette nouvelle? demanda Rakitine. C'est un secret?

— Ce n'est pas un secret. D'ailleurs, tu es au courant... « Mon officier » arrive.

— J'ai entendu dire cela. Mais est-il déjà si près?

— Il est maintenant à Mokroïe. Il doit m'envoyer un exprès. Je viens de recevoir une lettre. J'attends la voiture.

— Et pourquoi à Mokroïe?

— Ce serait trop long à raconter. Tu en sais assez.

— Et Mitegnka! S'il le savait! Le sait-il?

— Pas du tout. Il me tuerait. Mais je n'ai plus peur de lui. Tais-toi, Rakitka, ne me parle pas de lui. Il m'a fait trop de mal. D'ailleurs je ne veux penser qu'à Alioschegnka et ne regarder que lui. Ris donc un peu, mon chéri. Égaye-toi un peu pour me faire plaisir! Ah! il a souri! il a souri! Vois comme il me regarde gentiment! Sais-tu, Alioscha? Je te croyais fâché contre moi à cause de ce qui s'est passé avant-hier chez cette barichnia. J'ai agi en chienne! Seulement, je ne regrette rien. C'était bien et mal à la fois, continua-t-elle d'un air rêveur.

Un méchant sourire lui vint aux lèvres.

— Mitia m'a dit qu'elle criait : Il faut la fouetter! Dieu! que je l'ai offensée! Elle voulait me vaincre. Hé! hé! Nous avons pris le chocolat ensemble... Elle pensait me séduire... Mais tout cela est très-bien, ajouta-t-elle en souriant. Je crains seulement que tu en aies été fâché...

— En effet, dit Rakitine avec un réel étonnement, elle te craint, toi, le petit poussin.

— Le petit poussin!... Pour toi peut-être, Rakitine, parce que tu n'as pas de conscience. Moi, je l'aime. Me crois-tu, Alioscha? Je t'aime de toute mon âme.

— Ah! l'effrontée! Mais c'est une déclaration!

— Eh bien! c'est comme ça!

— Et l'officier? et la bonne nouvelle de Mokroïe?

— C'est une autre affaire!

— Logique de baba!

— Ne me mets pas en colère, Rakitka. Je te dis que c'est une autre affaire. C'est vrai, Alioscha, que j'ai eu à ton sujet des pensées mauvaises! Je suis vile, ardente, et parfois pourtant, Alioscha, je te regardais comme une conscience vivante et je me disais : « Comme un tel homme doit me mépriser! » J'y pensais avant-hier en me sauvant de chez la barichnia. Mitia le sait, je le lui ai dit et il me comprend...

Fénia entra, posa sur la table un plateau contenant une bouteille et trois verres pleins.

— Voilà le champagne! s'écria Rakitine.

Il s'approcha de la table, prit un verre, le vida et le remplit de nouveau.

— Ces occasions-là sont rares, dit-il. Allons, Alioscha, prends ton verre et bois. Mais à qui boirons-nous? Aux portes du paradis! Prends aussi ton verre, Grouschka, buvons tous aux portes du paradis.

— Qu'est-ce que c'est que tes portes du paradis?

Elle prit son verre, Alioscha fit comme elle, trempa ses lèvres dans le vin et reposa le verre.

— Non, j'aime mieux ne pas boire, dit-il avec un doux sourire.

— Ah! ah! il se vantait, cria Rakitine.

— Moi non plus, alors! dit Grouschegnka. Bois tout seul, Rakitka. Si Alioscha ne boit pas, je ne boirai pas.

— Ah! voilà les sentimentalités qui commencent! et pourtant elle est assise sur ses genoux!... Admettons, il a un chagrin, lui; mais toi, qu'as-tu? Lui, il est révolté contre Dieu; il allait, parole! manger du saucisson!

— Pourquoi donc?

— Son starets est mort aujourd'hui, le starets Zossima, le saint homme...

— Le starets Zossima est mort? s'écria Grouschegnka. Et moi qui l'ignorais!

Elle fit le signe de la croix.

— Seigneur! et moi qui reste sur ses genoux! s'écriat-elle avec une subite épouvante.

Elle se leva vivement et s'assit sur le divan.

Alioscha la regarda avec surprise et reprit son air tranquille.

— Rakitine, dit-il tout à coup d'une voix ferme, ne m'irrite pas en disant que je suis révolté contre Dieu! Je ne veux pas avoir de mauvais sentiments contre toi, sois donc meilleur, toi aussi. J'ai perdu tout ce que j'aimais aujourd'hui, tu ignores cela, tu ne peux me comprendre. Regarde-la, elle, vois comme elle est douce pour moi... En venant ici, je craignais d'y rencontrer une âme méchante, et c'est cette pensée qui m'a amené, car j'étais moi-même dans de mauvaises dispositions. Mais j'ai trouvé une véritable sœur, une âme aimante, un trésor...

Les lèvres d'Alioscha tremblaient, il était oppressé. Il se tut.

— Ah! vraiment! s'écria Rakitine avec ironie, elle t'a sauvé, n'est-ce pas? Mais elle voulait te manger, ne le sais-tu pas?

— Assez, Rakitka, s'écria Grouschegnka, taisez-vous tous deux. Tais-toi, Alioscha, tes paroles me font honte. Tu te trompes sur moi : je suis une méchante créature. Mais tais-toi aussi, Rakitka, tu mentais... Je pensais le *manger*, en effet, mais c'est loin. Que je ne t'entende plus dire cela, Rakitka, dit Grouschegnka avec une émotion profonde.

— Fous! murmura Rakitine en les regardant tous deux. Il me semble être dans une maison de santé! Ils vont pleurer tout à l'heure, bien sûr.

— Oui, je pleurerai! oui je pleurerai! dit Grouschegnka, il m'a appelée sa sœur, je ne l'oublierai jamais. Écoute, Aliocha, je veux te faire ma confession. Je désirais tant te voir que j'ai promis à Rakitka vingt-cinq roubles s'il parvenait à t'amener... Attends, Rakitka.

Elle courut à un petit bureau, y prit vingt-cinq roubles.

— Tiens, Rakitka, voici ce que je te dois. Tu ne le refuseras pas, tu l'as demandé toi-même.

Et elle lui jeta le billet.

— Certes non, je ne refuserai pas, dit Rakitka d'une voix rauque, déguisant habilement sa confusion sous des dehors de cynisme. Cela peut servir, c'est aux sots à nourrir les habiles.

— Tais-toi, je ne te parle plus. Tu ne nous aimes pas...

— Pourquoi vous aimerais-je?

— Pour rien, comme Aliocha...

Grouschegnka se détourna de Rakitine.

— Oui, je voulais te manger, reprit-elle. J'avais peur de toi et je me disais : « Mangeons-le, puis rions de lui. » Voilà la vilaine bête que tu as traitée de sœur. Mais mon amant revient, j'attends de ses nouvelles. Il y a cinq ans, quand mon vieux marchand Kouzma m'a prise avec lui, je fuyais le monde. Je maigrissais de chagrin, pleurant toujours et me disant : « Où est-il maintenant, celui que j'aimais? Il rit de moi avec une autre! Oh! si je le retrouve, je saurai bien me venger! » Dans ce but, j'ai amassé de l'argent, mon cœur s'est desséché et mon corps s'est engraissé. Mais

me crois-tu devenue plus sage ? Non. Personne au monde
ne sait que, lorsque tombe la nuit, je pleure comme il y
a cinq ans, je me désole toute la nuit en me répétant :
« Je me vengerai ! Je me vengerai ! » Comprends-moi.
Il y a quatre semaines, je reçois une lettre : il vient, il est
veuf, il veut me voir ! La respiration me manque, seigneur ! il n'a qu'à m'appeler et je ramperai vers lui comme
un chien battu, comme une coupable ! Je n'y peux croire
moi-même : suis-je donc tombée si bas ? Irai-je à lui ou
non ? Et la colère me prend, une colère pire que ma
fameuse colère d'il y a cinq ans. Vois-tu, Alioscha, comme
je suis violente ? Je me suis amusée de Mitia pour m'empêcher d'aller voir l'autre. Et je restais ici, avant votre
arrivée, à penser à mon avenir, et tu ne peux savoir quel
poids j'avais sur le cœur. Oui, Alioscha, dis à la barichnia
de me pardonner... Personne ne sait dans quel état je suis
maintenant, personne ne peut le savoir. Peut-être irai-je
chez lui avec un couteau, mais je n'ai rien décidé encore...

Grouschegnka ne pouvait se contenir. Elle se jeta contre
le divan, la face dans les coussins et se mit à pleurer
comme un enfant. Alioscha se leva et se rapprocha de
Rakitine.

— Mischa, dit-il, ne sois pas fâché ! Elle t'a offensé,
mais ne sois pas fâché ! As-tu entendu ce qu'elle vient de
dire ? Et en effet, on ne peut demander trop à une âme, il
faut être miséricordieux...

Alioscha prononça ces paroles comme malgré lui. Il les
aurait dites, eût-il été seul. Mais Rakitine le regarda ironiquement.

— Tu es bourré de ton starets et tu le décharges sur moi, Alioschegnka, l'homme de Dieu, dit-il avec un sourire haineux.

— Ne ris pas, Rakitine, ne parle pas du mort. Il est au-dessus de tous les vivants, s'écria Alioscha, les yeux pleins de larmes. Ce n'est pas un juge qui te parle. Je suis moi-même un accusé. Car que suis-je devant elle?... J'étais venu ici pour me perdre, par faiblesse : mais elle, après cinq ans de tortures, pour un mot sincère qu'elle entend, elle pardonne, elle oublie tout et pleure! Son séducteur est revenu, il l'appelle, elle lui pardonne et court joyeusement à lui. Car elle ne prendra pas de couteau, non! C'est une leçon pour nous, elle nous est supérieure... L'autre aussi, celle qu'elle a offensée avant-hier, pardonnera quand elle saura tout.

Grouschegnka leva la tête et regarda avec un sourire ému Alioscha...

— Viens, Alioscha, assieds-toi ici et dis-moi...

Elle lui prit la main et le regarda.

— Dis-moi, est-ce que je l'aime, mon séducteur, oui ou non? Je m'interrogeais ici dans l'obscurité! Est-ce que je l'aime? Décide, l'heure est venue, ce que tu diras sera vrai. Faut-il pardonner?

— Mais tu as déjà pardonné!

— C'est vrai, dit Grouschegnka d'un air profond. O lâche cœur! Eh bien! je vais boire à la lâcheté de mon cœur!

Elle prit un verre, le vida d'un trait et le brisa par terre. Un rictus cruel lui plissa les lèvres.

— Peut-être n'ai-je pourtant pas réellement pardonné,

reprit-elle d'un ton menaçant, les yeux baissés, comme si elle se parlait à elle-même. Peut-être suis-je seulement au moment de pardonner. Mais je lutterai encore contre moi. Ce sont mes cinq années de larmes que j'aime, c'est mon outrage, ce n'est pas *lui*.

— Je ne voudrais pas être à sa place, dit Rakitine.

— Et tu n'y seras jamais, Rakitka, tu n'y seras jamais! Tu es tout au plus bon pour nettoyer mes bottines; mais une femme comme moi, ce n'est pas pour toi... et peut-être n'est-ce pas pour lui non plus.

— Lui? et pourquoi donc cette toilette alors?

— De quoi te mêles-tu? Peut-être est-ce exprès que j'ai mis cette toilette, pour pouvoir lui dire : « M'as-tu jamais vue si belle? » Il m'a laissée jeune fille de dix-sept ans, maigriotte, pleurnicheuse... Je le séduirai, je l'exaspérerai : « M'as-tu jamais vue si belle? Eh bien! retourne d'où tu viens, maintenant, les lèvres mouillées et le gosier sec! »
— Ou peut-être arracherai-je cette toilette, me défigurerai-je... et peut-être encore n'irai-je ni chez lui ni chez Kouzma. Je rendrai à Kouzma son argent et je me mettrai servante. Tu crois que je n'en aurais pas le courage, Rakitka? Tu te trompes!...

Elle cria les derniers mots comme dans une crise, puis se rejeta contre les coussins. Tout son corps était secoué par les sanglots.

Rakitine se leva.

— Le temps marche, dit-il. Il sera bientôt trop tard pour rentrer au monastère.

Grouschegnka se leva vivement.

— Tu veux partir, Alioscha? Tu m'as bouleversée et tu me laisses seule?

— Crois-tu qu'il va rester coucher chez toi? A moins qu'il le veuille, soit! je partirai seul.

— Tais-toi, méchant homme! s'écria avec colère Grouschegnka... Il a eu le premier, le seul, pitié de moi! Pourquoi n'es-tu pas venu plus tôt, Alioscha?

Elle tomba devant lui à genoux.

— Toute ma vie je t'ai attendu, je savais que tu viendrais m'apporter le pardon; j'avais la foi que tu m'aimerais pour autre chose que ma honte!...

— Que t'ai-je donc fait? dit Alioscha ému.

Il se pencha vers elle et lui prit tendrement la main. Les larmes coulaient sur son visage.

A ce moment on entendit du bruit dans le vestibule. Grouschegnka se leva, pleine d'effroi. Fénia accourut en criant :

— Barinia! ma chère petite barinia, l'estafette, l'estafette!... Le tarentas est arrivé de Mokroïe, attelé d'une troïka, avec le yamstchik Timotée! une lettre, barinia, voici une lettre!

Grouschegnka saisit la lettre et la porta vers la lumière. La lettre ne contenait que quelques mots, elle les lut en un instant.

— L'appel! Il me siffle! Rampe, petit chien!

Elle resta un moment indécise, puis, tout à coup, le sang embrasa sa figure.

— Je pars! Adieu, mes cinq années! Adieu, Alioscha, le sort en est jeté! Allez-vous-en! Allez-vous-en tous d'ici, que je ne vous voie plus!... Grouschegnka vole vers une vie nouvelle... Ne garde pas de moi, Rakitka, un mauvais souvenir; c'est peut-être à la mort que je vais... Ah ! je suis comme ivre !...

Elle se précipita vers sa chambre à coucher.

— Elle nous a oubliés, maintenant, murmura Rakitine. Allons ! J'en ai assez, des cris de baba...

Alioscha se laissa machinalement entraîner. A peine étaient-ils sortis tous deux que la fenêtre de la chambre à coucher de Grouschegnka s'ouvrit, et elle cria :

— Alioschetchka ! salue Mitegnka et dis-lui que Grouschegnka a préféré un manant à un noble. Ajoute aussi que Grouschegnka l'a aimé, lui, Mitegnka, toute une heure : qu'il se souvienne toujours de cette petite heure, c'est Grouschegnka qui l'en prie.

Elle ferma la fenêtre en sanglotant, Rakitine ricana.

— Hum ! hum ! elle égorge Mitegnka et lui ordonne de penser toujours à elle ! Est-elle vorace !

Alioscha quitta Rakitine et se dirigea vers le monastère.

FIN DU TOME PREMIER.

TABLE DES MATIÈRES

DU TOME PREMIER

PARIS. TYPOGRAPHIE DE E. PLON, NOURRIT ET Cⁱᵉ, RUE GARANCIÈRE, 8.